LOGAN MACX

CYBER ESPIONS

MISSION #02
ROBOTS TUEURS

Traduit de l'anglais par Marie Cambolieu

Larousse Jeunesse

REMERCIEMENTS

Un grand merci à nos familles.

Et à nos brillants éditeurs : Denise Johnstone-Burt et Megan Middleton ; Kirsten Cozens, Rebecca Oram, Jackie Atta-Hayford, Lizz Skelly, Ben Norland et à l'équipe de Walker ; à Susan Van Metre, Lindsay Warren et à tous chez Walker US ; Coke Navarro pour une autre couverture fantastique ; Bill Hamilton, Euan Thorneycroft et toute l'équipe de AM Heath.

POUR TALLY ET SHARKO

Titre original : *Swift and Hawk — Undercover*
Published by arrangement with Walker Books Limited, London SE11 5HJ.

21, rue du Montparnasse – 75006 Paris

Direction de la publication : Sophie Chanourdie
Édition : Anne Létoré
Suivi éditorial : Raphaële Glaux
Traduction : Marie Cambolieu
Correction : Élise Vincent
Responsable artistique : Mélissa Chalot
Mise en pages : Les petits papiers
Fabrication : Rebecca Dubois

ISBN : 978-2-03-601333-9
Imprimé en Italie
Dépôt légal : août 2024
330811-01/11049896 – juillet 2024

Conforme à la loi n° 49 – 956 du 16 juillet 1949
sur les publications destinées à la jeunesse.

PAPIER CERTIFIÉ

LAROUSSE s'engage pour l'environnement en réduisant l'empreinte carbone de ses livres. Celle de cet exemplaire est de : 750 g éq. CO_2
Rendez-vous sur www.larousse-durable.fr

LA MISSION DE FAUCON ET SALANGANE

C'était un cas d'urgence. Caleb Quinn et Zen Rafiq – noms de code Faucon et Salangane – étaient sanglés dans une Aston Martin spécialement conçue. Ils regardaient le paysage anglais défiler derrière les vitres, tandis que la voiture filait à plus de cent soixante-dix kilomètres-heure. Ils se dirigeaient vers un centre de recherche, à Cambridge, appartenant à la société de robotique américaine SolTec. Une cyberattaque avait eu lieu là-bas, et leur mission, assignée par la professeure Tilda Clay à Londres, était « d'empêcher que cet incident gênant ne se transforme en un scandale public ».

Caleb et Zen étaient scolarisés dans un institut spécialisé dans les sciences informatiques et technologiques nommé l'IARC – l'institut d'Intelligence artificielle, de robotique et de cybertechnologie. Il y a quelques mois, ils avaient été choisis pour intégrer le programme Möbius : un cercle très secret, dirigé par la professeure Clay, la directrice et l'une des enseignantes de l'IARC, qui s'appuyait sur les aptitudes spéciales de leurs élèves pour résoudre des énigmes cybertechnologiques ultrasecrètes. Clay était personnellement venue les chercher en cours le matin même et les avait fait grimper dans l'un des prototypes de véhicules électriques développés par l'IARC.

– Pourquoi doit-on aider SolTec, au juste ? avait demandé Caleb.

– Je leur dois une faveur, avait répondu Clay. Appelez-moi pour demander des renforts si besoin. Monsieur Mitchell va vous conduire jusque là-bas.

Lance Mitchell se trouvait maintenant au volant de la voiture – zigzaguant dans le flot des véhicules sur l'autoroute avec une précision incroyable, anticipant les espacements, accélérant sur les files désertes – le tout à une allure effrayante. « Mitch », comme tout le monde le surnommait, était le nouveau chef de la sécurité de l'institut. Du haut de ses presque deux mètres, la peau blanche, la mâchoire carrée, les cheveux bruns coupés court, il avait servi dans les troupes d'élite américaines avant de devenir agent de la CIA, puis finalement de s'établir à son compte à l'âge de quarante-sept ans.

Les pneus crissèrent lorsque la voiture traversa les trois files pour aborder un virage en épingle. Caleb ne put s'empêcher de froncer les sourcils et de se cramponner au tableau de bord. Il jeta un regard vers le rétroviseur. À l'arrière, Zen lisait le rapport que leur avait remis Clay, complètement indifférente à la vitesse.

– Vous savez, dit alors Caleb, je pense qu'il faudrait penser à équiper cette voiture d'une conduite automatique.

Mitch sourit, tandis qu'il se glissait sur la file du milieu, entre deux poids lourds.

– Bienvenue dans l'Ancien Monde, petit. À l'époque, on réglait tous nos problèmes avec du pétrole et des armes à feu.

Il accéléra de nouveau.

– Je crois qu'il est temps de faire ronronner ce carburateur.

– C'est une voiture électrique, fit observer Caleb. Il n'y a pas de carburateur.

– Et votre génération n'a résolu aucun problème, renchérit Zen, sans lever les yeux de son document. Vous n'avez fait qu'empirer les choses.

Mitch secoua la tête.

– Vous, les gamins de l'institut, vous êtes décidément bien trop malins.

Il braqua le volant et doubla un car de voyage dernier cri. L'espace entre le car et la barrière se rétrécissait, mais ils filèrent assez vite pour éviter la collision.

– Si c'est comme ça que vous comptez assurer notre sécurité, je préfère éviter les situations dangereuses, fit observer Caleb.

Une voix robotisée retentit alors dans l'habitacle.

– Vous gagnerez dix-sept minutes de trajet si vous empruntez la prochaine sortie.

C'était Sam, le programme d'intelligence artificielle de Caleb. Son véritable nom était « Simulation autonome médicale ». Patrick, le père de Caleb, l'avait conçu pour en faire une intelligence artificielle de soin, mais depuis sa mort, deux ans plus tôt, Caleb l'avait considérablement augmenté et développé. Sam interagissait avec le monde extérieur principalement grâce à un appareil spécial que Caleb avait réalisé et qu'il appelait le Flex.

– Cette route nous conduit derrière une ferme, poursuivit Sam, puis le long de quelques chemins. Mais nous éviterons ainsi un important bouchon.

– C'est parti, répondit Caleb. Tout le temps que nous pourrons gagner est bon à prendre.

Mitch serrait de près le fourgon d'un plombier avec insistance.

– Ne me dis pas que nous allons laisser ton Alexa nous guider pour la conduite.

– Hé, doucement, répliqua Caleb. Sam est mille fois plus sophistiqué qu'Alexa et Siri réunies.

– La rampe se trouve à cinq cents mètres, annonça l'IA, juste après le virage serré.

Le véhicule profita d'une trouée dans la file de voitures et prit de la vitesse.

– Compte tenu du poids de la voiture et de ses occupants, ajouta Sam, nous devrons prendre la rampe à un angle de vingt degrés, légèrement décalés, et à une vitesse de cent vingt-sept kilomètres-heure pour franchir la barrière et atterrir sans dommage sur la piste de l'autre côté.

– Quoi ? s'étrangla Mitch. Qui a parlé de faire du saut d'obstacles avec cette voiture ?

– Voyons, Mitch, commenta Zen en reposant son ordre de mission sur la banquette. Tu ne voulais pas la jouer à l'ancienne ?

– Vous n'avez aucune idée de ce qu'il faut pour réaliser un saut avec une voiture sans finir dans le décor. Pas la moindre idée, grinça-t-il.

– Monsieur Mitchell, l'interrompit Sam, vous êtes relativement lourd pour un homme de votre taille et de votre âge. Nous devrons accélérer pour franchir la barrière et atteindre la piste.

– Je vais faire semblant de n'avoir rien entendu, répliqua Mitch. Bon, cramponnez-vous. On y va…

Caleb fut plaqué contre son siège lorsque Mitch accéléra vers la petite plateforme réservée à la police, juste derrière le virage. Le véhicule s'élança dans les airs, au-dessus de la barrière de sécurité de l'autoroute. Caleb agrippa fermement la poignée au-dessus de la vitre : la voiture allait s'écraser dans le champ voisin, c'était certain. C'est alors qu'un chemin de terre apparut et, une demi-seconde plus tard, ils touchèrent le sol en cahotant tandis que la voiture zigzaguait de droite à gauche.

Mitch serra le volant et accéléra de nouveau pour tenter de reprendre le contrôle du véhicule sans le faire partir dans le fossé.

– Pas mal ! s'écria Caleb.

– Quel as du volant, Mitch ! renchérit Zen.

– Je deviens vraiment trop vieux pour ces cascades, marmonna le chef de la sécurité. Alors, Sam ? Et maintenant ?

– Continuez tout droit en dépassant les arbres devant nous, puis suivez le chemin de terre sur la droite, qui passe entre les bâtiments de la ferme que vous apercevrez d'ici trente secondes.

La voiture fila entre les bosquets et roula sur une barrière canadienne qui secoua ses passagers tout en se rapprochant de la ferme. Alors qu'ils tournaient à l'angle d'une grange, un tracteur surgit, fonçant droit sur eux avec ses fourches levées. Caleb s'enfonça dans son siège, certain qu'ils allaient s'empaler sur l'engin, mais Mitch avait déjà réagi. Il partit en queue de poisson, qui les envoya tout droit sur un tas de fumier.

L'espace d'un instant, tout s'assombrit, puis les essuie-glaces tracèrent quelques fenêtres de clarté dans la boue.

Caleb se retourna et observa le fermier à travers les vitres fumées. L'homme, figé sur son tracteur, les regardait, sidéré, se demandant sans doute s'il venait de croiser un avion furtif ou bien le tas de crottin le plus rapide de l'histoire.

– Super ton raccourci, Sam, vraiment super, ironisa Mitch.

– Est-ce ironique, monsieur Mitchell ? Caleb, est-ce que je dois activer le processus d'apprentissage du sarcasme ?

– Pas maintenant, Sam, répondit Caleb. Nous avons encore besoin d'indications.

L'IA les guida hors de la ferme et le long d'une série de petites routes sinueuses. Deux minutes plus tard, ils débouchaient sur une voie principale qui conduisait vers le centre-ville de Cambridge. Mitch accéléra de nouveau et fila sur les derniers kilomètres avant d'aborder brutalement un rond-point, dans un concert de klaxons rageurs. Quelques instants plus tard, ils longeaient une grille sécurisée.

– Il me semble que ce sont les bâtiments de la SolTec, commenta Zen en tâchant d'apercevoir quelque chose derrière la vitre maculée de boue.

– À toi de jouer Sam, dit Caleb à son IA en agrippant le tableau de bord tandis que Mitch longeait les abords en faisant crisser les pneus. Fais-nous entrer.

Mitch donna un coup de volant pour emprunter une courte allée, puis le portail s'ouvrit devant eux. L'espace était à peine assez large pour le véhicule, mais Mitch s'y glissa sans même lever le pied. Un grand panneau bleu et blanc annonçait « SOLTEC : la robotique de demain ».

Caleb vit Zen lever les yeux au ciel.

– Tu parles d'un slogan ! Quelle originalité.

– Voilà, Sam, reprit Mitch, encore un peu de sarcasme pour toi. Tu vas devoir t'y mettre, un de ces jours. C'est peut-être le trait humain le plus caractéristique.

La voiture couverte de crottin pila juste devant le principal bâtiment du complexe, dont les vitres sombres reflétaient l'image incongrue de leur arrivée. Un homme aux cheveux blonds, la barbe taillée en bouc, portant des lunettes sans monture et un tee-shirt d'un noir luisant siglé « SolTec » se tenait devant l'entrée. Il passait un coup de fil mais les observait à présent avec un air profondément ahuri.

– J'imagine qu'il fait partie du comité d'accueil, remarqua Caleb.

– D'après la reconnaissance faciale, il s'agit du Dr Aiden Lennox, annonça Sam. Le directeur du centre.

Mitch coupa le moteur, redressa sa cravate noire et rajusta le holster sous sa veste.

– Ne vous éloignez pas, vous deux. Laissez-moi gérer cela.

LA ROBOTIQUE DE DEMAIN

Ils sortirent du véhicule. L'odeur était insupportable et des mottes de crottin glissaient le long de la carrosserie et des vitres pour s'écraser sur le goudron. Caleb devait bien le reconnaître : on était loin de l'arrivée professionnelle des espions qu'il avait espéré faire.

– Ne me dites pas que vous êtes... commença le Dr Lennox, avec un fort accent américain en oubliant son téléphone. Ne me dites pas que vous êtes les personnes envoyées par Tilda Clay.

Mitch s'approcha.

– Docteur Lennox, dit-il. Je suis Lance Mitchell, chef de la sécurité de l'IARC. Voici Caleb et Zen.

L'incrédulité de Lennox se changeait peu à peu en agacement. Il observa Zen, sa veste en jean et ses baskets bleu électrique, puis Caleb avec sa veste à capuche verte ornée de piranhas orange sur les manches.

– Bon, lâcha-t-il, je savais qu'il y aurait des mômes – les petits prodiges de Clay, à ce qu'il paraît, issus de son programme spécial –, mais je pensais qu'il y aurait aussi une équipe technique. Au moins une semi-remorque d'équipement. Enfin, des professionnels, quoi.

Il jeta un regard désespéré vers le portail.

– Il n'y a vraiment personne d'autre en route ?

– Non, répliqua Caleb, rien que nous.

Il sortit le Flex de sa poche et l'accrocha à son poignet. L'appareil ressemblait à un smartphone ordinaire, mais il était augmenté de nombreuses fonctions et améliorations, le tout dans un extraordinaire matériau flexible qui pouvait être tordu ou étiré dans tous les sens. Jusqu'à présent, il l'utilisait via un certain nombre d'applications qu'il avait lui-même programmées, mais une mise à jour d'urgence via Sam lui permettait à présent de tout faire par l'intermédiaire de son IA. Il s'éloigna de la voiture nauséabonde pour mieux observer le complexe de la SolTec. De l'autre côté du parking, un groupe d'une trentaine d'employés échangeaient fébrilement à voix basse. Ils semblaient avoir évacué le bâtiment.

Mitch fit signe à Zen et Caleb de ne pas bouger avant de s'avancer vers Lennox : il dépassait le directeur de SolTec de près d'une tête.

– Qu'est-ce que tu sais de la SolTec, Zen ? chuchota Caleb.

Zen était spécialisée en robotique. Elle était aussi douée avec les composants électroniques que Caleb, en matière de programmation. Elle était particulièrement talentueuse pour concevoir d'incroyables robots aussi minuscules que des insectes.

– C'est l'un des leaders mondiaux dans le domaine de la robotique, expliqua-t-elle. Ce complexe est son principal site de recherche et de développement. La plupart des laboratoires sont en sous-sol.

Elle resserra l'élastique de sa longue queue-de-cheval.

– Fais au moins semblant de lire l'ordre de mission, la prochaine fois, Caleb.

– Désolé, Zen, répliqua-t-il, mais j'étais un peu perturbé par Mitch qui tentait de battre un nouveau record de vitesse sur l'autoroute. Sans parler des raccourcis de Sam par des tas de…

D'un coup de coude, Zen lui fit signe de se taire. Elle désigna Mitch et Lennox du menton. Les deux amis se rapprochèrent pour les écouter.

– Voilà ce qu'on m'a expliqué, reprit Mitch d'un ton autoritaire. Vous avez été victime d'une cyberattaque massive et c'est la panique dans ce complexe. Tous vos protocoles internes ont échoué. La dernière chose dont SolTec a besoin, c'est que toute cette histoire fasse la une des journaux et que les autorités britanniques s'en mêlent. Alors vous avez appelé votre vieille amie Tilda Clay pour tenter de trouver une autre solution.

– C'est un virus, c'est ça ? intervint Caleb. Quelqu'un a réussi à déjouer vos protections et a infecté votre système ?

Lennox se pinça l'arête du nez.

– Si vous croyez que je vais laisser deux gamins et leur… leur baby-sitter, qui arrivent dans une voiture couverte de crottin de cheval, accéder sans restriction à ce bâtiment et à nos recherches les plus confidentielles, vous vous faites de très grosses…

– Appelez donc la professeure Clay, le coupa Mitch, avec un regard appuyé au portable de Lennox. Elle clarifiera la situation pour vous.

Lennox le fusilla quelques instants du regard, puis tapota sur l'écran de son smartphone qu'il colla contre son oreille avant de s'éloigner sur le parking.

Caleb jeta un regard appuyé à Zen.

– D'après toi, on pourrait justifier d'écouter son appel ?

– Absolument, assura-t-elle. Tu peux trouver le signal de transmission, Sam ?

– Bien entendu, Zen. Je vous connecte.

Le haut-parleur du Flex diffusa la voix de Lennox, à peine assez fort pour qu'ils l'entendent.

– C'est une plaisanterie, Tilda ? Nous sommes en situation de crise, ici. Je t'ai demandé deux de tes meilleurs agents et c'est ça que tu m'envoies ? Quel âge ont-ils ces deux gamins ? Douze ans ? Treize ?

Mitch lança un regard oblique à Caleb et comprit aussitôt ce que Zen et lui mijotaient. Le chef de la sécurité enfonça ses mains dans ses poches et poussa un soupir. Puis il s'approcha et inclina la tête pour écouter, lui aussi.

La voix de Tilda Clay retentit. Elle paraissait légèrement agacée.

– Je ne donne pas dans la plaisanterie, Aiden. Tu m'as fait part d'une situation de crise que tes équipes n'étaient pas en mesure de gérer. Zen et Caleb sont plus que qualifiés, avec des champs d'expertise complémentaires parfaitement adaptés à ton problème. Ils ont largement fait leurs preuves, crois-moi.

Un court silence s'ensuivit. Lennox tournait comme un lion en cage, cherchant à digérer ces informations, tout en fixant le bâtiment principal avec un air de plus en plus inquiet.

– Eh bien, souffla Caleb. On dirait bien qu'il est sur le point d'imploser.

Zen, pour sa part, l'observait avec attention.

– Quelque chose cloche, Caleb.

– J'ai besoin d'une discrétion absolue, siffla Lennox. Tu en es bien consciente, j'espère ? Il n'est pas question que la... la police locale, ou les pompiers, ou qui que ce soit d'autre entre dans mon labo. Le conseil d'administration de la SolTec me lyncherait. Il y a des choses que...

– Aiden, tu peux avoir toute confiance dans le programme Möbius, l'interrompit Clay. Et n'oublie pas : si nous te tirons d'affaire, tu me devras une faveur.

Elle mit fin à la conversation et Lennox fixa quelques instants son smartphone, les sourcils froncés. Puis il le glissa dans sa poche, se tourna vers eux et hocha la tête. Il allait finalement les faire entrer.

– Bien joué, professeure, chuchota Caleb. Ça ne pouvait pas être plus clair.

Zen esquissa un imperceptible sourire.

– Elle sait se montrer persuasive.

Rapidement, Lennox leur fit franchir les portes du bâtiment principal pour les conduire dans un large atrium complètement désert où seul un arbre majestueux se dressait au centre. Tout autour d'eux rappelait les surfaces lisses et polies du verre. D'énormes écrans diffusaient des images de robots de dernière génération qui s'affairaient dans des hôpitaux, découpaient des légumes ou élevaient des poutres métalliques sur des chantiers de construction. Le logo de SolTec, un soleil cuivré stylisé, apparaissait à intervalle régulier, avec son slogan « la robotique de demain ».

– Voilà la situation, expliqua Lennox, qui pour la première fois s'adressait directement aux deux adolescents. J'ai beaucoup d'estime pour Tilda Clay. Elle ne tarit pas d'éloges sur vous, alors je suis prêt à vous laisser une chance. Mais le temps presse vraiment, d'accord ?

Il tendit à Mitch son pass de sécurité.

– Cela vous donnera accès à plusieurs des niveaux sécurisés. C'est là que…

Soudain, quelque chose se produisit dans l'atrium. Caleb jeta un regard autour de lui. Sur les écrans, les images s'étaient figées. Juste au-dessus d'eux, une vidéo montrant le bras d'un robot cueillant une fleur sautait entre deux images.

– Sam, qu'est-ce qui se passe ? souffla Caleb. Tu trouves quelque chose ?

– En effet, Caleb, répondit Sam. Malheureusement, tous les modes dégradés du logiciel vont lâcher et tout le système est sur le point de s'effondrer. Il existe une probabilité de 75 % pour que SolTec ait été infectée par un virus multipartite sophistiqué. Il tente de prendre le contrôle total du système, sans doute en réécrivant le code source.

Zen prit soudain cet air déterminé que Caleb lui connaissait si bien.

– Il faut vérifier les baies de serveurs informatiques. Tout de suite.

Caleb se tourna vers Lennox.

– J'imagine qu'elles sont au sous-sol. Au niveau le plus bas du bâtiment, non ?

Le directeur hocha la tête, puis se dirigea sitôt vers les ascenseurs.

– Au dernier sous-sol, le niveau six.

Mitch hésita.

– Qu'est-ce qu'on risque, là-dessous ? Parce que j'ai la responsabilité de ces deux-là. Je dois savoir exactement dans quoi on s'embarque.

– C'est une attaque sur notre logiciel, monsieur Mitchell. Il y a eu..., hésita Lennox, d'étranges rapports des personnes qui travaillent en bas, dans les laboratoires. Mais nous avons de stricts protocoles de confinement dans nos bâtiments. Si vous vous rendez directement aux baies de serveurs, il ne devrait y avoir aucun problème.

– Ne t'en fais pas, Mitch, reprit Caleb. Avec Sam, nous avons déjà jeté un œil au système d'exploitation de SolTec. Et Zen sait tout ce qu'il y a à savoir en robotique. On va s'en sortir.

Lennox clignait des yeux, l'air pétrifié.

– C'est qui « Sam », au juste ? Et qu'est-ce que vous voulez dire par « jeté un œil » ?

Mitch ignora le directeur.

– OK, petit malin, dit-il en posant le pass contre un capteur. Mais je passe le premier, d'accord ? Juste au cas où.

Les portes de l'ascenseur s'ouvrirent : il était aussi immaculé que le hall, avec un écran géant en guise de paroi arrière. Caleb et Zen suivirent Mitch, mais Lennox resta dans l'atrium.

– Eh bien, vous ne venez pas, docteur Lennox ?

– Euh, non, répondit le directeur, en reculant d'un pas. Je pense que je vais plutôt rester ici.

Caleb et Zen échangèrent un bref regard.

– Vous ne voulez pas voir ce qui se passe, en bas ? insista Mitch, avec un soupçon de méfiance.

– Non, ma responsabilité est de m'occuper du personnel. Mais je veux être tenu informé de ce qui se passe : un compte rendu précis de tout ce que vous ferez.

– Nous devons vraiment faire vite, insista Zen.

Mitch acquiesça et pressa le bouton du niveau six.

– Ça vaut sans doute mieux, marmonna-t-il, tandis que les portes de l'ascenseur se refermaient. Je doute que le Dr Lennox nous ait beaucoup aidés.

Caleb ne put dissimuler son sourire enthousiaste lorsqu'il sentit l'ascenseur descendre. De nouveau, il échangea un regard avec Zen. Celle-ci lui sourit : elle ressentait la même excitation. *C'est parti*, pensa-t-il. *Faucon et Salangane entrent en action.*

Brusquement, l'ascenseur s'immobilisa. L'écran s'éteignit, le plafonnier vacilla et, quelque part en bas dans la colonne, un léger grincement retentit.

– Nous nous sommes arrêtés entre les niveaux trois et quatre. Cet ascenseur n'ira sans doute pas plus bas. Il semble que le virus l'ait bloqué.

– Il nous barre clairement la route, fit observer Mitchell.

– Pour nous ralentir ? demanda Zen. Pour nous empêcher d'atteindre les serveurs à temps ?

– Ouaip, répondit Caleb avant de siffler, admiratif. La personne qui l'a mis au point sait clairement ce qu'elle fait.

– Mitch, reprit Zen, est-ce qu'on peut ouvrir les portes ?

– On peut toujours essayer, répondit-il.

Il s'approcha des battants et tenta de les écarter. Rapidement, il parvint à ménager un léger écart par lequel s'engouffra le son d'une alarme. Zen et Caleb se précipitèrent pour l'aider à écarter les portes.

Devant eux se dressait le mur de béton de la cage d'ascenseur, mais à leurs pieds se trouvait une ouverture d'une cinquantaine de centimètres qui correspondait au plafond d'un autre hall. La pièce était baignée d'une lumière rougeâtre : celle des signaux d'alerte. Le mobilier dernier cri était sens dessus dessous, comme si une foule en panique l'avait renversé. Des feuilles volantes jonchaient le sol, avec une ou deux blouses blanches, une tablette fracassée et une basket neuve.

– Le virus continue sa progression, les informa Sam. Nous devons faire vite.

– Prenons les escaliers, suggéra Zen. Direction le niveau six.

– Bon, je vais descendre, grommela Mitch en retenant les portes. Puis vous pourrez…

Zen s'était déjà glissée par l'interstice. Elle se tint suspendue quelques instants au rebord avant de se laisser tomber dans la pièce quelques mètres plus bas.

– J'ai dit que je passais le premier, lui cria Mitch.

– Elle fait ça tout le temps, intervint Caleb. Tu verras, on s'y fait.

Ils suivirent la jeune fille. Mitch se réceptionna lourdement et chancela sur le sol luisant du hall.

– Où sommes-nous, Sam ? Tu peux nous trouver un plan du bâtiment ? demanda Caleb.

– J'ai un simple schéma tiré des archives centrales de la SolTec. Ce niveau est réservé aux essais de prototypes. Il existe trois escaliers menant aux baies de serveurs. Le plus proche se trouve au bout du couloir devant vous.

Zen se dirigeait déjà vers le couloir en question lorsque, sur sa gauche, elle perçut un mouvement derrière une baie d'observation. Un terrible grincement aigu retentit et au centre du corridor, une disqueuse trancha la porte hermétique d'un laboratoire, dans une gerbe d'étincelles.

Mitch sortit aussitôt son arme, en déverrouillant le cran de sûreté.

– Qu'est-ce que c'est que ce truc ?

La porte, découpée au niveau des gonds, s'effondra sur le sol et un robot de construction, comme ils en avaient vu sur les écrans du hall d'entrée, s'avança vers eux. Il n'avait pas vraiment de tête, seulement trois énormes bras équipés d'un arsenal de scies, perceuses, marteaux-piqueurs, monté sur de courtes pattes semblables à celles d'un insecte. Il se tourna vers eux et une nuée de voyants lumineux au niveau de son torse passa de l'orange au rouge.

– Il est en train de nous scanner, dit Zen. Je crois qu'il s'apprête à...

Tout à coup, le robot se précipita vers elle, traversant le couloir à toute allure. Zen plongea sur le côté et l'évita de justesse. Aussitôt, l'engin pivota, tentant de l'atteindre avec sa disqueuse. Il coupa presque en deux un canapé en cuir.

Mitch leva son arme.

– Zen ! hurla-t-il. Où est-ce que je dois viser avec ce machin ?

– Les pattes ! Vise les pattes !

Les coups de feu assourdissants – cinq à la suite – furent si rapides que les détonations se mêlèrent. Le robot pencha sur le côté : l'une de ses pattes était pulvérisée. Le servomoteur surchauffait tandis qu'il essayait péniblement de rétablir son équilibre.

Caleb sentit quelque chose filer près de lui : ça luisait dans la lumière rouge comme un colibri d'argent.

– Coccipuce ! s'écria-t-il.

Coccipuce était l'un des robots miniatures que Zen avait mis au point dans les laboratoires de l'IARC – son préféré. Il ressemblait à un scarabée métallique, avec des ailes de chauve-souris et une queue de souris articulée. Il leur avait déjà permis de se tirer de situations dangereuses.

À l'autre bout du hall, Zen avait bondi sur un comptoir. Elle sifflota pour activer l'une des commandes de Coccipuce avec deux sons brefs, puis pointa du doigt le robot déjà mal en point, pour activer un signal de téléguidage grâce à un dispositif miniature fixé à l'extrémité de son index. Coccipuce plongea en piquet, se posa sur le réseau de voyants du robot et planta ses mandibules dans l'un des câbles apparents, puis redécolla pour l'arracher. L'engin tressauta avant de s'immobiliser et de retomber sur le sol.

Le robot de Zen vint se reposer sur l'épaule de la jeune fille.

– Bien joué, ma grande, dit-elle alors que l'insecte mécanique repliait ses ailes.

Zen sauta au bas du comptoir et jeta un regard vers Caleb.

– Allez, nous devons trouver cet escalier.

– C'est parti.

Caleb contourna le robot qui gisait au sol et ils se précipitèrent vers le corridor.

Mitch les suivait de près, l'arme toujours au poing.

– Pourquoi est-ce qu'il nous a attaqués comme ça ? Pourquoi avoir essayé de nous...

Il n'acheva pas sa phrase et ils continuèrent à avancer. Des baies d'observation jalonnaient le passage et donnaient sur des laboratoires et des espaces de test. Tous les robots qu'ils apercevaient semblaient se détraquer : les engins s'agitaient dans tous les sens dans leurs parcs, se jetaient contre les portes et les parois et détruisaient tout ce qui se trouvait à leur portée. Toutes les pièces étaient insonorisées : cette hystérie robotique se produisait dans un silence de mort.

– OK, remarqua Zen, c'est carrément terrifiant.

Mitch regardait la scène bouche bée.

– Mais… qu'est-ce qui se passe, là-dedans ?

– C'est le virus, expliqua Caleb. Il a été programmé pour provoquer cela. Il remplace le code qui gère les paramètres classiques de ces machines. Ils les transforment en un escadron de machines à tuer.

Il observa un élément vaguement en forme de L, strié de bandes jaunes, qui tentait de fracasser l'une des vitres avec l'énorme clé à molette qui lui servait de bras.

– Tôt ou tard, ils vont réussir à sortir de ces laboratoires. Et ils se jetteront sur nous exactement comme l'autre.

Zen fronça les sourcils.

– Qui peut vouloir faire une chose pareille… ?

Mitch observa les deux adolescents.

– Et donc, on fait comment pour arrêter tout ça ?

– Nous devons atteindre les serveurs avant que le code soit entièrement réécrit, expliqua Caleb. Ensuite nous pourrons isoler le virus. On pourra faire une remise à zéro de tout le système. Obliger ces machines à planter.

Zen hocha la tête.

– Ça devrait fonctionner.

– Pourquoi la SolTec n'y a pas pensé ? interrogea Mitch.

– C'est une sorte de dernier recours, reprit Zen. Cela va démolir le programme interne des robots et cela pourrait causer des dégâts irréparables. Mais c'est notre dernière chance.

– Contactez Lennox, histoire de voir ce qu'il en pense.

– Malheureusement, nous n'avons aucune réception, intervint Sam. Impossible d'entrer en contact avec les niveaux en surface. C'est peut-être dû au virus. S'il parvient à réécrire le code du programme, les robots de la SolTec deviendront bien autonomes. L'accès sera définitivement bloqué – impossible de les contrôler ou d'influencer leur comportement. Les machines ne répondront plus qu'à leur programmation brutale.

Caleb réprima un frisson.

– Des robots tueurs en roue libre. Personne n'aurait imaginé ça en se levant ce matin.

Mitch jura dans sa barbe.

– La SolTec est loin de nous avoir tout dit, reprit Zen en désignant les baies vitrées. Ces prototypes dépassent tout ce qu'ils ont rendu public jusqu'à présent : ils sont bien plus avancés, souffla-t-elle avec une moue dubitative. Ils ne plaisantaient pas lorsqu'ils parlaient de la « robotique de demain ».

Mitch sortit une lampe de poche de sa veste et la fixa à son revolver.

– C'est parti pour la remise à zéro. Il nous reste combien de temps, Sam ?

– Difficile d'être précis, monsieur Mitchell, répondit l'IA, mais…

– Tu peux m'appeler Mitch.

– Difficile d'être précis, Mitch. Mais selon mes estimations, le code original devrait disparaître d'ici quatre minutes et trente-deux secondes.

Les agents de la Möbius échangèrent un bref regard. Et là-dessus, ils se mirent à courir.

LES SECRETS DE LA SOLTEC

L'escalier était plongé dans le noir. Les marches de béton peint étaient constellées de bris de verre. Le faisceau de la lampe de Mitch projetait une ombre oblique sur les parois à mesure qu'ils progressaient. Mais un étage plus bas, un amas de débris leur barra la route.

– Le mur a été pulvérisé, fit observer Mitch. Un explosif très puissant.

– Un explosif ? répliqua Caleb. Mais... comment...

– Nous pouvons traverser ce niveau, l'interrompit Zen. Il devrait y avoir un autre escalier à l'autre bout de l'étage.

Ils observèrent le palier. La porte du niveau cinq avait été coupée en deux par un morceau de tôle tordue.

– Je la sens vraiment mal, toute cette histoire, décréta Caleb, tandis qu'ils enjambaient les fragments de métal.

– Sans vouloir augmenter ton angoisse, Caleb, intervint Sam, le schéma de ce niveau présente des caractéristiques inhabituelles. Il a été conçu pour des tests de tirs.

– Attends, murmura Caleb, qui déglutit péniblement. Ça signifie que...

– Des armes à feu, acheva Mitch d'un air sombre. Ça signifie qu'il y a des armes à feu.

La porte fracassée donnait sur un vaste espace vide, une sorte de terrain de sport souterrain, mais éclairé par les mêmes lampes rouges et envahi par une fumée âcre. D'épaisses barricades fermaient un côté de la pièce, protégeant ce qui ressemblait à une salle d'observation. L'espace principal était aussi grand qu'un terrain de football et semé d'obstacles : des barrières, des tranchées, des rampes et des pentes, et les restes fumants d'une demi-douzaine de véhicules blindés.

Sur un terrain plane au centre se trouvaient deux robots. Ils restaient immobiles, comme si on les avait désactivés. L'un d'eux avait la taille d'un minibus, avec un énorme torse d'aspect humain fixé sur un genre de tank. Le second semblait plus léger, conçu comme une sorte de lévrier géant, mais doté de six pattes articulées repliées sous son corps. Ils étaient fabriqués dans un même métal étincelant, d'un vert sombre, marqué du soleil de la SolTec sur les flancs.

À peine Caleb les eut-il aperçus qu'ils sortirent de leur torpeur. Le robot-lévrier se dressa sur ses pattes, ses LED clignotant furieusement, tandis que le tank pivotait sur son châssis balayant d'un faisceau laser la vaste pièce. Il repéra aussitôt l'équipe Möbius. Une trappe s'ouvrit sur son épaule et une minimitraillette en sortit dont le canon cylindrique, long, se mit à tournoyer.

– Courez ! hurla Mitch.

Non loin de là, au creux d'une pente, se trouvait une barrière blindée. Ils se précipitèrent vers elle et se jetèrent au sol. La détonation en rafale était assourdissante : un râle mécanique suraigu. Des centaines de balles fusèrent dans leur direction, en emportant des fragments de la barrière et réduisant des morceaux de mur en poussière.

Enfin, les tirs cessèrent et la terrible mitraillette se replia.

– Voilà pourquoi ce malade de Lennox était si réticent à nous faire entrer, s'emporta Zen. Ce sont des robots de combat – des robots-soldats. C'est parfaitement illégal.

Caleb tentait d'épousseter son visage couvert de poussière.

– Et si le virus réussit à prendre le contrôle, ils seront virtuellement inarrêtables.

– Combien sont-ils, exactement ? Je veux dire, dans tout le complexe ?

– Les capteurs du Flex recensent huit modèles en fonctionnement, annonça Sam. Mais il peut y en avoir d'autres en réserve.

– Huit, souffla Mitch. Bon sang.

Tous trois restèrent quelques instants sans voix. La même idée les avait traversés : si un seul de ces robots parvenait jusqu'au centre de Cambridge, cette cyberattaque sophistiquée se changerait en carnage.

– Combattants ennemis, annonça une voix synthétique, atone. Avancez les mains en l'air. Vous serez traités selon les pratiques de la Convention de Genève.

– Je n'y crois qu'à moitié, grommela Mitch.

– C'est un message automatique, murmura Caleb. Si nous sortons, ils nous pulvériseront.

Le grincement de la chenille du char se rapprochait, avec le claquement cadencé des pattes métalliques. Les robots les prenaient par les flancs. Caleb réfléchit à toute allure. Il devait trouver quelque chose, et vite. Il prit le Flex et en sortit l'un des nombreux petits pitons qui parsemaient la coque. Ils pouvaient servir de pisteur, de mouchard ou encore de puissants haut-parleurs nomades.

– Sam, dit-il, à mon signal, tu vas diffuser un fichier audio de *Terrorform* via ce piton à pleine puissance. Le canon électromagnétique de la Sentinelle devrait faire l'affaire.

– Bien reçu, Caleb.

Terrorform était un jeu en réseau de science-fiction que Caleb avait conçu avec l'aide de Sam. Et l'arme de la Sentinelle était l'une des plus puissantes qu'il comprenait. Caleb fit rouler le piton entre ses doigts, transformant la matière malléable en boule de la taille d'un petit pois. Un épais nuage de fumée montait dans la pièce à la suite des furieuses rafales du robot. Caleb projeta la boule à travers la fumée et elle atterrit derrière les robots.

À côté de lui, Zen s'était accroupie. Elle avait glissé le collier de jade qui ne la quittait jamais sous son tee-shirt et jetait un regard à travers un interstice dans la barrière, en direction de la salle d'observation.

– Il y a quelqu'un à l'intérieur, souffla-t-elle.

Caleb la dévisagea.

– Un employé de la SolTec ? Qui est pris au piège ?

– Non… je ne pense pas, répondit-elle. J'ai comme l'impression que ce n'est pas un hasard. Tu pourrais diffuser ton fichier audio, maintenant ?

– Vas-y, Sam.

Un choc effroyable retentit de l'autre côté de la pièce : l'écho du canon électromagnétique, presque aussi puissant qu'une véritable arme. Aussitôt, les deux robots de combat se retournèrent et déployèrent leurs minimitraillettes et micromissiles. D'énormes fragments de sol et de murs furent emportés et une nouvelle nuée de débris et de poussière se déversa dans l'air.

– Je vous rejoins plus tard, cria Zen au milieu du chaos. Ne faites pas de bêtises !

Elle s'élança pour contourner la barrière. Sans réfléchir, Caleb se redressa pour la retenir, manquant de se mettre à découvert, mais Mitch l'en empêcha.

Zen se dirigeait vers une énorme grille d'aération dans le mur, tout près de la salle d'observation. Elle avait été endommagée et la grille semblait sur le point de tomber. Caleb et Mitch regardèrent Zen s'engouffrer dans le conduit et disparaître.

– Formidable, grinça Mitch avec une grimace. Cette gamine est impossible à protéger.

Il jeta un regard désespéré à Caleb.

– Dis-moi qu'elle est capable de se débrouiller seule.

– Oui, répondit Caleb. Je ne connais personne qui soit aussi capable.

– Bon, alors j'imagine que nous la retrouverons plus tard. Nous devons trouver le moyen d'atteindre les serveurs. Il faut absolument arrêter ces machines.

Ils suivirent la barrière des yeux. Une sortie de secours se trouvait à une trentaine de mètres, à l'opposé de la salle d'observation.

– Sam… cette issue donne sur un escalier ?

– En effet, Caleb. Le Flex est toujours opérationnel. Le piton du Flex est actif. Faut-il continuer à diffuser le fichier audio de *Terrorform* ?

– Diffuse ce que tu veux, répondit Caleb. Des bruits de monstres, d'explosion, pourvu que ça fasse du bruit.

Une série de déflagrations, de fracas et d'étranges cris de créatures extraterrestres retentirent alors, suivis par le tonnerre de la riposte des robots. Caleb et Mitch se ruèrent vers l'issue de secours, restant autant que possible à couvert. La porte était verrouillée par un dispositif électronique. Alors qu'ils approchaient, Mitch visa méthodiquement la poignée et tira quatre coups précis pour détruire le mécanisme, avant d'enfoncer la porte à coups de pied. Elle finit par céder et tous deux s'engouffrèrent sur un autre palier obscur.

– C'est encore loin, Sam ? demanda Caleb.

– Plus que quatre-vingt-dix-huit mètres. Selon mes estimations, le code sera complètement réécrit d'ici deux minutes et trente-deux secondes. Caleb, nous arriverons sans doute trop tard.

– Dans ce genre de moment, répondit Caleb en dévalant les marches, c'est important de rester optimiste. Rappelle-moi de te faire un topo sur l'optimisme.

Par chance, la porte du palier inférieur était entrouverte. Caleb la franchit brusquement, courant aussi vite qu'il le pouvait. Au-delà se trouvait une autre vaste salle, cette fois entièrement remplie de baies de serveurs. C'était un véritable labyrinthe entouré de murs de quatre mètres de haut. Il n'y avait aucune source d'éclairage à l'exception de la myriade de voyants des boîtiers qui dessinaient les rangées d'appareils. Sam activa la lampe du Flex qui éclaira une bande de béton sur le sol. Des lignes de différentes couleurs y avaient été peintes et traversaient le labyrinthe, sans doute pour guider les techniciens de la SolTec vers des secteurs spécifiques.

– Où devons-nous aller ?

– La zone bleue, Caleb. Il existe un terminal d'accès dans une cabine à l'extrémité de la baie 45-3C. Prends à gauche, à douze mètres, puis prends à droite et dirige-toi vers l'allée centrale.

Caleb jeta un regard derrière lui. Mitch se trouvait à quelques mètres et promenait le faisceau de sa lampe dans le noir pour mieux observer l'immense pièce. Caleb fonça droit devant lui, fit un brusque virage à droite, sprinta sur une courte distance, puis prit de nouveau à droite. Il atteignit une petite cabine aux parois de verre, où un poste informatique était encastré dans un bureau. Trois écrans y étaient installés et tous affichaient le même message clignotant : SERVEUR INACCESSIBLE – PATIENTEZ SVP.

– Caleb, reprit Sam, il nous reste maintenant une minute avant l'écrasement total du code.

L'IA simula une hésitation, puis reprit d'une voix plus enjouée :

– Mais nous formons une bonne équipe. Nous avons fait face ensemble à nombre de situations stressantes. Nous pouvons y arriver.

– C'est mieux, commenta Caleb en se ruant vers le poste informatique. Il posa le Flex sur la table. Une seconde plus tard, Sam s'infiltrait dans le système d'exploitation de la SolTec et de longues lignes de code s'affichèrent sur les écrans.

– Bon, cherchons les récurrences caractéristiques du virus. Tout ce qui a pu être enregistré.

– Rien ne se distingue, Caleb. Le virus réécrit directement le code. Tous les inhibiteurs comportementaux ont sauté. D'ici trente-huit secondes, il ne restera rien du système d'origine.

Caleb s'installa devant le poste et fit craquer ses doigts.

– C'est parti Sam. Creuse plus profondément. Retrouve-moi ce qu'il reste du code de la SolTec. On va réparer ce bazar.

– Il s'affiche à l'écran. Encore deux cent neuf répertoires racines. Cent quatre-vingt-seize. Cent quatre-vingt-deux…

– Si nous ne pouvons pas identifier le virus, alors laisse-moi tenter l'un des miens. On va tenter une contre-attaque.

Mitch s'approcha de la cabine.

– Tu t'en sors ?

– On s'approche, répondit Caleb sans se retourner tout en pianotant furieusement sur le clavier. Même si j'avoue que…

Un heurt fracassant le fit bondir de son siège en criant. À sa gauche, des tirs en rafales d'un robot de combat avaient fissuré la vitre blindée telle une toile d'araignée. De l'autre côté, il distinguait une forme effrayante qui s'avançait entre les rangées de serveurs.

– Un robot de combat qui a réussi à descendre, lâcha Mitch. Il a dû finir par comprendre ton subterfuge. Reste là. Je m'en occupe.

C'était l'un des modèles plus petits, un lévrier à six pattes, et il fonçait droit vers la cabine. Il se jeta contre la vitre, comme un bélier autoporté. Un terrible craquement retentit et un pan du mur tangua avant de basculer vers l'intérieur. Mitch se pencha à l'extérieur de la cabine et tira deux fois à bout portant. Les coups éclairèrent brièvement la succession de baies qui les entouraient. Mais ce robot ne semblait avoir aucun point faible et les balles ricochèrent sur sa surface.

– Plus que cent quatre répertoires, Caleb, annonça Sam. Le temps est presque écoulé.

Caleb s'obligea à se rasseoir et à ignorer le robot qui reculait pour mieux prendre son élan et tenter un nouvel assaut.

– Nous n'y arriverons jamais, s'emporta Caleb. Le virus se propage trop vite.

– Que suggères-tu ?

– Je vais t'envoyer un fichier. Copie-le dans le tout dernier répertoire. Nous allons lui tendre un piège.

En à peine cinq secondes, Caleb créa un faux fichier de commande, impossible à distinguer des autres, mais avec une nouvelle instruction. Lorsqu'il l'eut enregistré, il le transféra à Sam, tandis que le robot prenait appui sur ses pattes arrière pour s'élancer. L'IA parcourut le système au bord de l'effondrement en un temps record et déposa le faux fichier dans le dernier répertoire de SolTec.

Caleb n'osait plus remuer, les doigts suspendus au-dessus du clavier.

Le lévrier abaissa sa tête aplatie, en forme de pelle, et bondit.

Brusquement, les lignes de code qui défilaient sur l'écran se figèrent. L'électricité revint dans le bâtiment : les lampes s'allumèrent le long des baies de serveurs et le robot-lévrier s'immobilisa à quelques mètres de la cabine tandis que ses pattes recourbées raclaient le sol.

– Le virus est endigué, annonça Sam. Je viens de réinitialiser le logiciel. Ce qui reste du système de la SolTec va s'éteindre complètement. Ton piège a fonctionné.

Caleb jeta un regard à travers la vitre : le lévrier repliait ses pattes et rétractait son arsenal et sa tête-bélier. Il se désactivait.

Mitch éteignit sa lampe de poche, retira le chargeur vide de son arme et tapa dans la main de Caleb.

– Caleb Quinn, prodige de l'informatique et petit génie. Qu'est-ce que tu as fait ?

Caleb exhala lentement avant de faire pivoter sa chaise.

– J'ai entré une fausse commande, que le virus ne pouvait pas distinguer du reste des fichiers dans le répertoire. Je lui ai ordonné de répéter à l'infini son action précédente : remplacer un fichier, le supprimer, le remplacer en boucle.

Mitch s'esclaffa.

– Je vais faire semblant d'avoir tout compris. Allez, petit, sortons d'ici. Je vais réclamer une prime de risque.

Caleb récupéra le Flex et se leva.

– Nous devons retrouver Zen.

– En effet, répondit le chef de la sécurité en rangeant son arme dans son holster. C'est la priorité.

Ils sortirent de la cabine et longèrent la rangée principale de serveurs.

– Caleb, dit soudain Sam, je perçois un étrange signal en provenance des robots.

Le garçon fronça les sourcils.

– Un signal ? Qu'est-ce que tu veux dire ? Ils sont désactivés, non ?

– On dirait un compte à rebours.

L'IA marqua une brève pause, comme pour effectuer un rapide calcul.

– Caleb, je crois que vous devriez vous mettre à courir.

LE SABOTEUR

Le conduit d'aération était à peine assez grand pour que Zen puisse s'y glisser. Après quelques coudes et quelques pentes raides, elle atteignit le fond de la salle d'observation. Derrière une grille en acier, elle aperçut la silhouette qu'elle avait repérée un peu plus tôt.

C'était un homme et il ne faisait clairement pas partie de SolTec. Il portait des vêtements noirs serrés, une cagoule, un masque et des gants et se tenait devant la vitre avec un smartphone à la main. Zen comprit qu'il était en train de filmer les robots de combat pendant qu'ils enchaînaient les rafales en direction du son de *Terrorform* diffusé par Caleb.

Il était mêlé à la cyberattaque – Zen en était certaine. Ses capacités en matière de piratage n'égalaient pas celles de Caleb, mais elle savait que s'introduire sur le lieu même qu'on tentait de pirater rendait nettement plus difficile la localisation de l'attaque. Bien sûr – en admettant qu'on parvienne à s'échapper –, il devenait virtuellement impossible de retrouver le hacker. C'était simplement dangereux.

Zen ouvrit la grille et se glissa à l'intérieur de la salle, tâchant de s'approcher autant que possible sans être repérée.

Brusquement, la micromitraillette du tank arrosa la totalité de la pièce. Même blindée, la vitre ne put résister à un pareil assaut. Elle explosa en même temps qu'une large partie du cadre en béton. Zen et le saboteur se retournèrent et plongèrent vers le sol pour s'abriter.

Lorsque Zen se redressa, quelques instants plus tard, le saboteur se trouvait devant elle. Elle distinguait à peine sa silhouette derrière l'épais nuage de poussière, mais ils se tenaient l'un face à l'autre, un instant figés, tout en se dévisageant.

Il fit soudain volte-face et se précipita vers la sortie de secours au fond de la pièce. Instinctivement, Zen le suivit. Elle se précipita dans un passage débouchant sur une échelle étroite, qui montait le long d'un puits non éclairé menant au bâtiment principal. Zen entendait les pas du saboteur dans les ténèbres. Elle agrippa les échelons en métal glacé et se mit à grimper.

Quelques instants plus tard, elle sortit par une trappe sur un toit à l'arrière du bâtiment de la SolTec. Une silhouette vêtue de noir, couverte de poussière, se trouvait sur sa gauche, escaladant une gouttière. Elle reprit son souffle et s'élança à sa poursuite.

Alors qu'elle atteignait le sommet du conduit, le saboteur prit son élan et bondit à l'extrémité du bâtiment vers une plateforme d'échafaudage juste derrière la grille de l'usine. Il y avait au moins cinq mètres de distance entre les deux, mais il réussit à se rattraper à un poteau avant de disparaître derrière un rideau de plastique orange.

Zen était une athlète accomplie et l'étagère croulant sous les trophées dans sa chambre à l'IARC était là pour le prouver. Elle n'était pas décidée à laisser ce saboteur la semer. Elle se balança sur la pointe des pieds, remua les bras pour détendre ses muscles, puis elle se mit à courir, de toutes ses forces, les yeux rivés sur l'échafaudage et ce qu'elle espérait atteindre, s'obligeant à ne pas penser au vide qui la séparait du sol, trois étages plus bas, et se rapprochait dangereusement...

Curieusement, une fois dans les airs, le temps sembla ralentir. Elle ne pouvait rien entendre ni rien sentir. Elle ne distinguait que les étais et les plateformes de l'échafaudage, suspendus devant elle comme un énorme tableau... puis elle y atterrit brutalement, heurtant de plein fouet une barre, manquant de perdre l'équilibre, les mains cherchant désespérément quelque chose à laquelle se raccrocher. La gauche saisit finalement un morceau du plastique orangé, l'autre une pièce de métal qui maintenait deux poteaux. Elle se redressa, le souffle court, éclatant presque de rire sous l'effet du soulagement et de l'étonnement. Jamais elle n'avait réalisé au saut aussi long et aussi spectaculaire. Elle aurait aimé que son équipe d'athlétisme de l'IARC voie cela.

Un cri retentit au-dessus d'elle : un « EH ! » indigné, qui ne s'adressait pas à elle, mais à la personne qu'elle poursuivait. Plus loin entre les étais, le saboteur se précipitait vers le bâtiment adjacent. Deux échelles en aluminium la conduisirent au même niveau que le fuyard et tout près de l'ouvrier grincheux qui tenta maladroitement de l'arrêter, mais qu'elle évita sans mal. Près de l'échafaudage se trouvait une succession de toitures plates, séparées par des murets. La silhouette en avait déjà six d'avance et sautait sur le septième.

Zen plissa les yeux. Elle avait pratiqué le parkour, avant tout comme entraînement pour d'autres épreuves. Des adeptes plus aguerris lui avaient expliqué que c'était surtout une question de fluidité : parvenir au stade où tous les mouvements devenaient instinctifs et presque instantanés. Elle reprit sa course et tâcha de faire le vide, de se concentrer uniquement sur la silhouette sombre devant elle pour tenter de gagner du terrain. Elle courait de plus en plus vite, trouva peu à peu son rythme et sauta par-dessus les murets.

Les toits donnaient sur ceux d'un grand magasin. Maintenant qu'ils filaient tous deux au même rythme, Zen parvenait à le suivre le long des rambardes, des sorties de secours, des bouches d'aération et des verrières. Ils sautèrent sur le toit-terrasse d'un café, bondissant de table en table, renversant les couverts, les verres et les assiettes, sous les cris scandalisés des serveurs et des clients. Le saboteur était bon – très bon. Mais tout à coup, son pied glissa sur une assiette et il tomba, disparaissant entre les nappes blanches.

Une vieille dame se dressa d'un bond en hurlant au milieu du chaos :

– On peut savoir ce que vous fabriquez ?

Zen entendit sa voisine de table à l'air pincé répliquer d'un air satisfait :

– Je t'avais bien dit de ne pas prendre le tiramisu, Agnès.

Zen hésita quelques instants : elle avait perdu le saboteur de vue. Non ! Il était là, à peine à quinze pas de distance. Il se releva, et il sauta par-dessus le chariot des desserts, quittant le café.

Ils se dirigeaient vers la vieille ville de Cambridge – *les bâtiments des universités*, pensa Zen, en sautant pardessus une balustrade le long d'une coupole dominant une sorte d'amphithéâtre. À l'évidence, le saboteur avait planifié son parcours : il contourna une tourelle et plongea vers une pente de tuiles en terre cuite, parsemée de mansardes et de cheminées. Alors que Zen le prenait en chasse, elle leva les pieds bien haut pour ne pas buter sur les rebords des tuiles et risquer de les faire glisser. Une ou deux se détachèrent tout de même et dégringolèrent avant de se briser au sol. Ce fut seulement en conservant sa vitesse et en s'agrippant, au moment opportun, au rebord d'une fenêtre, qu'elle évita de chuter en même temps.

Un peu plus loin, elle aperçut un monument nettement plus ancien – une église, avec des murs crénelés, ornés de gargouilles et un pinacle noir. Sans même hésiter, le fuyard bondit du toit couvert de tuiles vers un rebord semi-circulaire, large d'un mètre à peine. Il se réceptionna par une roulade et contourna le rebord jusqu'à disparaître. Zen reproduisit les mêmes mouvements exactement six secondes plus tard, puis s'arrêta brusquement, perdant la fluidité de ses mouvements. Elle fronça les sourcils. La plateforme donnait sur un toit étroit au-dessus de la partie gauche de l'édifice. Une succession d'arcs-boutants les surplombait soutenant la voûte. Le saboteur s'était immobilisé à quelques mètres de là, parfaitement immobile, au bord du vide.

Zen s'avança pour lui demander qui il était et pourquoi il se trouvait à la SolTec, mais elle était si essoufflée qu'elle ne put articuler un mot. Les poumons en feu, ses jambes lui paraissaient en plomb. Brusquement, elle se sentait sur le point de s'effondrer.

Sans doute avait-il senti sa présence, pourtant, il ne se retourna pas. Il se mit à remuer la tête, comme s'il jaugeait des distances, comme s'il attendait un moment précis et préparait un nouveau saut.

Zen était perplexe. Cette église surplombait une rue marchande très animée. Il n'avait plus nulle part où se cacher. Mais l'homme se mit tout de même à courir et prit de la vitesse.

– Attendez ! cria Zen.

Lorsqu'il bondit, cependant, il leva le bras pour s'agripper au dernier arc-boutant. Sa main gantée sembla adhérer à la pierre, trouvant une prise alors qu'il n'y en avait aucune. Il se balança vers l'avant de l'église, utilisant son élan pour exécuter un saut arrière en plein vol.

Sidérée, Zen cligna des yeux et se précipita vers la partie étroite du toit. Au même moment, un bus bleu à deux étages ralentissait au carrefour, juste au pied de l'édifice, puis accéléra. Le saboteur se tenait accroupi sur le toit du véhicule. Pour la première fois depuis qu'il s'était enfui de la SolTec, il se retourna pour la regarder, lui adressa un petit salut moqueur, puis disparut.

Le souffle court, Zen se retourna en lâchant un juron. Tout cela n'avait aucun sens. Il avait exécuté quelques figures de parkour risquées, voire dangereuses, mais ce dernier saut était tout bonnement impossible. Elle leva les yeux vers l'arc-boutant. Elle aperçut quelque chose, une sorte de résidu, là où sa main avait touché la pierre. Après une profonde inspiration tremblante, elle émit un sifflement – un unique son grave – avant de pointer la tache du doigt.

Coccipuce était restée pendue à la veste de Zen grâce à ses petites pattes crochues, comme un badge. Le minirobot s'envola pour atteindre l'endroit désigné par Zen avant de le passer au scanner. Zen s'adossa au mur de l'église et sortit son téléphone pour ouvrir l'application qui lui donnait accès aux capteurs de Coccipuce. Au cours de leur précédente mission pour le programme Möbius, elle avait croisé la route de quelques microdrones ultrasophistiqués, conçus par une société secrète nommée Razor. Après leur retour à Londres, elle avait travaillé d'arrache-pied pour reproduire certaines de leurs caractéristiques avec Coccipuce, dont une sérieuse mise à jour de la sensibilité des capteurs.

– Alors, ma belle, qu'est-ce que tu m'as trouvé ? lâcha-t-elle pour elle-même. Comment il a fait une cabriole pareille ?

Le résultat du scanner était stupéfiant. Un composé chimique si complexe que la formule occupait plusieurs lignes de l'écran. Zen tentait d'en comprendre la logique lorsqu'un choc sourd retentit quelque part de l'autre côté de la ville. Dans la rue en contrebas, les grappes de passants se figèrent en laissant échapper des cris d'angoisse.

Zen courut jusqu'à la plateforme semi-circulaire. Au-delà des bâtiments de l'université et du grand magasin, un gigantesque nuage noir montait dans le ciel, comme si une explosion ou un bombardement venait de se produire.

La SolTec. C'était forcément l'usine.

Soudain gagnée par l'angoisse, Zen ferma l'application de Coccipuce et appela Caleb.

– Faucon ! s'écria-t-il en décrochant. Tu… tu n'as rien ! Tu t'en es sortie !

Pour des raisons de sécurité, les agents de Tilda Clay avaient pour instruction d'utiliser leur nom de code pour toute communication relative au programme Möbius. « Chardonneret » pour Clay et « Vautour » pour Mitch.

– Qu'est-ce que tu veux dire, Salangane ? répliqua Zen. Qu'est-ce qu'il s'est passé ? Vautour n'a rien ?

– Nous sommes tous les deux sains et saufs. Mais… l'usine a sauté. Elle a carrément explosé ! Nous pensons que ce sont les robots de combat : ils devaient comporter un genre de mécanisme d'autodestruction, indépendamment de leur programme interne. Peut-être pour empêcher qu'on les capture. Nous avons pu arrêter à temps le virus, mais à présent, tout a été pulvérisé.

La jeune fille poussa un long soupir. Elle serra le poing de sa main libre pour cesser de trembler.

– L'usine était entièrement évacuée, hein ? Il ne restait plus personne à l'intérieur ?

– Pas que je sache. Tous les employés étaient déjà sortis. En revanche, les dégâts sont énormes, reprit Caleb. Où tu es, exactement ?

– Euh, au sommet d'une église, dans le centre-ville, je crois.

– Je ne vais pas te demander comment tu es arrivée là.

– C'est une longue histoire. Je te rejoins d'ici dix minutes. Ensuite, nous devrions rejoindre Chardonneret au plus vite.

Zen jeta un regard vers la fumée âcre et ajouta :

– Quelque chose ne tourne pas rond.

UN OS APRÈS L'AUTRE

Caleb perçut la voix de la professeure Clay presque à l'instant où les portes de l'ascenseur s'ouvrirent. Elle semblait parler au téléphone – et s'emportait furieusement.

– Je ne veux pas le savoir, Aiden. Tu m'as menti. Tu m'as laissé exposer deux de mes agents à une situation critique – à un danger de mort.

Elle marqua une pause – sans doute pour laisser son interlocuteur, Aiden Lennox, s'expliquer. Caleb sortit de l'ascenseur et se dirigea vers le bureau de la directrice. Zen se tenait à ses côtés et Mitch les suivait de près.

– Non. Non, je ne veux rien entendre. Tu m'avais parlé d'une cyberattaque. D'une faille de sécurité. Et ce que je vois, à présent, c'est une explosion. On me rapporte que mon équipe s'en est tirée de justesse.

Les deux adolescents s'approchèrent de la porte. Caleb hésita, se demandant s'il devait attendre que Clay finisse de démolir Lennox, mais Mitch se pencha et frappa deux coups à la porte.

La professeure Tilda Clay l'ouvrit quelques instants plus tard. La directrice était une femme noire, très grande, d'une quarantaine d'années, au visage anguleux et aux cheveux courts et grisonnants. Elle portait un pantalon sombre, un haut bleu marine floqué d'un cheval blanc au centre. En les voyant, elle écarquilla les yeux. Zen était contusionnée, ses vêtements encore couverts de poussière tandis que ceux de Mitch et Caleb portaient des traces de brûlures. Leurs sourcils étaient roussis.

Clay recula pour les laisser entrer dans la pièce et reprit le combiné de son téléphone, avant de se rapprocher de son bureau, en faisant claquer l'embout argenté de sa canne sur le carrelage. Six semaines plus tôt, tandis que Faucon et Salangane effectuaient leur première mission, elle avait reçu une blessure par balle à la tête alors qu'elle les aidait à échapper à un gang de dangereux mercenaires. Heureusement, la balle n'avait fait qu'effleurer son crâne, sans causer de sérieux dommages, mais sa tempe gauche était encore recouverte d'un pansement et elle se déplaçait avec une canne à cause de fréquents étourdissements.

Aucune faiblesse, cependant, dans la façon dont elle parlait à Lennox.

– Je ne me contenterai pas d'excuses, Aiden. J'exige des réponses. Tu dois me fournir des explications substantielles sur ce qui se passe dans cette usine – et surtout pourquoi elle s'est attiré des ennemis aussi dangereux.

Caleb, Zen et Mitch attendaient patiemment. Le bureau de Clay occupait l'angle du trente-quatrième étage de la tour de l'IARC. Les parois donnant sur l'extérieur étaient entièrement vitrées, comme la plupart des salles de l'institut, et offraient une vue imprenable sur la cathédrale Saint-Paul et les gratte-ciel de Londres. Sous un ciel d'automne, bas et chargé, les lumières s'allumaient peu à peu dans les rues et les ponts tout en bas, alors qu'il était à peine plus de dix-sept heures.

À leur gauche, parmi les diplômes accrochés au mur et les rayonnages de la bibliothèque, un écran de télévision dont le son était coupé était allumé sur une chaîne d'informations. Elle diffusait des images aériennes de l'usine de la SolTec, toujours en proie aux flammes. Des dizaines de camions de pompiers étaient postés tout autour du site, leurs tuyaux tirés pour lutter contre l'incendie, mais sans résultat visible. Un bandeau au bas de l'écran affichait « Une surtension mystérieuse provoque un incendie à Cambridge ».

– Je me moque de ce que racontent les avocats de la SolTec. Écoute-moi bien, Aiden, si tu refuses de m'expliquer ce qui se passe, je t'assure que j'userai de tous les moyens à ma disposition pour...

Clay s'interrompit brusquement, avant de jeter le combiné sur son bureau d'un geste rageur.

– Cette fouine m'a raccroché au nez !

– Euh, oui, intervint Caleb. Il ne nous a pas paru être le type le plus sympathique de l'univers.

Clay s'enfonça lentement dans son fauteuil.

– Caleb. Zen. Et monsieur Mitchell, bien sûr. Je suis heureuse de vous retrouver tous sains et saufs, dit-elle avant de se reprendre, en les observant maintenant de plus près. Enfin,presque.

– C'était un sacré pétrin, là-bas, professeure, expliqua Mitch. Largement en dehors des bornes de la mission.

– Ce que Mitch veut dire, reprit Caleb, c'est que c'était complètement dingue.

– Un virus a reprogrammé les robots de la SolTec, ajouta Zen. Ils tiraient à vue.

– D'abord, il y avait un robot-constructeur complètement hors de contrôle. Puis c'était un genre de tank automatique avec des micromitraillettes. Et puis…

Clay l'interrompit d'un geste.

– Nous ferons un débriefing complet d'ici quelques minutes. Asseyez-vous. J'ai un appel en visioconférence et je pense que vous serez tous intéressés d'y assister. Les circonstances ne sont pas idéales, mais nous n'avons pas le choix.

Caleb et Zen s'installèrent sur les fauteuils en cuir face au bureau et Mitch resta debout, près de la fenêtre. Clay pianota sur son ordinateur et l'écran passa d'une image de la SolTec en feu à la fenêtre d'une application d'appel vidéo où apparut le visage de l'agente Harper Quinn de la CIA, la mère de Caleb.

– Caleb ! s'exclama-t-elle avec un grand sourire. Je suis si contente de te voir. Tu me manques tellement, mon chéri. Je n'arrive pas à croire que je sois déjà partie depuis trois semaines.

– Arrête, maman, marmonna Caleb en rougissant. On s'est parlé sur Zoom il y a à peine deux jours ! Mais euh, oui, tu me manques aussi.

Dans son tailleur gris, ses cheveux auburn ramenés en queue-de-cheval, Harper était installée à un bureau dans un open space parfaitement neutre, qui ne trahissait rien de sa localisation géographique, ni de son fuseau horaire. Caleb savait qu'elle se trouvait au quartier général de la CIA, à Langley, aux États-Unis, où on l'avait assignée à l'investigation concernant ce qu'on surnommait « l'Incident de Spøkelsøy ».

Cet été, après la disparition mystérieuse de plusieurs personnalités scientifiques – dont le professeur Elias Rafiq, le père de Zen – les deux adolescents avaient remonté la piste aussi complexe que dangereuse qui les avait conduits jusqu'à l'île de Spøkelsøy, au large de la côte norvégienne. Toutes les victimes en étaient revenues saines et sauves, tandis qu'un plan machiavélique avait été déjoué, mais de nombreuses questions demeuraient sans réponse, en particulier au sujet de Razor, l'inquiétante organisation qui en était à l'origine.

Harper Quinn faisait désormais partie de l'équipe chargée d'analyser les équipements informatiques que les enquêteurs avaient pu récupérer, d'interroger et d'examiner toutes les personnes kidnappées et de tenter de retrouver quelque chose – n'importe quoi – susceptible d'indiquer les futurs plans de Razor.

Caleb et sa mère habitaient le quartier de Nine Elms à Londres, non loin de la Tamise, mais le temps de sa mission aux États-Unis, Caleb logeait à l'institut, à l'étage des étudiants résidents. Il occupait une chambre au bout du même couloir que celui de Zen – qui y résidait la semaine, car sa famille habitait Berlin, où son père enseignait à l'université libre de Berlin. Pour l'instant, ses proches se trouvaient eux aussi à Langley, afin qu'Elias puisse collaborer à l'enquête de Spøkelsøy, et se remettre de la terrible épreuve que Razor lui avait fait subir.

– J'aperçois Lance Mitchell, près de la fenêtre, reprit Harper. Et Zen est là aussi, bien sûr.

– Bonjour, agente Quinn, répondit la jeune fille avec un petit signe.

– J'ai parlé avec tes parents il y a à peine une heure. Ton père est encore très faible, mais il se remet. Et nous espérons pouvoir ramener ta maman et ta petite sœur à Berlin d'ici la fin du mois.

– C'est une excellente nouvelle, dit Zen d'une voix tremblante. Je dois parler à ma mère, demain. Je suis sûre qu'elle me racontera tout cela.

– Parfait, dit Harper, avant de s'interrompre en fixant l'écran de l'ordinateur. Bon, je dois vraiment poser la question : qu'est-ce qui a bien pu vous arriver ? On dirait que vous sortez d'une zone de guerre.

– Nous avons monté une petite opération, aujourd'hui, expliqua Clay en s'enfonçant dans son fauteuil. C'était en fait une faveur, que je devais à l'un de mes anciens collègues. Quelqu'un que je ne risque pas d'aider à nouveau.

Le sourire de Harper s'était figé.

– Je pensais que nous étions d'accord, Tilda : plus d'opérations de Möbius pendant un certain temps. Tu sais très bien ce que Zen et Caleb ont vécu cet été. Tu étais censée leur donner le temps de récupérer.

– Oui, j'en suis consciente, répondit Clay, les lèvres pincées – tout ce dont elle était capable en termes d'excuses. Nous étions sollicités pour une assistance sur un cas de cyberattaque dans une usine de robotique. Malheureusement, Zen et Caleb forment l'équipe la plus qualifiée dont nous disposions pour répondre à ce genre de mission. Tout ne s'est pas passé… aussi simplement que je l'avais espéré, mais tout le monde est sain et sauf, comme tu peux le constater. Et votre agent les accompagnait. Il s'est assuré de leur sécurité, ajouta-t-elle en se tournant vers Mitch. N'est-ce pas, monsieur Mitchell ?

Mitch et Harper étaient de vieux amis et s'étaient rencontrés alors qu'il travaillait encore pour la CIA. Il avait été engagé à l'IARC sur la recommandation de Harper, pour surveiller Caleb – mais également les activités du programme Möbius. Tilda Clay n'avait pas eu d'objection. Mitch s'était révélé fort utile pour l'IARC et elle pensait à l'évidence qu'il était plus sage de maintenir de bonnes relations avec la CIA.

– Euh, bien entendu, répondit Mitch en tirant sur la manche de sa veste pour masquer celle carbonisée de sa chemise. Aucun motif d'inquiétude, agente Quinn. Tout va bien.

Harper ne semblait pas dupe, mais elle décida de ne pas insister – en tout cas, pas pour l'instant. Elle se redressa sur son siège : Caleb sentit qu'elle basculait en mode « professionnel ».

– Bref, reprit-elle. Le but de cet appel était de faire le point avec vous sur l'enquête de l'affaire Spøkelsøy. Nos équipes d'excavation ont travaillé sans relâche. Les ruines de cette île sont une véritable mine d'or. Il y avait là-dedans une forme de technologie que nous allons mettre des années à comprendre. Je veux dire : véritablement très avancée.

– Quel type de technologie ? demanda Caleb. Les restes de ces drones circulaires ? Ou la chambre lumineuse de Xavier Torrent ?

Harper répondit par un signe négatif.

– Tout cela est top-secret, Caleb. Mais ce que je peux vous révéler, c'est que nous avons quelques pistes pour remonter jusqu'à ce gang de mercenaires, ceux qui ont réussi à fuir cette île. Et nous pensons être bientôt en mesure de retrouver votre ancien camarade de classe, Luuk Tezuka. Nous sommes en contact avec Tsuru, l'entreprise de sa famille. Ils ont eux aussi mené leurs propres recherches.

– Et Erika Szabo, la cheffe des mercenaires que Razor a capturée ? interrogea Zen. Ou Esperanza ? Avez-vous retrouvé leur trace ?

Esperanza était l'agente de Razor basée sur l'île de Spøkelsøy. D'une féroce dangerosité, possédant une technologie terrifiante, elle s'était volatilisée à un moment crucial. L'idée qu'elle soit encore en liberté dans la nature était effrayante.

– Pas encore, Zen, répondit Harper, mais nous poursuivons nos recherches.

Caleb et Zen échangèrent un bref regard. Après leur sauvetage sur Spøkelsøy, les services secrets les avaient tous les deux débriefés : cinq jours d'interrogatoire analysant le moindre détail de leur aventure. Mais depuis, ils n'avaient eu presque aucune information. Ils avaient l'impression d'être tenus à l'écart de l'enquête. Caleb savait bien que sa mère ne faisait que son travail, mais il ne parvenait pas à dépasser son agacement.

– Sam continue de repérer le signal de l'Apex, maman, reprit-il. Beaucoup plus faible qu'auparavant, mais il est bien là. Est-ce que tu peux nous en dire plus à ce sujet ? Par exemple, d'où est-ce qu'il émet ?

Apex était le nom d'une IA technologiquement très avancée et particulièrement hostile qu'ils avaient réussi à neutraliser sur Spøkelsøy. Le logiciel avait été programmé par un génie de l'informatique déséquilibré nommé Xavier

Torrent – écrasé par un rocher lors de l'effondrement de l'île. Couplé à un ordinateur quantique surpuissant et à un réseau complexe de nanorobots implantés dans le corps des scientifiques kidnappés, Apex avait joué un rôle central dans le terrible projet de Razor. La manipulation mentale à grande échelle.

Harper secoua de nouveau la tête.

– Là non plus : aucune réponse. L'information principale, c'est qu'il n'est plus activé par un ordinateur quantique, ce qui le rend considérablement moins dangereux. Sans cela, ils sont incapables de faire fonctionner leur nanotechnologie. Sans compter qu'ils ont besoin d'une énorme source de puissance pour faire fonctionner un tel système. Mais j'imagine que tu savais déjà tout cela, mon poussin.

Elle fixa la caméra.

– Comment va Sam ?

Le sous-entendu était évident. Jusqu'à l'été précédent, Sam n'existait que dans l'espace de *Terrorform*, le jeu vidéo conçu par Caleb. Mais une rencontre particulièrement dangereuse au cours de leur première mission pour Möbius ne lui avait pas laissé d'autre choix que de le libérer et le laisser entrer dans Internet. Cela avait eu quelques conséquences à tout le moins inattendues. C'est Sam qui avait fait exploser le cratère de Spøkelsøy, en surchargeant les générateurs. Son action était purement logique, basée sur des calculs aboutissant à la conclusion que c'était le seul moyen de neutraliser Torrent et Razor. Mais il avait également mis leur vie en grand danger. Après cela, Caleb et sa mère avaient décidé ensemble qu'il était nécessaire d'apporter de sérieuses modifications au programme de Sam, pour empêcher que tout cela ne se reproduise. Dès qu'ils se parlaient, elle lui demandait comment se passait cette mise à jour.

– Ça... va, répondit Caleb, avec une certaine prudence. L'autre jour, j'ai terminé de réécrire ses protocoles de volonté. À présent, tout est sous contrôle. Il a été d'une aide incroyable, d'ailleurs, pour la miss... pour l'exercice d'application que nous a demandé la professeure Clay.

L'IA fit retentir sa voix nasillarde par le haut-parleur du Flex.

– Merci, Caleb. Je fais de mon mieux. Bonjour, agente Quinn. J'espère que l'explication de Caleb vous a rassurée.

– Salut, Sam, répondit Harper. Euh, oui, d'une certaine manière. Mais pourrais-tu m'expliquer ce que sont tes « protocoles de volonté ». Caleb a l'habitude de nous sortir ces expressions comme si elles étaient évidentes pour les non-spécialistes.

– Oui, renchérit Mitch, j'ai noté cela, moi aussi.

Caleb ne répondit rien mais sentit qu'il rougissait.

– Bien volontiers, agente Quinn. Mes protocoles de volonté influencent non seulement ce que je souhaite faire, mais ce que je suis capable de tenter pour réaliser ces souhaits. Les altérations récentes de Caleb m'autorisent toujours à accéder librement à l'information, à analyser les données, à proposer des conseils et à exécuter une série d'actions mineures au sein du programme de *Terrorfom*. Mais je n'ai pas la possibilité d'effectuer des modifications de niveau administrateur ou d'exécuter quoi que ce soit qui puisse affecter le monde extérieur sans l'autorisation explicite de Caleb.

Harper l'écoutait avec attention.

– Tout cela me paraît très raisonnable.

– C'est raisonnable, répliqua Caleb, piqué. Je t'avais bien dit que j'allais m'en occuper, non ?

– C'est vrai, mon chéri. Et je vois que tu as tenu parole.

Harper se tourna et hocha la tête en direction de quelqu'un hors du champ.

– Navrée, tout le monde, mais je dois vous laisser. Je suis désolée de ne rien avoir de très concret à vous communiquer. Avec ce genre d'enquête, c'est souvent comme cela. C'est un peu comme l'archéologie : on déterre un squelette de dinosaure, un os après l'autre.

– Si tu le dis, marmonna Caleb.

– Je vois qu'on annonce de la pluie sur Langley, cet après-midi, agente Quinn, dit alors Sam. J'espère que vous avez la tenue adéquate.

– Absolument, Sam, répondit Harper. C'est la première chose qu'on t'apprend à l'école des espions : ne jamais oublier son imperméable. Je vous appellerai chacun individuellement dès que je le pourrai, reprit-elle en se penchant vers l'écran. Il faudra simplement m'aider à comprendre exactement ce que vous faisiez.

– Alors nous en reparlerons plus tard, répondit Clay à la hâte avant de se pencher pour mettre fin à la conversation. Et bonne chance avec le dinosaure.

Tous dirent au revoir à l'agente Quinn et l'écran redevint noir.

– Il n'y a que moi qui aie l'impression d'en savoir encore moins qu'avant ? lâcha Caleb.

Clay lâcha un petit rire sardonique.

– Typique de la CIA.

– Elle nous a parlé de Luuk, relativisa Zen. Caleb, tu t'inquiétais pour lui. Même si, avec les ressources de Tsuru, il était clair qu'on le retrouverait vite.

Mitch croisa les bras.

– Ne le prends pas pour toi, petit. Ta mère nous dira tout ce qu'elle peut. Ces classifications top-secret viennent généralement d'en haut. Elle risquerait de gros ennuis si elle révélait des choses secrètes. Surtout via télécommunications.

Clay ralluma l'écran sur la chaîne d'information, qui diffusait toujours les images de l'incendie à la SolTec.

– Bien. La meilleure chose à faire pour l'instant est de comprendre ce qu'il s'est produit aujourd'hui à Cambridge. Mais avant tout, nous avons besoin d'une chose, de toute urgence.

Elle s'installa derrière son bureau et fit un geste en direction de son armoire à dossier au fond de la pièce.

– Le tiroir du bas.

Caleb s'approcha, imaginant y trouver un gadget dernier cri ou un élément crucial de l'enquête, mais il ne trouva qu'une boîte en plastique remplie de biscuits faits maison.

– Des cookies double choco, annonça-t-elle. La recette de ma tante Alice. Donnes-en au moins deux à Zen, bon sang ! Elle est blanche comme un linge.

Tous se servirent.

– Voilà qui est mieux, reprit Clay en époussetant les miettes sur son haut. À présent, racontez-moi tout.

BOUE VIOLETTE : DANGER

Une fois qu'ils eurent relaté leurs aventures à la SolTec, Clay fit pivoter sa chaise pour jeter un regard par la fenêtre. Caleb comprit qu'elle prenait leur rapport très au sérieux.

– Donc. À quoi avons-nous affaire, d'après vous ?

– Ceux qui ont fait cela sont déterminés, répondit Caleb. *Très* déterminés. Ils n'ont pas peur de prendre des risques. Ni de s'attaquer aux gens.

– Ni de tuer, tu veux dire, renchérit Mitch.

Zen acquiesça.

– Je crois qu'ils savaient que les robots de combat se trouvaient dans cette usine – et qu'ils allaient dérailler comme les autres.

– Et leur autodestruction ? insista Clay.

– C'était probablement un dispositif inclus dans le sous-système des robots, expliqua Caleb. Les capteurs du Flex n'ont rien relevé jusqu'à ce qu'il soit trop tard. Il semble qu'il se soit déclenché lorsque Sam et moi avons stoppé la réécriture du code.

Mitch observait avec attention les images à l'écran.

– J'ai déjà vu ce type d'incendie, dit-il. Tous ces robots étaient sans doute truffés de bombes au phosphore. Ils seront complètement carbonisés. J'imagine que l'idée était d'empêcher que cette technologie ne tombe entre des mains ennemies. Cette usine va continuer à brûler pendant des jours…

– Donc, ces saboteurs cherchaient à détruire SolTec. Mais quoi d'autre ?

– Ils voulaient montrer ce qu'il se passe dans cette usine, répondit Zen. Voilà pourquoi le type que j'ai pris en chasse filmait la scène. Il voulait des images des robots de combats hors de contrôle, en train de tout détruire, peut-être de tuer.

– Exact, dit Caleb. Alors nous ferions mieux de rester en alerte. Une vidéo pourrait apparaître sur les réseaux : quelque chose que nous pourrions retracer.

– J'y ai également pensé, dit Sam. Et j'ai surveillé les activités récentes sur Internet. Mais jusqu'à présent, aucune vidéo de l'usine de la SolTec à Cambridge n'a été postée.

Clay observait Caleb avec une curieuse expression. Comme la plupart des gens, elle ne savait pas vraiment quoi penser de Sam.

– Quelles régions as-tu… surveillé, exactement ?

– Toutes, professeure Clay, répondit l'IA. Mais je n'ai rien à signaler. Je vous tiendrai informée si quelque chose change.

– C'est cela, conclut Clay. Donc, concernant le virus à proprement parler ? Des indices peut-être sur l'identité du concepteur ?

– Nous avons fait une recherche rapide en revenant de Cambridge, expliqua Caleb. Évidemment, il est hypersophistiqué. C'est l'œuvre d'un excellent codeur.

– Ce qui signifie qu'il sait probablement effacer ses traces, fit observer Zen.

– Une impasse, donc, acheva Clay en fronçant les sourcils. Il va nous falloir un autre cookie.

Elle se servit et fit passer la boîte autour de la table. Mitch en prit un, enthousiaste.

– Professeure, je dois avouer qu'ils sont délicieux. Qu'est-ce que c'est que ce parfum… des épices ?

– De la cannelle. Ma tante Alice en met dans absolument tout.

– Ah, la cannelle… J'adore ça. Vous avez déjà essayé avec des bananes ?

– Professeure, coupa Zen, visiblement agacée. J'ai récupéré l'empreinte de sa main. Le saboteur l'a laissée sur l'église. C'est notre piste la plus solide. Coccipuce l'a parfaitement scannée. C'est peut-être la clé de l'énigme.

– Voyons cela.

Zen sortit son smartphone et ouvrit l'application de Coccipuce, avant de faire quelques manipulations. Une image extrêmement détaillée, de très haute résolution, apparut sur l'écran du bureau, montrant clairement une trace laissée par un gant d'escalade. Nombres et symboles constellaient l'image, renseignant une somme de détails sur les formules chimiques de la substance formant l'empreinte. Toutes les têtes se tournèrent vers l'écran et le silence retomba dans le bureau, à l'exception de Mitch qui dévorait toujours son biscuit et du ronronnement de l'ordinateur de Clay.

– Bon, conclut finalement Clay. Tout cela ne m'apprend absolument rien. Quelqu'un peut m'expliquer ce que nous regardons ?

– Pas moi, s'esclaffa Mitch.

– Sam ? suggéra Caleb.

– Il semble qu'il s'agisse d'un composé expérimental, répondit l'IA. Qui défie toute classification chimique ordinaire. Je crains qu'une analyse plus poussée soit hors de mes champs de spécialisation.

– Heureusement pour nous, répondit Clay avec une pointe d'ironie, nous nous trouvons à l'IARC. Trouver un expert chimiste ne devrait pas poser de problème.

Elle posa son cookie et pianota sur son clavier. Une fenêtre de vidéoconférence s'ouvrit sur l'écran, à côté de l'image de l'empreinte.

On y voyait un laboratoire, donc les surfaces blanches et les équipements parfaitement alignés sur les étagères étaient recouverts d'une couche de substance visqueuse et violette. La webcam tressauta et une moitié de visage apparut : échevelé, la joue maculée de la même matière, l'œil marron démesuré derrière un verre triple-foyer.

– Professeure Clay ! bredouilla une voix nasillarde et légèrement inquiète. Ah, zut, nous sommes sur le canal de Möbius… Je voulais dire Chardonneret, oui Chardonneret, c'est cela. Comment allez-vous ? Que puis-je faire pour vous ?

– Bonjour, Marouette, répondit Clay. Tout… va bien au laboratoire ?

La caméra dézooma. Un garçon à la peau noire, très grand, vêtu d'une blouse blanche sur un tee-shirt vert pomme orné d'une méduse était installé sur un tabouret, l'air de rien, parfaitement sérieux, feignant d'ignorer le chaos visqueux et violet autour de lui. C'était Art Lawrence, un élève un peu plus jeune qu'eux, qui semblait rafler tous les prix pour des expériences extrêmement complexes, auxquelles personne ne comprenait rien. Caleb ignorait qu'Art – nom de code Marouette, manifestement – faisait partie du programme Möbius. Clay restait aussi discrète que possible concernant ses membres, mais il était logique qu'elle ait intégré un tel élément.

– Je fais quelques heures supplémentaires au labo, expliqua Art en essuyant son genou maculé de la substance collante. Vous savez ce que c'est... Je suis à deux doigts d'une énorme découverte – à deux doigts – et je ne peux vraiment pas laisser ça en plan. C'est juste un détail que je n'arrive pas à comprendre. Selon mes calculs, Chardonneret, tout devrait marcher à la perfection, mais dès que j'introduis le composant Y dans la zone de test, cette réaction se déclenche : une expansion incontrôlable, vraiment violente, complètement ridicule. Et je n'arrive pas à la contenir.

Il leva aussitôt la main.

– Je sais ce que vous allez dire : je dois mieux étudier la relation entre la structure et le comportement de mes électro-catalyseurs. Mais je me demande si...

– Très bien, Marouette, très bien, l'interrompit Clay. Respire un bon coup. Je suis certaine que tout cela est passionnant, mais j'ai besoin que tu jettes un coup d'œil à quelque chose. C'est très urgent. Je te l'envoie sur-le-champ.

Art cligna des yeux, comme s'il avait perdu le fil de sa réflexion. Il se pencha en avant pour cliquer sur l'écran puis fixa résolument un point – sans doute là où l'image scannée par Coccipuce venait d'apparaître. Au bout de quelques instants, il bondit de son siège et colla son visage contre l'écran, si bien qu'ils ne voyaient plus rien d'autre.

– Qu'est-ce que… Mais comment… Professeure, pardon, Chardonneret, où avez-vous trouvé ça ?

Clay désigna Zen et Caleb d'un geste.

– Je te présente deux de nos plus récentes recrues pour le programme Möbius. Voici Faucon et à côté d'elle, Salangane.

– Faucon et Salangane ! s'exclama Art en se rasseyant sur son tabouret. En fait, je savais déjà que vous aviez intégré l'équipe. Mais je suis ravi de pouvoir enfin vous rencontrer. Ce que vous avez fait sur cette île, cet été : c'était diiiingue !

– J'espère que tu n'as pas fait courir de rumeur, Marouette, avertit Clay. Tu sais parfaitement que tous les détails concernant le programme sont strictement confidentiels. Ne m'oblige pas à réévaluer ta place dans l'équipe…

– Bien sûr, bredouilla-t-il. Confidentiel, évidemment. Je n'ai rien dit, je vous jure que c'est vrai. J'ai juste entendu dire qu'ils avaient parcouru l'Europe seuls, sauvé une flopée de gens et déjoué un énorme complot. Une sacrée victoire ! Vraiment, vraiment dingue.

Clay le dévisagea quelques instants avant de poursuivre :

– Faucon a retrouvé cette empreinte il y a quelques heures, au cours d'une mission à Cambridge. Elle va elle-même te raconter les circonstances.

Zen fit un rapide récit de sa course-poursuite sur les toits et de l'échappée acrobatique du saboteur. Art en oublia aussitôt les menaces de Clay et l'écouta, fasciné.

– Tout s'explique, dit-il enfin. Je veux dire, c'est probablement une sorte d'adhésif ; mais ses propriétés, ses variations internes sont totalement inédites. Ça ne ressemble à rien de ce que j'ai pu voir.

– J'ai besoin que tu nous fasses une analyse complète, reprit Clay. Nous aimerions une formule, si tu y arrives, et tout ce que tu pourrais nous apprendre sur la personne qui l'a mise au point.

Art secoua la tête.

– C'est… c'est de l'étude *hardcore*, ça, Chardonneret. Il existe… genre, trois laboratoires qui soient capables, enfin, qui pourraient peut-être réussir à faire ça. Quand bien même, ils ne… Enfin, je vois mal comment ils réussiraient à…

– Vois ce que tu peux trouver. Tu as vingt-quatre heures, conclut Clay, qui coupa la conversation avant qu'Art ait pu répliquer. Bon, je crois que nous avons tout vu. Espérons qu'il découvre quelque chose d'utile.

Caleb réfléchissait.

– Et maintenant ? Qu'est-ce qu'on fait ? demanda-t-il. Nous introduire à notre tour dans les serveurs de la SolTec pour essayer de trouver…

– Ce que vous devez faire, vous deux, l'interrompit Clay, c'est retourner dans vos chambres et vous reposer. Ne dites à personne où vous vous trouviez aujourd'hui. Cette mission doit rester top-secret. Qu'a-t-on raconté à leurs camarades ? demanda-t-elle en se tournant vers Mitch.

– Caleb avait rendez-vous chez le dentiste, répondit le chef de la sécurité. Zen avait une compétition d'athlétisme à Beckenham.

– Le dentiste ? s'étrangla Caleb, clairement déçu. Et si quelqu'un me pose la question ? Qu'est-ce que je vais raconter ?

– Tu répondras que c'était pour un détartrage, répliqua Mitch avec un large sourire. Tout le monde s'en fiche. Crois-moi, petit, les meilleures couvertures sont les moins intéressantes.

– Et les meilleurs agents protègent toujours leur couverture, renchérit Clay. Ne l'oublie pas, Caleb. Et M. Mitchell a raison, plus elles sont insignifiantes, mieux c'est. Tu serais surpris de savoir combien d'espions sont démasqués parce qu'ils éprouvent soudain le besoin de se rendre intéressants.

– Le champion du tartre. Génial comme signe distinctif.

– Les vacances commencent après-demain, poursuivit Clay, comme vous le savez. Je crois que vous restez tous les deux à l'institut pour toute la semaine ?

– Oui, répondit Zen. Nos parents sont un peu… occupés.

– Nous restons ici, professeure. Nous allons nous concentrer sur cette enquête.

D'ordinaire, la perspective de vacances à l'IARC les aurait déprimés, car habitant Londres, à quelques kilomètres de là, Caleb n'y était pas habitué. Mais à présent, les choses avaient changé. Ils avaient une nouvelle mission. Il n'aurait voulu manquer cela pour rien au monde.

Clay hocha la tête.

– La plupart des élèves et des enseignants seront partis. Cela nous laissera nettement plus de place et de latitude pour poursuivre notre enquête.

Son expression, habituellement dure, s'adoucit quelque peu.

– Vous avez fait de l'excellent travail, aujourd'hui. Vous vous êtes adaptés à une situation volatile. Je ne peux pas vous en demander davantage. Tenez, reprit-elle en leur tendant la boîte. Prenez-en pour plus tard.

Elle en avait terminé avec eux.

– Mais… protesta Caleb.

– Retournez dans vos chambres pour vous reposer, répéta Clay en se concentrant sur son ordinateur. Quelque chose me dit que cette histoire ne fait que commencer.

LE MODE DÉMIURGE

Une fois dans sa chambre, Caleb se changea, égalisa ses sourcils roussis et tenta de poursuivre sa lecture de *La Ferme des animaux* de George Orwell, qu'ils étudiaient en cours.

Mais il en fut incapable. Il n'arrivait pas à se concentrer. Les événements de la journée tournaient en boucle dans sa tête avec une netteté effrayante. Le grincement assourdissant de la micromitraillette. La charge du robot-lévrier contre la cabine du poste informatique. Et cette déflagration… ce souffle si dévastateur qu'il avait eu l'impression que le monde se déchirait en deux. Il traversait le hall avec Mitch lorsque les robots avaient explosé. Toutes les parois de verre avaient été soufflées d'un seul coup. Des flammes blanchâtres étaient montées dans les cages d'ascenseurs avant de faire éclater les portes. Ils s'étaient alors jetés tous les deux sur le sol, avant d'enjamber les débris de verre pour se mettre à l'abri à l'extérieur du bâtiment.

De guerre lasse, Caleb décida de lancer *Terrorform* pour tenter de se changer les idées et discuter un peu avec Sam tout en jouant. Dans sa chambre à l'IARC, il n'avait pas de casque de réalité virtuelle avec univers sonore enveloppant, comme chez lui. Il n'avait que le Flex, un casque audio et une manette. Mais cela lui suffisait.

Caleb avait créé *Terrorform* dans son laboratoire informatique installé sur une péniche, amarrée tout près de chez lui, dans le quartier de Nine Elms, qui appartenait autrefois à son père, Patrick, expert en intelligence artificielle. Le jeu se développait en mode bac à sable, dans un univers immense censé couvrir un système solaire tout entier. C'était à la fois un jeu de rôle, un jeu de tir et un jeu de simulation de survie. Il était possible de choisir son type de personnage, son équipement de base et de se lancer dans l'aventure. Il fallait créer des alliances, se faire des ennemis parmi la masse des joueurs, vaincre l'extraordinaire faune des monstres et développer son personnage pour gagner de nouvelles compétences et de nouveaux éléments d'équipement.

Ce jeu était le projet de Caleb, son rêve, mais c'était uniquement Sam qui l'avait rendu possible. Après la mort de son père, le jeune garçon avait retrouvé le programme d'intelligence artificielle dans le laboratoire de la péniche, parmi les disques de sauvegardes de Patrick, presque comme si celui-ci l'avait laissé là pour que Caleb le retrouve. Il avait adapté Sam afin de l'aider à construire l'univers de *Terrorform* qui, jusque-là, n'était qu'un passe-temps. La puissance de calcul phénoménale de l'IA, conjuguée à sa capacité à générer des initiatives, des solutions, voire des opinions propres grâce à un programme nommé l'algorithme Talos, lui avait permis d'abattre un travail aussi impressionnant que ceux des studios de jeux vidéo.

Ensemble, Caleb et Sam avaient construit quelque chose d'incroyable : un jeu dense, addictif et surprenant qui comptait désormais une base de centaines de milliers de joueurs. Le seul inconvénient, c'était que le père de Caleb avait inscrit une ligne de code dans le programme de Sam qui l'empêchait de créer des contenus monétisés. Ce qui signifiait que *Terrorform* devait rester entièrement gratuit. Peu importait la qualité du jeu ou sa popularité, Caleb n'en tirerait jamais un centime.

Caleb effleura l'icône du jeu qui se lança aussitôt. Il activa la fonction projecteur du Flex qui afficha sur le mur de sa chambre une image en haute résolution de plus de deux mètres de large. Un visage couleur d'argent apparut dans l'angle inférieur gauche qui indiquait la présence de Sam. L'IA agissait comme régisseur du jeu. Elle contrôlait ses créatures et son environnement, développait des mises à jour, des correctifs et surveillait le comportement des joueurs en ligne. En réécrivant le protocole de volonté de Sam, Caleb avait pris soin de ne pas empêcher ces fonctions.

– Bonjour, Caleb. Souhaites-tu connaître le rapport quotidien du jeu ?

– Oui, pourquoi pas ? répondit le garçon avec un soupir. Qu'est-ce que ça donne, aujourd'hui ?

– Le ton de ta voix suggère une préoccupation. Tu souffres peut-être d'une réaction post-traumatique après notre expérience à l'usine de la SolTec. Souhaites-tu subir un court test psychométrique ?

– Euh, non, merci. Peut-être plus tard. Raconte-moi ce qu'il se passe dans le jeu, dit-il, les yeux rivés sur l'écran.

Une carte à grande échelle du système Cardano, mise à jour en temps réel, apparut. Elle était disponible dans le mode « démiurge » que seuls Caleb et Sam pouvaient activer. Caleb distinguait les onze planètes du système, toutes différentes, sur lesquelles et autour desquelles se déroulait le jeu. Chacune était entourée de lunes, de ceintures d'astéroïdes et de stations spatiales, où scintillaient les vaisseaux spatiaux qui naviguaient de l'une à l'autre. Sam diffusa quelques chiffres concernant les nouveaux joueurs. Le jeu continuait de se développer : les installations et campements devenaient de plus en plus perfectionnés, même sur les planètes les plus hostiles. Tout fonctionnait parfaitement.

– Quarante-trois nouveaux clans de joueurs ont été annoncés dans les dernières vingt-quatre heures, poursuivit l'IA. Le plus grand a installé sa base sur Comus, la huitième lune de Kolto. Il compte déjà deux cents membres.

– Waouh ! s'exclama Caleb. Deux cents membres en une seule journée ? Pile-poil ? C'est fou ! Comment il s'appelle ?

– Ils n'ont pas encore enregistré de nom de clan.

Voilà qui était très curieux. Habituellement, les membres de la communauté adoraient nommer leurs clans. Bien sûr, il y avait de temps à autre des noms génériques, comme ClanJoueur1093, mais la plupart étaient plus inspirés, comme « Vide interstellaire », « Passagers des étoiles », « Voyageurs des mondes ». Personne n'avait jamais choisi de rester anonyme.

– Qu'est-ce qu'ils font en ce moment ? Combien sont en ligne ?

– Ils le sont tous. Pour l'instant, ils construisent plusieurs bâtiments et semblent aussi débarrasser un réseau de tunnels sous une montagne des créatures hostiles. Caleb, ce clan anonyme joue avec une intensité que je n'ai jamais enregistrée auparavant. Ils se coordonnent à grande échelle.

Caleb haussa ce qu'il restait d'un sourcil. Il avait déjà entendu parler de ces pratiques : de vastes groupes de joueurs qui s'inscrivaient ensemble à un jeu, afin de tester son système et observer ce dont il était capable. Cela ne leur était encore jamais arrivé – en tout cas pas vraiment. L'idée lui plaisait.

– Nous devrions les rejoindre et leur dire bonjour. Leur souhaiter la bienvenue au sein du jeu.

– C'est une belle initiative, Caleb. Tu pourras peut-être leur suggérer un nom de clan.

– Oui, dit Caleb en attrapant sa manette. Pourquoi pas ?

Il se connecta, sélectionna son avatar favori : le Navigateur, issu de la classe des Explorateurs de *Terrorform*. Il était équipé d'une armure mécatronique, d'un réacteur dorsal et d'une puissante lance ionique. Son armure arborait un nouveau décor, d'un bleu profond, avec une tête de loup montrant ses crocs sur chaque épaule. Il zooma sur Kolto, une planète de toundra aux confins du système, puis cliqua sur Comus, qu'il fit tourner jusqu'à repérer le campement de ce nouveau clan. Il semblait immense, même depuis l'espace : un carré de lumières brillantes au beau milieu d'une chaîne de montagnes, en partie masqué par une spirale de nuages.

Une liste de points d'atterrissage apparut à différents endroits de la lune. Caleb sélectionna le plus proche du campement et soudain, il se retrouva dans son armure de Navigateur, sur une étroite plateforme installée sur un éperon rocheux, qui surplombait une haute vallée. Comus était recouverte de sommets arides de roches sombres. Au-dessus, dans le ciel nocturne, brillait l'énorme masse sphérique, d'un gris argenté, de la planète Kolto.

Plus bas, dans la vallée, des rangées de projecteurs illuminaient un immense plateau désertique. Caleb activa les capteurs à longue portée de son armure et s'aperçut que ce clan anonyme comptait des dizaines de Creuseurs, des personnages du groupe des techniciens de *Terrorform*, pour creuser une grande étendue entre les pentes. Ils commençaient déjà des constructions au-dessus du trou afin d'installer des géodômes, des raffineries et des incubateurs de recherche en grand nombre en les reliant et en les fusionnant selon des schémas extrêmement ingénieux.

– Ils s'installent pour de bon, Sam, fit observer Caleb. C'est... impressionnant, non ?

– C'est un projet ambitieux, répondit Sam. Ils semblent prévoir une métropole de *Terrorform*. Sans comparaison avec ce qui a pu être entrepris auparavant.

Caleb ne pouvait s'empêcher de sourire.

– C'est grâce à nous, Sam. Tout cela n'est possible que grâce à notre travail. Le moteur du jeu. La liberté du joueur. Tout, s'esclaffa-t-il. Viens, allons voir de plus près.

Il activa son réacteur dorsal et s'élança de la plateforme avant de descendre sur la vallée vers le camp. À mesure qu'il s'approchait, il vit les Creuseurs plus nettement. Ils ressemblaient à des transpalettes ambulants et découpaient de larges fragments de roches sur la colline grâce aux lasers incorporés à leurs bras, ou à des outils holographiques pour incorporer de nouvelles structures. Toutes étaient peintes de la même teinte d'un rouge profond.

Les bottes de Caleb heurtèrent le sol rocailleux. Tous les Creuseurs s'interrompirent aussitôt. Les nuées de poussière se dissipèrent, comme le prévoyait le programme du jeu.

Caleb activa le canal audio multifréquence.

– Salut ! lança-t-il, ravi. Votre campement est dingue. Je pense que vous avez déjà battu le record du plus grand camp construit par des joueurs de toute l'histoire du jeu ! Et vous l'avez fait en une seule journée !

La cinquantaine de Creuseurs s'étaient retournés vers lui. Ils désactivèrent leurs lasers et leurs outils de construction mais demeurèrent parfaitement silencieux.

– Comment vous vous connaissiez ? reprit Caleb. Vous aviez déjà prévu de vous regrouper ?

Toujours aucune réponse.

Caleb leva les yeux et aperçut la bulle au-dessus de lui qui indiquait son pseudo, « CalQ_001 », et l'identifiait clairement. Mais aucune bulle similaire n'identifiait les Creuseurs à l'armure rouge. Ils avaient dû les désactiver dans le menu des options. Caleb les observa avec un peu plus d'attention. Curieusement, absolument tout concernant leur apparence correspondait aux réglages par défaut du jeu. Aucune customisation, aucun motif. Rien.

– Bon, souffla-t-il. Ça devient un peu gênant, donc je vais peut-être me présenter. Je m'appelle Caleb Quinn, le créateur de *Terrorform*, avec…

Une détonation retentit de l'autre côté du plateau et un rayon lumineux blafard percuta son épaulière, qui se déforma. Le Navigateur trébucha tâchant de retrouver l'équilibre et Caleb aperçut alors une masse grouillante de silhouettes rouges à travers une ouverture de l'un des bâtiments. Le rayon lumineux provenait de là.

Il lança son réacteur dorsal et s'éleva dans les airs avant de se retourner vers eux.

– Attendez ! Attendez un peu. Je voulais juste...

Des personnages en rouge recouvraient déjà une extrémité du plateau. Caleb comprit qu'ils surgissaient de tunnels creusés dans le flanc de la montagne – Sam lui avait dit qu'ils éliminaient les monstres dans ces cavités. Il reconnaissait tous les personnages classiques du jeu : de l'énorme Sentinelle, armée jusqu'aux dents, aux Oracles, adeptes et manipulateurs d'énergie-psi. Sur le côté, il aperçut un groupe de Navigateurs, des versions rouge sang de son propre personnage, qui le visaient avec leur lance ionique.

Un instant plus tard, ils ouvrirent le feu, formant un mur de tous les types d'armes que proposait *Terrorform*. Les rayons, balles et douilles illuminèrent le ciel noir tout autour de lui. Le Navigateur de Caleb avait atteint le plus haut degré d'expérience de joueur – le niveau quarante – avec un équipement ultradéveloppé, tandis que les membres de ce clan entièrement rouge ne dépassaient sans doute pas le niveau trois ou quatre et l'équipement le plus basique. Mais à deux cents contre un, les chances de Caleb étaient minces. Il évitait également de se battre contre les autres joueurs à moins d'y être absolument contraint. Quelque chose clochait.

Ils avançaient maintenant vers lui comme une gigantesque armée de fourmis. Il se détourna, lança son réacteur dorsal à pleine puissance et se dirigea vers la plateforme du point de transition, une zone sûre, d'où il pourrait se déconnecter et sauver son personnage. Quelques tirs le touchèrent de nouveau et l'image à l'écran vibra pour simuler l'impact, mais son armure mécatronique pouvait résister. Ses capteurs arrière détectaient les Navigateurs rouges lancés à sa poursuite, qui tentaient de le rattraper et tiraient sur lui avec leurs lances ioniques.

Caleb atteignit le symbole vert du point de transition juste à temps. Il pressa le bouton « X » de sa manette et se laissa retomber sur son dossier tandis que l'image de son personnage se dématérialisait en rubans de lumière multicolore et l'écran afficha de nouveau la carte en mode « démiurge ».

– OK, Sam, dit-il en retirant son casque audio. Ces gens sont clairement hostiles.

– En effet, Caleb. Veux-tu que je déclenche une pluie de météorites sur Comus ? Je pense pouvoir détruire tous leurs bâtiments et 92,5 % de leurs personnages.

Caleb inclina légèrement la tête : détectait-il une pointe d'enthousiasme dans la voix de son IA ?

– Laisse-les pour l'instant, répondit-il. Nous devrions les laisser jouer comme ils le veulent. Mais il y a quelque chose de suspect. Ce n'est pas un simple rassemblement de joueurs. Il se passe quelque chose d'autre. Ces gens sont incroyablement organisés.

Caleb se surprit à imaginer un hangar avec des rangées interminables de tables où seraient installés des écrans et des claviers, des centaines de personnes, toutes vêtues du même tee-shirt et de la même casquette, toutes concentrées sur *Terrorform*, recevant des instructions détaillées et des plans d'invasion du jeu via leurs casques audio.

– C'est peut-être un studio de jeu vidéo, reprit-il. J'en connais quelques-uns qui seraient capables de monter un coup pareil. Crystal Kitten, peut-être ou Heatwave – ils adorent les canulars. Et puis… il y a Lodestar, évidemment.

Lodestar était un poids lourd historique de l'industrie, avec plus de douze mille employés, des bureaux à New York, Budapest, Kyoto et de nombreuses autres villes. Ils avaient sorti plusieurs jeux plus ou moins similaires à *Terrorform*, tous des succès commerciaux, et ils considéraient les univers ouverts de science-fiction comme leur chasse gardée. Or, de plus en plus de joueurs plébiscitaient la dimension novatrice de *Terrorform* : une originalité et un univers imprévisible, totalement nouveaux, avec lesquels les blockbusters de Lodestar ne pouvaient rivaliser. Par deux fois, ils avaient tenté de racheter la création de Caleb pour l'intégrer dans leurs équipes et d'ajouter le jeu à leur catalogue. Mais il avait refusé chaque proposition. S'il acceptait de l'argent pour son jeu, sous n'importe quelle forme, Sam cesserait immédiatement de fonctionner pour *Terrorform*. Sans compter qu'il n'avait pas la moindre intention de céder son jeu à qui que ce soit.

– Ça pourrait être une explication, renchérit Caleb, de plus en plus certain de son hypothèse. Comme on ne vendra pas *Terrorform* à Lodestar, ils tentent de saboter le jeu. Sans doute pour créer des problèmes dans le gameplay.

– C'est une théorie plausible, Caleb, approuva Sam. Mais il existe d'autres possibilités. Un individu malintentionné pourrait chercher à envoyer un message, peut-être pour indiquer un comportement antagoniste.

Caleb réfléchit quelques instants.

– Quelqu'un comme Xavier Torrent, tu veux dire ?

L'été précédent, Torrent avait utilisé son IA, l'Apex, pour dérober des éléments de *Terrorform* et les transformer grâce à une technologie dernier cri de lumière tangible pour tendre un horrible piège à Caleb. Le jeune garçon avait dû déployer autant de courage que d'ingéniosité pour survivre.

– Oui, Caleb, répondit Sam. Un adversaire disposant de la même technologie pourrait facilement déployer un tel niveau de contrôle sur l'univers du jeu.

Caleb secoua la tête.

– Il n'existe aucune technologie similaire à celle qu'utilisait Torrent sur Spøkelsøy, Sam. L'Apex couplé à un ordinateur quantique – ça n'est pas près de se reproduire.

Il jeta un regard par la fenêtre, vers les péniches qui passaient sous le London Bridge, dont les lumières illuminaient le soir tombant.

– Et Torrent est mort, écrasé sous cette caldeira. Apex n'est plus que... l'ombre de ce qu'il était. Si ce signal est fiable, il est si faible qu'il serait même incapable de contrôler un seul personnage de *Terrorform*... Certainement pas deux cents. Il n'est probablement même pas opérationnel.

Le Flex vibra sur son bureau : c'était un message de Zen.

« Tu veux passer voir Marouette ? Voir s'il a pu trouver quelque chose ? »

Caleb se replongea aussitôt dans les enjeux de la mission pour Möbius. Zen était manifestement aussi impatiente que lui de comprendre ce que tout cela signifiait. Il ferma le projecteur du Flex, puis reprit son appareil avant de taper rapidement une réponse.

« Rdv dans l'escalier dans deux minutes. »

– Garde l'œil sur ces personnes en rouge, Sam, lança-t-il en se levant. J'ai comme l'impression qu'elles n'en sont qu'au début de leur plan.

ÉMERILLON ET MAROUETTE

— Allons sur le toit, proposa Zen, lorsqu'ils se retrouvèrent dans l'escalier. Je pense qu'il doit travailler dans l'un des laboratoires spéciaux, tu sais, ceux réservés aux projets nécessitant un accès à l'extérieur. En tout cas, c'est ce que j'ai cru comprendre durant l'appel en visioconférence.

– Exact. Ça paraît logique.

Zen le dévisagea.

– Ça va ?

– C'est la deuxième fois qu'on me pose la question, grommela Caleb. Je vais très bien. Il s'est juste produit quelque chose de bizarre dans mon jeu, c'est tout.

– Je me connecterai plus tard, proposa Zen, tandis qu'ils gravissaient les marches. Nous verrons cela ensemble.

– Merci, ça serait bien. Je… je ne suis pas encore certain de comprendre de quoi il s'agit.

Une fois au trente-cinquième étage, derrière les portes de la cage d'escalier se trouvait un hall étroit qui donnait sur un héliport. De l'autre côté se dressaient quelques structures rectangulaires, un peu comme des containers reconvertis, surmontés de paraboles et d'antennes de radars, avec de grands numéros jaunes peints sur les côtés. À présent, il faisait presque entièrement nuit et le froid s'installait. Caleb regrettait de ne pas avoir pris de manteau.

Ils retrouvèrent Art dans le container numéro trois. Le laboratoire était nettement plus petit qu'il n'avait paru durant la visioconférence. Il était aussi d'une propreté immaculée : chacune de ses surfaces blanches luisait sous les luminaires. Il n'y avait plus la moindre trace de la substance gluante. Art se tenait dans un coin, penché sur une tablette et absorbé par l'écran.

– Salut, Marouette, lança Zen.

Art lâcha une exclamation et sursauta, manquant de laisser tomber son appareil.

– Bon sang, j'ai frôlé la crise cardiaque. Qu'est-ce qui vous prend de vous faufiler ici sans un bruit ?

– Désolé, répondit Caleb, nous ne voulions pas te...

Art agita la main, comme pour chasser un insecte, et prit deux profondes inspirations.

– Ça ne fait rien, ça ne fait rien. Je vais m'en remettre.

Il finit par sourire.

– Faucon et Salangane. Je n'arrive presque pas à croire que vous soyez là, devant moi. C'est un peu comme... comme si je vous avais fait apparaître.

– Quoi ? bredouilla Caleb.

– Je crois qu'on peut oublier les noms de codes, maintenant, intervint Zen. Je te présente Caleb Quinn et je m'appelle...

– Zen, je sais. Zen Rafiq, acquiesça Art. C'est le destin, vous savez, si vous avez tous les deux décidé de monter jusqu'ici. Vous croyez au destin, vous ? Ce n'est pas un concept très populaire à l'IARC, avec tous ces scientifiques et ingénieurs, mais je trouve qu'il se produit parfois des choses... des coïncidences, ce genre de trucs, pour lesquels on ne trouve aucune explication.

– Art, dit Zen en le dévisageant. De quoi est-ce que tu parles ?

Le sourire du jeune homme s'élargit.

– Je parle de progrès, Zen. Pas exactement une découverte majeure, mais une avancée nette, solide. J'ai une tonne de travail à faire, une mégatonne même, mais cette substance que vous m'avez montrée, que vous avez découverte pendant votre mission, c'était trop intrigant, vraiment intrigant. Je n'ai pas pu faire autrement : j'ai tout laissé en plan et je me suis penché sur le problème.

Tandis qu'il expliquait tout cela, Caleb remarqua plusieurs impressions de détails, tirés de l'image numérisée par Zen, posées sur le plan de travail. Art les avait annotées avec une ribambelle de symboles et de points d'interrogation.

– Qu'est-ce que tu as découvert, Art ? Nous sommes tout ouïe.

Art tentait de garder son calme, mais il s'agitait constamment : il passait d'une posture à l'autre, croisait et décroisait les bras et riait presque nerveusement sous l'effet de l'excitation.

– La substance présente une structure réactive et altérable. Ses propriétés fondamentales peuvent varier, complètement varier, en fonction des stimuli. Voilà comment le type que tu poursuivais s'est changé en Spider-Man, ajouta-t-il en se tournant vers Zen. C'est ce qu'on pourrait appeler une colle intelligente. Elle adhère lorsqu'on applique une pression, comme une main sur une surface, et perd aussitôt sa qualité adhésive lorsqu'on la retire.

– Cela venait certainement du gant, dit Zen. Il devait avoir un moyen de la faire sortir lorsqu'il en avait besoin.

– Est-ce que tu as pu découvrir la formule ? demanda Caleb. Est-ce que tu pourrais... la répliquer ?

Avant qu'Art ait pu répondre, quelqu'un cria son nom et poussa brusquement la porte du laboratoire. Il s'agissait d'une autre élève du niveau d'Art, nommée Astrid Yeoh. Originaire de Hong Kong, elle avait une silhouette fine avec des cheveux courts, aux mèches hérissées. Sa veste en cuir était ornée d'orchidées peintes à la main. Astrid était connue à l'IARC pour ses inventions excentriques toutes liées à l'aéronautique. Elle avait réalisé des motos-jets en assemblant des batteries surpuissantes à des propulseurs dynamiques.

– Oublie ton histoire de colle, Art, s'impatienta-t-elle. Nous n'avons pas nettoyé ce labo pour que tu passes ton temps à papoter avec des... des quoi, d'ailleurs ? Des sixièmes ?

– Des sixièmes ? s'esclaffa Art. Tu ne les connais pas, Astrid ? Ce sont Faucon et Salangane – Caleb Quinn et Zen Rafiq. Ce sont eux qui ont lancé cette grosse enquête durant l'été. Celle reprise par la CIA... Non mais, tu réalises ?

– Mouais, marmonna Astrid, à l'évidence très peu impressionnée.

– La professeure Clay m'a appelé un peu plus tôt. Ils avaient besoin que je me penche sur un indice qu'ils ont découvert. Un truc vraiment important, OK ?

– Attends un peu, intervint Zen. Tu fais bien partie du programme Möbius, non ?

Astrid se tourna vers elle.

– Émerillon, répondit-elle. C'est mon nom de code. Même si je n'arrive jamais à me rappeler quand nous sommes censés nous en servir.

– Pour la télécommunication, répondit Art à voix basse. Toutes les télécommunications liées à Möbius.

Astrid l'ignora.

– Avec Art, nous exécutons des projets spéciaux pour Clay depuis plus d'un an. Rien d'aussi important que vous, évidemment. On dirait bien que vous nous avez tous surpassés.

Un léger agacement commençait à poindre dans sa voix. Astrid était aussi réputée pour ses piques et ses remarques acerbes que pour ses inventions.

Zen ne broncha pas.

– Nous avons fait ce que nous avions à faire, répliqua-t-elle. Ce que n'importe qui aurait fait, d'ailleurs. Nous n'avions pas la moindre idée de ce dans quoi nous nous embarquions.

– Héroïque, siffla Astrid, qui tourna les talons. Bon, Art, je suis prête pour une autre série de tests. À l'extérieur, cette fois-ci. Tu disais que tu avais revu la solution après cette dernière… catastrophe. Alors, dépêchons-nous, OK ?

Là-dessus, elle quitta le laboratoire. Dès qu'elle eut refermé la porte, Art saisit l'une des impressions du scanner couvertes de notes.

– Techniquement, Caleb, dit-il en baissant la voix, la réponse à ta question est non. Je n'ai pas la formule complète. Pour déterminer la composition atomique exacte d'une substance, je ne peux pas me passer d'un échantillon.

– Je n'aurais pas pu en prélever un sans risquer la chute depuis la façade, expliqua Zen. Et je craignais que Coccipuce reste collée à la pierre.

– Mais, reprit Art en levant l'index, grâce au niveau de détail du scan que tu as réalisé, j'ai réussi à trouver ça.

Il désigna une suite de lettres et de symboles inscrits en haut de la feuille soulignée plusieurs fois à l'encre rouge.

– J'ai dû remplir un ou plusieurs maillons avec des composés standards présents dans les acétates de polyvinyle et autres, ce qui ne correspond pas du tout… mais cela devrait nous permettre de trouver d'autres échantillons de cette substance.

Il rajusta ses lunettes sur son nez avec un air perplexe.

– Maintenant, tout ce qu'il reste à faire, c'est de trouver d'où elle peut venir.

– Là-dessus, nous allons peut-être pouvoir t'aider, intervint Caleb.

Art le dévisagea quelques instants.

– Comment ? Ne me dis pas que tu t'intéresses à la chimie moléculaire des adhésifs transmissibles ?

– Ouh la, non, répondit Caleb avec un geste de défense. Non, je voulais dire qu'on peut t'aider à trouver l'origine de cette substance, pour que tu puisses… enfin, tu puisses…

Art fit claquer ses doigts.

– J'ai compris ! Tu veux dire, grâce à ton IA. J'en ai entendu parler. Celui de *Terrorform*.

Il se pencha plus près.

– Je suis un très, très grand fan, d'ailleurs. J'ai un Oracle de niveau vingt-deux. J'ai commencé à installer une base avancée sur Fraxis Prime, hier. J'adore cette jungle de boue, cette substance acide, c'est comme…

Il s'interrompit et observa de nouveau sa feuille.

– À quoi pensais-tu ? dit-il à Caleb.

– Si nous lui donnons – je veux parler de mon IA – accès à cette formule, il pourrait lancer des recherches en ligne. Sur le dark web. Et ailleurs, aussi. Bien plus vite que n'importe quel être humain.

Art lui tendit aussitôt son papier. Caleb sortit le Flex de sa poche et le plaça juste au-dessus de la page.

– Tu l'as, Sam ?

– En effet, Caleb, répondit Sam. Tu avais raison, Art. Ta formule partielle fournit suffisamment d'indications concernant la singularité de la substance. Je pense pouvoir partir de cela.

Art ouvrit de grands yeux.

– Incroyable, murmura-t-il, en examinant le visage gris argent dans le coin de l'écran du Flex. C'est vraiment… extraordinaire.

– Je suis flatté que notre jeu te plaise, ajouta Sam.

– Tu es flatté ? répéta Art avec un sourire ébahi. C'est vraiment stupéfiant. Enfin, oui, je l'aime beaucoup, euh… Sam. C'est vraiment épique. Dans tous les sens du terme.

– Merci de nous avoir communiqué ta formule, Art, reprit Caleb. Nous te tiendrons au courant dès que nous aurons fait une découverte.

– Non, merci à vous, insista Art en détournant le regard du Flex. Vous me rendez un grand service. Je dois absolument terminer ce projet en commun avec Astrid. Nous travaillons à un émulseur anti-incendie aérien – qui permet de vaporiser de la mousse sur des immeubles en feu. Ça n'est pas en lien avec Möbius, mais le projet est au point mort depuis quelque temps et elle commence vraiment à... m'en vouloir.

– Sérieux ? ironisa Zen. Ça ne se voit pas.

Ils laissèrent Art à son expérimentation et se dirigèrent vers l'héliport. Astrid venait de sortir l'un de ses engins volants et le plaçait juste sous un lampadaire, en le dirigeant vers l'extérieur du labo numéro trois. Caleb observa la scène avec attention. L'engin ressemblait à un quad, avec des poignées que l'on pouvait actionner dans tous les sens comme un joystick. Un genre de turbine était installée à l'avant et, à la place des roues, il comportait de grandes grilles d'aération. La carlingue était peinte, comme sa veste mais représentait la tête et les serres déployées d'un émerillon en pleine attaque. Un élément plus petit, une sorte d'aspirateur surpuissant était fixé sous la turbine. C'est ce qu'ils semblaient tester. Astrid brancha alors plusieurs câbles et pressa quelques interrupteurs. Alors que Zen et Caleb rejoignaient le hall, Art apporta en courant une cartouche d'air comprimé, qu'il vissa sur l'appareil, puis il vint se placer à côté d'Astrid, qui sortit une télécommande et appuya sur l'un de ses boutons.

Un claquement sourd retentit et aussitôt, Astrid, Art et leur engin volant ainsi que le reste de l'héliport furent recouverts de la même substance gluante – cette fois d'un vert fluorescent. Elle semblait avoir surgi de l'élément en forme d'aspirateur, dans à peu près toutes les directions – sauf celle qu'ils voulaient.

– Non, Art, hurla Astrid. Ça ne va pas recommencer !

Zen et Caleb eurent tout juste le temps d'atteindre la cage d'escalier avant d'exploser de rire.

– Je crois que leur système anti-feu mérite encore quelques améliorations, fit observer Zen.

– C'est vrai, répondit Caleb. Deux ou trois détails à revoir.

Ils décidèrent de se diriger vers la cantine pour dîner. Tout en redescendant, Caleb consulta le Flex. L'image de la formule partielle transmise par Art restait affichée sur l'écran.

– Alors Sam ? demanda-t-il. Tu as trouvé quelque chose ?

– J'analyse tous les champs de données standards disponibles en ligne, répondit l'IA. Aucun résultat pour l'instant.

– Une simple recherche de données ne suffira peut-être pas, fit observer Zen. Même avec Sam.

Caleb réfléchit.

– Tu as raison, conclut-il en poussant les portes du trente-troisième étage. Nous devons trouver un autre moyen.

UNE IDÉE DE GÉNIE

La cafétéria de l'IARC occupait une vaste salle rectangulaire. Avec ses bancs design, ses suspensions basses, elle évoquait un restaurant japonais moderne. Une table haute près de la fenêtre était réservée aux enseignants, mais les élèves pouvaient s'asseoir partout ailleurs. La cantine était déjà bondée. Zen et Caleb attrapèrent un plateau et rejoignirent la file d'attente. Par chance, il semblait y avoir une soirée « cuisine italienne ».

Quelques minutes plus tard, ils s'installèrent à une table au fond de la salle, derrière un groupe de troisièmes particulièrement bruyants. Zen dévora ses lasagnes aux champignons comme si elle n'avait rien mangé depuis plusieurs jours.

Caleb l'observa quelques instants.

– Une petite faim ?

– Affamée, plutôt. Et toi, répondit-elle avec un signe de tête en direction de sa pizza hawaïenne. Tu ne manges pas ? Tu as pourtant réussi à convaincre le chef de rajouter de l'ananas ?

– Bon, j'aime l'ananas sur ma pizza, soupira-t-il, et alors ? Les gens ont beau dire que ça n'est pas authentique, moi je pense qu'il faudrait en mettre sur toutes les pizzas, quel que soit le type.

– C'est reparti, marmonna Zen entre deux bouchées de lasagnes.

– La margarita ? Avec ananas ! La napolitaine ? Avec ananas !

Il saisit une part de sa pizza, d'où glissèrent quelques dés d'ananas.

– Regarde-moi ça.

Zen leva les yeux au ciel.

– Eh bien ? Il y a beaucoup d'ananas ?

– Oui, mais clairement pas assez ! Franchement, les Hawaïens seraient furieux s'ils savaient que l'IARC mettait aussi peu d'ananas sur leurs pizzas. Non ?

– Alors, reprit Zen, pourquoi ne pas carrément manger des tranches d'ananas et les recouvrir de garniture de pizza ?

Caleb engloutit la moitié de sa part en une seule et grosse bouchée.

– Tu sais que ce n'est pas une mauvaise idée, dit-il la bouche pleine. La prochaine fois, j'essaierai de me glisser dans la cuisine un peu plus tôt pour voir si…

– Psst, l'interrompit Zen. Kœnig est là.

Derrière les têtes des élèves, ils aperçurent le professeur Hans Cornelius Kœnig, le directeur des études qu'ils croisaient rarement, qui s'installait à l'extrémité de la table surélevée. C'était un homme grand, à l'air distingué, avec une grande barbe grisonnante. Il était en grande conversation avec la professeure Clay.

Zen leur jeta un regard discret.

– Je me demande s'ils parlent de ce qu'il s'est passé à la SolTec, souffla-t-elle.

Aucun d'eux ne savait quel type d'accord Kœnig et Clay avaient passé concernant le programme Möbius et ses activités. Cependant, ils étaient tous deux convaincus que Kœnig était au courant. Zen avait déjà réfléchi aux implications. Kœnig était peut-être lui-même un agent secret, appartenant à une autre organisation, plus importante encore ?

– À ton avis, Caleb, qu'est-ce que Kœnig sait de tout ça ? murmura-t-elle.

Caleb, lui, avait la tête ailleurs. Il songeait à la manière dont Zen avait obtenu l'image de cette colle intelligente et à la façon dont ils pourraient s'en servir. Une idée lui vint tout à coup.

– Le satellite ! s'exclama-t-il, enthousiaste. C'est ça ! Voilà comment on peut les retrouver, Zen ! On va se servir du satellite de l'IARC.

Le satellite de l'institut avait été inauguré environ cinq ans plus tôt. Il était accessible pour tous les élèves – sous réserve d'obtenir la permission de M. Kattler, responsable des cours de physique – pour rassembler toute sorte d'information, comme les données climatiques, de circulation, etc.

Zen réfléchit quelques instants.

– Tu penses qu'on pourrait s'en servir pour... traquer la présence de la colle intelligente ?

Caleb paraissait de plus en plus emballé.

– Exactement ! En nous servant de la formule d'Art. Le satellite n'utilise pas la technologie la plus avancée, mais je pense que nous pourrions gonfler un peu ses capacités grâce à Sam. Nous allons commencer par Cambridge, en suivant le chemin que vous avez suivi, puis continuer.

– Ça pourrait marcher, confirma Zen, avant de froncer légèrement les sourcils. Mais comment obtenir l'autorisation de l'utiliser ?

– Il va falloir demander à KitKat...

C'était le surnom que les élèves donnaient à M. Kattler. Outre les possibilités presque illimitées que la physique offrait, Kattler leur enseignait également l'éducation physique. Du haut de ses deux mètres, il était obsédé par tout ce qui se rapportait au sport, en particulier au basketball.

– Il doit être dans le gymnase, dit Zen. Les secondes et les premières ont leur cours de sport le jeudi soir. Mais qu'est-ce qu'on va lui raconter, à KitKat ? Pour quelle raison on aurait besoin d'utiliser le satellite à huit heures du soir ?

Caleb termina sa dernière bouchée de pizza, puis se leva d'un bond.

– Pour ça aussi, j'ai une idée. Allons-y.

POUR LA VICTOIRE

Les portes de l'ascenseur s'ouvrirent sur l'un des sous-sols de l'IARC. Zen avait l'impression que la moitié de l'institut se trouvait là, à s'agiter, crier, claquer les portes des casiers. KitKat se trouvait certainement sur le terrain principal, au bout du couloir, pour l'entraînement de basket des premières. Zen et Caleb se faufilèrent entre les groupes d'élèves qui chahutaient autour d'eux.

– Voilà mon plan, reprit Caleb en tâchant de couvrir le brouhaha ambiant. Tu vas voir KitKat et tu lui expliques que tu travailles à un projet pour nos cours de géographie – un sujet sur le réchauffement climatique, qui exige un accès immédiat au satellite. Tu as bien déjà participé à un truc de ce genre, non ?

Zen semblait hésiter.

– Tu crois vraiment qu'il marchera ?

– Tu rigoles ? Il t'adore. Tu es douée dans absolument tous les sports. Tu sais bien qu'il veut que tu essaies d'intégrer l'équipe de basket des quatrièmes.

– Je ne joue pas au basket. Et tu me demandes de raconter un énorme bobard à l'un de nos profs.

Ils passèrent près des vestiaires. Les secondes en sortaient, échangeant bravades et insultes à propos d'un match de foot à cinq qu'ils venaient de terminer.

– Je le ferais bien moi-même, insista Caleb, mais je doute qu'il sache qui je suis.

Il s'immobilisa et s'appuya contre un casier avant de baisser la voix.

– Écoute Zen, nous faisons cela pour Möbius. Nous faisons partie de ses agents, maintenant. Ça signifie que, parfois, nous aurons besoin de couvertures. C'est un peu le principe de l'espionnage.

Zen le dévisagea. Elle ne paraissait guère convaincue.

– Je pense vraiment que les espions ne mentent pas aux personnes qui sont dans leur camp.

– Ça ne compte pas, ça. KitKat ne fait pas partie de Möbius, dit Caleb, avant d'hésiter. Enfin, je ne pense pas.

– Ça m'étonnerait. Mais il n'est pas stupide. Si je lui raconte une histoire, il va falloir qu'elle tienne la route.

Caleb esquissa un grand sourire.

– Alors, tu es partante ? J'étais sûr que tu finirais par comprendre !

Zen poussa un soupir, consciente qu'elle se laissait entraîner.

– Je ne suis pas sûre qu'il y ait quelque chose à « comprendre ».

Le claquement sec d'un casier retentit près d'eux. Caleb leva les yeux pour s'assurer que personne ne les écoutait.

– Tu auras besoin d'un sujet béton pour ton projet, chuchota-t-il. Qu'est-ce que tu dirais de… l'acidification des océans ?

– Trop long, répliqua Zen. Ce genre de choses doit être contrôlé sur des périodes importantes, pas seulement une fois, comme ça.

Elle réfléchit, puis se pencha vers le Flex que tenait Caleb.

– Sam, pourrais-tu localiser le dernier événement climatique extrême qui s'est produit ? Dans les dernières vingt-quatre heures, si tu veux ?

– Bien entendu, Zen, répondit l'IA. La province ouest de Java, en Indonésie connaît en ce moment des épisodes de crues soudaines, qui ont déjà causé plusieurs importants glissements de terrain. L'une des causes potentielles serait le cycle de météo inhabituelle induit par les températures anormalement hautes de l'océan Indien.

– Merci, lui dit Zen. Ça devrait faire l'affaire. Je vais expliquer à KitKat que je modélise un changement climatique à l'échelle mondiale et que j'ai besoin d'une image satellite récente de ces crues pour l'intégrer à ma simulation.

– Génial, commenta Caleb.

Les derniers élèves de seconde les frôlèrent en se dirigeant vers l'ascenseur. Ils attendirent que le troupeau passe pour se rendre au terrain de jeu principal. D'ordinaire, Zen adorait cet endroit, mais l'exécution de son plan l'angoissait un peu. Les échos d'un match de chaussures résonnaient déjà : le grincement des baskets sur le parquet, le choc répété du ballon, les cris des joueurs. Elle s'engouffra sur le terrain et adressa un petit signe à quelques connaissances. Une dizaine d'élèves étaient assis sur les bancs de touche et observaient le match avec attention. Zen et Caleb s'installèrent à l'extrémité et attendirent une pause dans le jeu.

Tel un géant au milieu du terrain, KitKat surveillait ses joueurs. Remuant ses jambes et ses bras interminables, sa masse de cheveux blonds en bataille, il arborait un tee-shirt blanc et rouge, aux couleurs des Chicago Bulls, des lunettes de protection et un épais bandeau noir en éponge sur le front avec le slogan « POUR LA VICTOIRE » imprimé en énormes lettres jaunes. Son sifflet semblait soudé à ses lèvres.

Il s'agissait un match d'entraînement entre deux équipes de l'IARC : il n'en était pas moins âprement discuté. Quelques minutes plus tard, deux joueurs se télescopèrent sous l'un des paniers. Zen ne connaissait rien aux règles, mais les deux joueurs soutenaient que l'autre était en faute et se repoussaient de plus en plus brusquement. KitKat intervint aussitôt pour calmer la tension. Il accorda un lancer franc : l'équipe qui marqua poussa des cris et des sifflements de joie, échangeant des gestes victorieux tandis que KitKat sifflait trois coups stridents. Les joueurs se dispersèrent. Ils se regroupèrent pour évoquer le match, ou se dirigèrent vers le banc pour attraper leur gourde.

– Reste là, souffla Zen à voix basse. C'est mieux si j'y vais seule.

Caleb s'adossa au mur.

– Bonne chance !

Zen s'avança sur le terrain. Elle tâchait de rester calme, de feindre un comportement parfaitement normal et trouva l'exercice plus facile qu'elle ne l'aurait cru.

KitKat avait tiré un petit carnet et un crayon de sa poche et inscrivait des chiffres sur un tableau, sans doute pour compléter ce qui ressemblait à un schéma tactique extrêmement complexe.

– Monsieur Kattler ? Vous auriez par chance une seconde à m'accorder ?

KitKat leva – ou plutôt, baissa – les yeux et l'observa derrière ses lunettes de protection.

– Ah, bonjour, Zen. Mais je crois qu'aucun cours de sport n'est prévu pour les quatrièmes aujourd'hui, fit-il observer, avant de soudain s'enthousiasmer. À moins que tu ne sois là pour me parler de l'équipe de basket ? Nous avons justement une place d'ailier qui se libère…

– Euh, en fait… non, pas vraiment, reprit Zen.

Tu peux y arriver, se répéta-t-elle.

– C'est pour mon projet de géographie.

KitKat cligna des yeux.

– Je vois, dit-il après un bref silence. J'imagine que tu as de nouveau besoin d'utiliser le satellite de l'IARC.

Zen lui parla des crues soudaines en Indonésie et expliqua qu'elle avait besoin d'images des dégâts pour l'intégrer à sa modélisation du changement climatique. Le mensonge – ou plutôt « la couverture » – paraissait parfaitement plausible. KitKat hocha la tête, peu intéressé par son sujet, et continua à remplir son tableau. Zen sentait bien qu'il était aussi déçu que distrait par ses calculs tactiques. Ce qu'elle lui racontait ne semblait pas éveiller le moindre soupçon chez lui.

Lorsqu'elle eut terminé ses explications, il tira son smartphone du bandeau élastique sur son bras et pianota quelques instants sur l'écran.

– Voilà, annonça-t-il. Je t'ai envoyé un créneau d'inscription sur l'intranet. Est-ce que trente minutes te suffiront ?

Zen étouffa un soupir de soulagement. Elle avait réussi. Mentir à KitKat lui causa un léger remords, mais la culpabilité ne l'étreignit pas longtemps. Caleb avait raison. Ils étaient des espions et ce subterfuge était nécessaire à leur mission.

– C'est parfait, répondit-elle. Merci, monsieur Kattler.

– Si tu tiens à me remercier, répliqua l'enseignant en rangeant son téléphone, viens plutôt à la séance d'essai après les vacances. Tu ferais une ailière fantastique.

– Mais… je n'y connais rien en basket, dit-elle.

Elle se retourna vers les portes du terrain, cherchant une échappatoire.

– Et je ne suis pas très grande.

– Alors ça, reprit-il avec emphase et un geste théâtral, c'est l'un des mythes les plus tenaces de ce sport. Il n'y a pas besoin d'être grand pour jouer au basket. D'ailleurs, quelques-uns des plus grands joueurs de ligues professionnelles aux États-Unis sont…

– Euh, monsieur Kattler ?

L'un des joueurs victimes de la collision, un peu plus tôt, se dirigeait vers eux en boitant, esquissant une grimace de douleur à chaque pas.

– Je crois… je crois que je me suis foulé la cheville.

Au grand soulagement de Zen, KitKat se précipita vers lui. Elle se retourna vers Caleb et lui adressa discrètement un signe de victoire. Il l'imita avec un grand sourire.

Il ne leur restait plus qu'à utiliser le satellite.

De retour dans la chambre de Caleb, ils peaufinaient leur plan. Ils avaient prévu de se connecter avec le compte de Zen, puis de laisser Sam accéder aux données. L'IA reconfigurerait les paramètres d'agrandissement du satellite pour les pousser au maximum. En même temps, elle mènerait une fausse enquête sur les inondations en Indonésie et sauvegarderait plusieurs images de la zone sur le compte intranet de Zen.

Caleb activa le projecteur du Flex, affichant les images nocturnes de Cambridge sur le mur. Sam zooma aussitôt sur le toit de l'église, où le saboteur avait échappé à Zen, jusqu'à se focaliser à deux mètres environ des arcs-boutants. L'expérience était vertigineuse.

– Waouh. Ça, c'est du gros plan. Bien joué, Sam.

– Compte tenu de l'angle d'inclinaison, seule une partie de l'empreinte scannée par Zen est visible, annonça l'IA. Mais c'est suffisant. L'analyse des résidus chimiques sur le granite révèle une compatibilité de 97 % avec la formule d'Art. C'est la même substance.

– Très bien, reprit Caleb. Utilise cet échantillon comme base pour programmer un filtre. Quelque chose qui nous permettra de détecter cette substance ailleurs et de la colorer sur l'image en un beau jaune bien fluo.

– C'est fait, Caleb. Je l'applique tout de suite.

Une tache fluorescente apparut au milieu de l'image projetée au mur : une moitié d'empreinte. Sam dézooma sur l'image satellite. Les rues et les immeubles autour de l'église apparurent, tout en nuances de gris. Des éclaboussures jaunâtres étaient visibles à quelques centaines de mètres de la première, le long de la façade d'un centre commercial.

– C'est sûrement notre saboteur qui les a laissées, s'exclama Zen. Il aurait facilement pu sauter depuis le toit du bus.

Ils s'appliquèrent à observer méthodiquement le quartier sur les images satellites et identifièrent clairement une piste de taches jaunes qui menait vers le sud de la ville. Les traces s'évanouissaient ensuite mais suivaient un chemin net.

– Je formulerai l'hypothèse que la source de ces traces a continué sa route à bord d'un véhicule motorisé, dit alors Sam, qui les a conduits sur la M11 en direction de Londres.

– C'est forcément cela, renchérit Zen.

– Bon, s'exclama Caleb. Étendons un peu la recherche. On va bien sûr commencer par Londres, quartier par quartier, en commençant par celui où aboutit la route de Cambridge.

Sam dézooma de nouveau puis suivit les courbes de la M11 jusqu'aux zones périphériques de Londres. De nouveau, il agrandit l'image, progressant par demi-cercle le long des rues et des bâtiments. Il ne leur fallut pas longtemps pour repérer un indice.

– Là, s'écria Zen. Fais un zoom, Sam !

Sam s'exécuta. Il ne s'agissait plus d'un point, mais de dizaines de points, formant un tracé qui zigzaguait le long des toits, avant d'en croiser encore sept ou huit autres.

– Il y en a partout, souffla Caleb, sidéré. Dans tout le nord de Londres.

– Je détecte la substance dans plusieurs autres zones de l'agglomération, Caleb, annonça Sam. Les traces individuelles se comptent par milliers.

– Est-ce que tu remarques une direction quelconque ? Elles se concentrent quelque part ?

– La plus grande concentration se trouve à Camden Town.

Sam focalisa l'image sur un carrefour à l'intersection de cinq artères principales, puis remonta plus haut, sur la gauche le long d'un canal. Des centaines de points lumineux étaient disséminés le long des immeubles sombres, comme une énorme constellation. Ils formaient des lignes irrégulières le long des toits, agglutinés le long de rambardes, de gouttières et de cheminées. Au milieu du groupe le plus dense se trouvait un rectangle gris, d'autant plus étrange que les points lumineux l'entouraient.

– Qu'est-ce que c'est ? demanda Caleb.

– On dirait un entrepôt, fit observer Zen.

– Tu as raison, Zen, confirma Sam. La zone en compte plusieurs, le long du canal. Celui-ci semble abandonné. J'ai enregistré ses coordonnées exactes.

Zen fixait l'image sur le mur.

– Toutes ces marques de colle ont été laissées par ceux qui entrent ou sortent de ce bâtiment.

Sam recentra l'image sur l'entrepôt et zooma à quelques mètres au-dessus du toit.

– Nous devons voir ça de plus près, dit Caleb. Voir ce qui se trame à l'intérieur. D'ici, nous n'avons aucune information.

Il jeta un regard en direction de l'horloge affichée au coin de l'image : vingt heures dix-huit.

– Il est trop tard pour y aller maintenant.

Depuis que Mitch supervisait la sécurité de l'institut, il n'était plus aussi facile qu'avant d'en sortir en douce.

Zen se leva et se dirigea vers la porte.

– Allons dans ma chambre, dit-elle. Je sais quoi faire.

LES ENCLOUEURS

Ils traversèrent le couloir presque en courant. Zen occupait la chambre numéro douze. Elle ouvrit sa porte et alluma la lampe la plus proche. Elle avait transformé sa chambre en un miniatelier de robotique. Elle débordait d'outils, de pièces détachées, de prototypes, mais tout y était impeccablement organisé. Une bonne trentaine de ses inventions sophistiquées – la plupart en forme d'insectes, d'oiseaux ou de reptiles – jalonnaient ses étagères, étaient suspendues à des crochets au plafond ou étaient reléguées dans les coins de la pièce.

Zen s'installa à son bureau. Caleb tira doucement le tabouret tout proche, en observant avec méfiance le robot crapaud encore en assemblage qui s'y trouvait. La jeune fille claqua des doigts juste devant l'appareil, qui s'anima et bondit au pied du tabouret avant de ramper jusque sous son lit.

– Nous allons nous servir de Coccipuce, annonça-t-elle. Si Sam me donne les coordonnées de cet entrepôt, je peux l'envoyer directement sur place.

– Parfait, dit Caleb. Excellente idée.

Zen retira le microrobot de sa plateforme de chargement, où elle l'avait placé à leur retour de Cambridge, et le posa sur le plateau de sa zone de test.

Puis elle ouvrit son ordinateur portable et y brancha une manette de jeu particulière.

Après leur première mission Möbius, lorsque Caleb avait réussi à faire téléguider Coccipuce grâce au Flex, Zen avait ajouté un logiciel de vol qu'elle avait mis au point à son système d'exploitation. Cela lui permettait un contrôle bien plus précis que les habituelles commandes de sifflements qu'elle avait d'abord mises au point et permettait également d'utiliser toutes ses applications à distance. Elle lança le logiciel. L'image de la caméra embarquée de Coccipuce s'afficha sur l'écran. On distinguait l'intérieur du plateau, le sommet de sa tête et une partie plus sombre de la chambre-atelier de Zen.

– Bon, reprit Zen. C'est parti.

Elle effleura le joystick gauche de la manette et Coccipuce décolla du bureau. Sa carapace scintilla en passant près de la lampe et le robot se dirigea vers un petit conduit d'aération que Zen avait reconfiguré en une sorte de chatière pour son robot. En un instant, Coccipuce sortit de l'IARC et plongea dans la nuit londonienne.

Sam transmit les coordonnées de l'entrepôt, qui apparut aussitôt sur l'écran sous la forme d'une tête d'épingle rouge. Zen pilota son robot entre les tours scintillantes de la capitale, au-dessus des toits sombres et ondulés de Smithfield Market, en direction de Camden Town. Les larges avenues qui serpentaient au travers du quartier de Farringdon étaient encore congestionnées par la circulation de l'heure de pointe. Des foules de gens se pressaient autour des bouches de métros et des gares, tandis que des files de bus rouges à deux étages se positionnaient aux carrefours.

– Waouh, murmura Caleb au bout de quelques minutes. Coccipuce file vraiment comme le vent.

Zen jeta un coup d'œil aux données de vol au coin de l'écran.

– Nous avons de la chance. Il y a un fort vent arrière.

– Un vent arrière ? répéta Caleb avec un large sourire. Est-ce que tu as fait des vols-tests, Zen ?

Elle lui lança un regard oblique.

– Tu n'imagines pas à quel point c'était stressant de te voir piloter mon robot, l'été dernier. Il est hors de question que ça recommence.

– Aucun problème, dit Caleb en souriant. Mais regarde quand même où tu vas.

De nouveau, Zen se concentra sur l'écran. La tour de l'horloge de Saint-Pancras se profilait droit devant eux, illuminée dans le ciel d'encre avec ses baies cintrées et sa façade néogothique qui occupait tout l'écran. Zen tira sur les deux joysticks et pressa le bouton de gauche. Coccipuce vira sur le côté, évitant de justesse la collision avant de plonger vers la large avenue encombrée qui bordait la gare. L'image devint floue, noyée dans la lumière, tandis que le canal audio était saturé du brouhaha de la rue.

– Attention, cria Caleb qui manqua de tomber de son siège.

Zen maniait les commandes d'une main experte, avec le plus de calme possible. Un bus apparut, et les têtes des passagers défilèrent. Presque sans réfléchir, Zen vira sur la droite, au-dessus d'un trottoir bondé vers un haut portail de briques rouges. Les portes en fer forgé étaient surmontées d'une grille ajourée, formée par les mots « BRITISH LIBRARY » sur toute sa hauteur. À la dernière seconde, Zen pressa le bouton « X » pour rétracter les ailes de Coccipuce afin de glisser au creux d'un « A ». Un instant plus tard, le robot les redéploya et survola la cour intérieure illuminée, avant de remonter le long de la pente du toit et de filer en direction du nord de la ville.

Caleb écarquilla les yeux.

– Bon, dit-il, j'avoue. C'était un rattrapage de grande classe.

Zen s'enfonça dans son siège. La manette tremblait légèrement entre ses doigts.

– Désolée, ma puce, murmura-t-elle. C'était moins une.

L'épingle rouge réapparut au centre de l'écran. Zen suivit la ligne lumineuse de Camden High Street, prit à gauche sur le Regent's Canal, puis guida Coccipuce au-dessus des eaux noires et luisantes du canal jusqu'à l'entrepôt. Le bâtiment semblait dater de plus d'un siècle et était complètement muré. Le microrobot décrivit un cercle autour de l'entrepôt. Les fenêtres hautes des murs avaient été bouchées par des planches de bois, tandis que les portes étaient bloquées par des plaques de métal nues, du type qu'on plaçait sur des bâtiments en attente de démolition.

– Là, dit Caleb après quelques instants. Je crois avoir vu quelqu'un. Sur le toit.

– Où ça ?

– Du côté du parc. Passe en mode infrarouge, vite.

Zen pressa le bouton en triangle et fit défiler un menu d'options. La vue aérienne de Camden prit une teinte bleutée, avec des sphères verdâtres qui indiquaient les lampadaires. Elle guida Coccipuce vers le sud-ouest en direction de Regent's Park.

Trois formes blanches, enveloppées de cernes rouges, orange et vertes filaient sur les toits d'immeubles, aussi vite que le pouvaient des humains. À l'évidence, elles empruntaient un itinéraire déjà bien balisé. Coccipuce les suivit tandis qu'elles zigzaguaient sur les sommets en zinc, bondissant entre les ruelles avant de réussir un incroyable saut acrobatique, suspendues au coin d'un panneau publicitaire, où, l'une après l'autre, elles disparurent sous les corniches.

– Rapprochons-nous, dit Zen.

Elle guida Coccipuce jusqu'au panneau, où était placardée une énorme affiche pour Scuti, site majeur de l'achat en ligne, qui vendait de tout – des produits d'alimentation jusqu'aux appareils électroniques dernier cri – et promettait une livraison en moins de vingt-quatre heures. La photographie mettait en scène un livreur tout sourire qui tendait un paquet à un client ravi. Zen remarqua que l'affiche était taguée. Quelqu'un avait dessiné des cornes de diable sur la tête du livreur, sous sa casquette estampillée « Scuti », tandis que des gouttes de sang dégoulinaient le long du paquet.

Le microrobot se posa sur le coin du panneau publicitaire. À présent, on distinguait une ouverture, une sorte de trappe de chargement, sur le toit de l'entrepôt.

Caleb désigna une petite forme hémisphérique qui surmontait le mur tout proche.

– Une caméra de sécurité.

– Elles sont placées tout autour du bâtiment, annonça Sam. Je ne détecte aucun angle mort.

– Ça ne fait rien, répondit Zen. Personne ne remarquera Coccipuce. Ils penseront qu'il s'agit juste d'une phalène.

Zen manipula les joysticks et le robot décolla de nouveau. Il piqua droit vers l'entrepôt avant de s'agripper au mur de briques, grâce à ses minuscules pattes crochues. Un rideau de caoutchouc noir fermait la trappe, pour empêcher toute lumière de filtrer à l'extérieur. Le robot se glissa sous l'extrémité inférieure et fila sous le rayon d'un détecteur de mouvement pour pénétrer dans des combles au plafond bas. Zen le guida jusqu'à un interstice dans le plancher, puis le positionna de façon à obtenir la meilleure vue de ce qui se trouvait au niveau inférieur. L'étage de l'entrepôt avait été supprimé pour former un unique et immense espace. Zen et Caleb distinguaient des ordinateurs et des appareils de surveillance disposés sur des tables sur tréteaux, ainsi qu'un espace cuisine, avec des éviers en inox et des micro-ondes.

Caleb se pencha en avant pour mieux voir.

– Zen. C'est un genre de quartier général.

Les trois figures qui s'étaient introduites par la trappe se trouvaient d'un côté de la salle et reprenaient leur souffle après avoir descendu l'échelle qui conduisait des combles au rez-de-chaussée. Elles portaient des vêtements noirs, légers et près du corps, exactement semblables à ceux du saboteur que Zen avait poursuivi sur les toits de Cambridge. Elle les regarda ôter leurs masques. Elles semblaient toutes trois très jeunes : dix-sept ou dix-huit ans tout au plus. Une quatrième personne s'approcha d'eux : une femme d'environ vingt ans avec des cheveux courts, blond platine. Elle aussi était vêtue de noir et tenait un récipient en plastique transparent. Les trois autres ôtèrent aussitôt leurs gants et les déposèrent dans le récipient. La femme blonde le referma et leur glissa quelques mots, puis ils hochèrent la tête.

– C'est ça, confirma Zen. Et on dirait bien que c'est elle qui dirige les opérations.

Elle fit avancer Coccipuce plus près du trou dans le plancher, pour faire en sorte que sa caméra embarquée capte toute la pièce. Sur le mur du fond était peinte une immense fresque rouge, noire et blanche, représentant de manière stylisée un revolver brisé en deux par un grand clou.

– C'est quoi, ça ? interrogea Zen. Un genre de logo ?

– Tu as une idée, Sam ? demanda Caleb.

– Je consulte les bases de données, répondit l'IA. J'ai une correspondance. C'est le symbole d'un groupe nommé les Encloueurs. On ne sait pas grand-chose de leur organisation ou de leurs membres, mais il s'agit de pacifistes radicaux qui sont très actifs en ligne.

– Des pacifistes radicaux, répéta Zen. Ça se tient. D'où vient leur nom ?

– C'est sans doute une référence à une ancienne pratique, celle « d'enclouer le canon », expliqua Sam. Après la bataille, les canons étaient obturés en introduisant un grand clou dans le mécanisme de mise à feu.

– Bien sûr ! s'exclama Caleb, surexcité. C'est ça, Zen ! Nous les tenons. Ce sont ces Encloueurs qui ont attaqué la SolTec et nous avons découvert leur Q.G. !

Zen acquiesça avec un sourire amer. Les pouces sur les joysticks, elle fit redécoller Coccipuce pour lui faire de nouveau franchir la trappe d'accès.

– Nous ferions mieux de monter, dit-elle lorsque le robot fut à nouveau dans les airs. Nous devons absolument en informer Clay.

INCOGNITO

Dix minutes plus tard, après avoir demandé un rendez-vous en urgence via l'intranet de l'institut, Zen et Caleb entrèrent dans le bureau de la directrice. Tendue, impatiente, Zen voulait informer Clay au plus vite de leur découverte afin de décider d'une stratégie. Mitch se trouvait déjà dans la pièce. Il avait changé de chemise et de costume, en tout point semblables à ceux qu'il portait le matin même. Malgré sa taille imposante, il avait réussi à s'installer dans l'un des étroits fauteuils en cuir et sirotait une tasse de thé tout en fixant l'écran de son téléphone.

– Salut Mitch, lui lança Caleb. Toujours au boulot ?

– Les criminels ne dorment jamais, petit.

Clay était installée à son bureau. Derrière elle, au-delà de la silhouette de la cathédrale Saint-Paul, les tours de la ville étaient illuminées. Plus bas, la circulation routière semblait former des lignes de code morse le long des rues.

– Zen, Caleb, leur dit-elle. J'ai quelque chose à vous montrer.

Elle pianota sur son ordinateur et une vidéo se lança sur l'écran fixé au mur. Zen comprit aussitôt qu'il s'agissait d'images prises avec un smartphone dans la zone de tir de la SolTec et sans doute par l'homme qu'elle avait pris en chasse. On y voyait un tank robotisé avancer lentement dans un nuage de poussière. Sa micromitraillette crachait des gerbes de projectiles. Une voix retentit, déformée par un logiciel pour imiter une voix de cyborg.

– Voilà le vrai visage des grandes entreprises de robotique. De nouvelles armes sont fabriquées : des machines à tuer d'une puissance insurmontable, obscène, qui peuvent être détournées grâce à un simple virus et se retourner contre nous.

– Ce virus, s'esclaffa Caleb, était tout sauf « simple ».

– La SolTec et des dizaines d'autres entreprises du même genre affirment vouloir nous faciliter la vie, poursuivit la voix. Offrir des solutions aux problèmes les plus pressants de l'humanité. Mais voilà la vérité : une technologie mortifère, instable, développée dans le plus grand secret et vendue au plus offrant. Si de tels robots-soldats étaient utilisés dans le monde, cela signifierait…

Clay interrompit la lecture.

– Vous voyez l'idée, dit-elle. La vidéo a été publiée via un compte anonyme il y a neuf minutes de cela et devient déjà virale. Je suis certaine que ton IA a dû la détecter, Caleb.

– En effet, professeure, intervint Sam. J'ai calculé qu'il y avait une probabilité de 96,4 % pour que vous l'ayez déjà visionnée. Caleb était déjà en route pour votre bureau et j'ai décidé de vous laisser la lui montrer.

– Bien, bredouilla Clay après une hésitation. Je t'en remercie.

Zen fixait l'image – celle du robot-tank, illuminé par la lumière effrayante des tirs de sa mitraillette. Elle entendait encore ses terribles rafales, revoyait les nuées de poussière aveuglante, étouffante, le jet des débris de verre quelques instants plus tard lorsque la vitre de la salle d'observation avait été soufflée.

– Où est-elle publiée ? demanda-t-elle en essayant de garder une voix calme.

– Sur un site appelé DedVane, répondit Mitch. Il a été mis en ligne il y a quelques années, par une bande de complotistes. Depuis quelque temps, certains groupes radicalisés s'en servent pour communiquer. Ils se transmettent certaines informations. Ils font circuler des vidéos, des manifestes. Ils documentent leurs actions. La plupart sont relativement dangereuses et toutes sont parfaitement illégales.

– Les Encloueurs, répondit Zen. C'est l'un de ces groupes. Ce sont eux qui ont tourné cette vidéo à la SolTec. C'est ce que nous étions venus vous dire.

Clay se laissa retomber lourdement contre son dossier, avec un soupir aussi épaté qu'agacé.

– Bon, reprit-elle. Comment diable avez-vous découvert cela ?

Zen et Caleb expliquèrent la découverte d'Art avec sa formule partielle, le programme de numérisation conçu par Caleb et comment ils avaient utilisé le satellite de l'institut, puis Coccipuce pour repérer et observer la base des Encloueurs, à Camden. Les deux adolescents diffusèrent les images captées par le microrobot sur l'écran du bureau, dont la dernière, avec la fresque représentant l'arme « enclouée ».

– C'est du très beau boulot, glissa Mitch. Nous étions presque certains que les Encloueurs étaient impliqués, mais ça, mes petits, c'est une preuve concrète. Exactement celle qu'il nous fallait. Ils sont forts, ces mômes, ajouta-t-il en se tournant vers Clay avec un large sourire.

Clay dévisageait ses deux élèves.

– C'est un résultat obtenu en un temps record. Je pars du principe que vous étiez autorisés à vous servir du satellite de l'institut.

– Bien entendu, professeure, répondit aussitôt Caleb. Nous sommes descendus au gymnase pour obtenir un créneau de connexion auprès de M. Kattler.

Zen décida de tout leur raconter.

– J'ai prétendu travailler à un projet sur le changement climatique, ajouta-t-elle. J'avais déjà utilisé le satellite pour cela.

Clay la dévisagea, le visage insondable.

– Alors, vous avez menti. Vous avez menti à un enseignant de l'institut.

La jeune fille se remémora sa conversation avec Caleb à l'entrée du terrain de basket.

– C'était une couverture, répondit-elle. Nous avions besoin d'accéder au satellite et nous ne pouvions pas risquer de laisser échapper des informations concernant cette mission.

– Une couverture, répéta lentement Clay.

Elle se mit alors à sourire – un sourire sincère, sans arrière-pensée.

– Je suis très impressionnée. Vous avez adopté la bonne attitude. Vous avez fait preuve d'une véritable intelligence de terrain.

Zen se redressa, soulagée que Clay ne leur en veuille pas.

– Que savez-vous au sujet de ces Encloueurs, professeure ? Est-ce qu'ils ont déjà lancé ce genre d'opérations ?

– Ils se tiennent généralement bien cachés, répondit la directrice, qui fixait l'image de leur fresque, l'index posé sur sa lèvre. Leurs membres, leur organisation, leurs financements… rien ne fuite. Ils ont été mis en cause dans plusieurs événements au cours des derniers mois : des attaques contre des entreprises liées à la fabrication et à la vente d'armes. Mais il s'agissait d'incidents mineurs : actes de vandalisme, perturbation des circuits d'approvisionnement, intimidation des employés. Rien à voir avec l'attaque de la SolTec.

– À vrai dire, votre vidéo est la source d'information la plus importante que nous ayons obtenue à leur sujet, avoua Mitch. On dirait presque une planque des opérations spéciales. Ils sont bien mieux organisés que je ne le pensais.

Zen commençait vraiment à s'alarmer.

– Vous pensez qu'ils préparent un nouvel attentat ?

Clay jeta un regard en coin à Mitch.

– Cela semble probable.

– Il y a quelque chose de bizarre dans cette histoire, intervint Caleb. Vous nous dites que les Encloueurs sont une bande d'amateurs, que la SolTec était une avancée majeure pour eux. Alors comment ils ont pu se procurer cette technologie de pointe et réussir un coup pareil ? La colle intelligente, le virus ? Comment pouvaient-ils savoir que ces robots de combat se trouvaient dans cette usine ?

– Et puis, ajouta Zen, si ce sont des pacifistes, pourquoi vouloir lâcher ces machines de mort de la SolTec dans les rues de Cambridge ?

– Toutes ces questions sont pertinentes. Mais nous n'avons pour l'instant aucune réponse.

Clay ferma la fenêtre de la vidéo et revint sur les messages les plus récents postés sur le forum de DedVane.

– Tout ce dont nous sommes sûrs, c'est que les Encloueurs disposent d'un équipement de pointe, de gros moyens et d'un accès à des informations ultraconfidentielles. Et ils ne semblent plus se soucier des dégâts qu'ils causent, ou des victimes potentielles. C'est peut-être même leur but. Nous avons eu beaucoup de chance à la SolTec. La prochaine fois, nous n'en aurons peut-être pas autant.

Mitch paraissait prêt à bondir de son siège.

– Alors, passons à l'action, professeure, dit-il. Passez quelques coups de fil. Les services antiterroristes, le MI5. Il faut prendre leur base. La fouiller de fond en comble. Et dégommer ces crétins.

Zen réprima un sourire. Elle commençait à apprécier Mitch presque autant que Caleb. Le chef de la sécurité semblait toujours partant pour lancer les opérations nécessaires, sans attendre.

– Ils nous verront arriver de loin, répliqua Zen. Ils ont des caméras partout. Et des capteurs de mouvements. Ils s'enfuiront par les toits à la moindre alerte et ils se disperseront dans la ville. Nous ne les retrouverons jamais.

Clay tapotait le bout de ses doigts.

– Vous savez aussi bien que moi ce que nous devons faire dans une telle situation, dit-elle à Mitch. Nous devons lancer une opération clandestine. Forger une nouvelle identité. C'est notre seule chance.

– Vous voulez dire… envoyer quelqu'un à l'intérieur de l'organisation ? demanda Caleb, sidéré. Un agent infiltré ?

– Trouver le bon agent sera très compliqué, fit observer Mitch en secouant la tête. Surtout en urgence. Ces Encloueurs sont très jeunes – ils n'ont pas plus de vingt ans –, et particulièrement sportifs. Les *aficionados* de parkour ne doivent pas être nombreux dans les services secrets.

Tandis qu'elle écoutait Mitch, Zen prenait peu à peu conscience de ce qu'il fallait faire. Un étrange sentiment d'exaltation la gagnait. La réponse lui semblait parfaitement claire.

– Je peux le faire, déclara-t-elle.

Caleb la regarda avec des yeux exorbités.

– Quoi ? Tu as perdu la boule ou quoi ? C'est hors de question, Zen. Pas moyen.

La professeure Clay s'enfonça dans son siège en rajustant son bandage. Elle semblait considérer la chose.

– Ce serait une possibilité, murmura-t-elle.

De nouveau, Mitch secoua la tête, cette fois plus déterminé.

– Lorsque j'ai accepté ce poste, professeure, j'ai promis à Harper Quinn de veiller sur ces deux-là. L'incident de la SolTec n'était pas prévisible. Nous n'avions pas la moindre idée de ce qui nous attendait dans cette usine de robots dingues. Mais ça, c'est tout autre chose. Nous ne pouvons tout simplement pas faire cela.

– Vous avez promis de veiller sur Caleb, intervint Zen. Pas sur moi.

– Ma mère ne voulait sûrement pas dire que je devais être protégé pendant que toi, tu prendrais des risques absurdes, répliqua Caleb, agacé. Je suis sûre qu'elle voulait que Mitch nous protège tous les deux. Et le reste des membres de Möbius aussi, d'ailleurs.

Clay se pencha vers eux, l'air grave.

– Le programme Möbius est sous ma responsabilité, Caleb. Pas celle de M. Mitchell. Or, d'un point de vue purement logique, Zen est la meilleure candidate. Elle correspond à leur profil.

Zen retint son souffle.

Clay allait accepter sa proposition…

– Voyons, professeure, raisonna Mitch. Vous ne pensez pas sérieusement…

– Elle est encore un peu jeune, poursuivit Clay, mais nous pouvons facilement changer sa coiffure et ses vêtements pour lui donner l'air d'avoir quatorze ans. Les Encloueurs ne se méfieront sans doute pas de quelqu'un d'encore plus jeune qu'eux. Zen a prouvé à plusieurs reprises son courage et son ingéniosité. De plus, aujourd'hui, elle n'a pas lâché ce saboteur d'un pouce.

Mitch fixait la cathédrale Saint-Paul à travers la vitre. Il ne lâchait pas un mot.

– Nous serons extrêmement prudents, lui assura Clay. Nous la préparerons au mieux, nous lui donnerons une identité en béton et nous nous tiendrons prêts à l'exfiltrer à tout moment. Elle se contentera d'obtenir des informations. L'opération ne prendra pas plus de trois jours.

En écoutant Clay détailler tous les aspects de la mission, Zen commençait cependant à avoir peur et à douter de sa proposition. Elle fit de son mieux pour ignorer ses angoisses et croisa fermement les bras. Cette opération était nécessaire. Elle toucha machinalement son pendentif en jade – un héritage de la famille Rafiq, qui lui venait de l'une de ses grands-mères syriennes.

– Ça marchera, professeure. C'est la seule solution.

– Et si le saboteur qu'elle a poursuivi la reconnaît ? intervint alors Caleb.

Zen remarqua qu'il rougissait et qu'une ligne de contrariété marquait son front. À l'évidence, il était bouleversé, inquiet pour elle.

– Comme je le disais, nous modifierons son apparence, répliqua Clay. D'ailleurs, cette course-poursuite s'est déroulée très vite, non ? Au milieu de nuages de poussière ?

– Oui, marmonna Zen. C'était vraiment intense. Je doute qu'il m'ait bien regardée.

– Pourquoi ne pas se contenter de les surveiller ? On pourrait renvoyer Coccipuce là-bas pour installer un mouchard, suggéra Caleb.

Mitch remua d'un air gêné.

– Désolé, petit, répondit-il à contrecœur, mais je doute que ça marche. Vu le degré de sophistication de leur équipement et le fait qu'ils ont réussi à effacer leurs traces jusqu'ici, il est fortement probable qu'ils ratissent fréquemment leur base pour vérifier qu'il n'y a pas de micros. Et s'ils en trouvent ne serait-ce qu'un seul, ça sera terminé. Ils disparaîtront et nous les aurons définitivement perdus.

– Sans compter que les micros sont fixes, renchérit Clay. Ces Encloueurs ne vont pas rester bien gentiment au milieu de leur base pour détailler leurs plans. Il y aura des mots de code. Des niveaux d'accès. Des détails qui ne seront donnés à la totalité du groupe qu'au dernier moment. Une infiltration est vraiment la meilleure option.

Elle se tourna alors vers Zen.

– Es-tu vraiment certaine de vouloir le faire ?

– Oui, professeure, acquiesça-t-elle avec un signe de tête résolu. J'ai pris ce type en chasse à Cambridge. J'estime que c'est moi qui dois le piéger.

Clay l'observa quelques instants et ses yeux verts brillèrent de satisfaction.

– Bien. Je savais que nous pourrions compter sur toi, Zen. Je vais mettre plusieurs autres membres de Möbius sur cette affaire – nous disposerons de nos meilleurs experts. Nous mettrons en place une procédure très stricte. Dès que tu auras obtenu des informations suffisantes concernant les plans des Encloueurs, à savoir où et quand ils décideront de frapper, ou simplement l'identité de leur prochaine cible, nous te sortirons de là.

Mitch se leva et boutonna sa veste. Zen voyait bien que la décision de Clay l'avait rendu furieux. Clay avait ignoré ses conseils et lui avait forcé la main pour accepter un scénario qui ne lui plaisait guère.

– Je veux me charger de cette opération, professeure, dit-il alors. Si ce plan doit vraiment être lancé, je veux être sur le terrain avec Zen. Je veux être capable de la sortir de là si l'ombre d'un problème se profile.

– Parfait, acquiesça Clay. Je m'arrangerai pour que vous…

– Moi aussi, je veux être sur le terrain, interrompit Caleb. Je veux l'aider.

Zen se tourna vers lui. En colère, inquiet, il semblait également vexé, comme s'il avait l'impression d'être tenu à l'écart de la mission. En le voyant, Zen se rendit compte avec angoisse combien elle allait se retrouver seule pour cette mission. Clay et Mitch avaient beau parler du soutien de Möbius, cette mission allait se dérouler en solo.

Clay fit pivoter sa chaise pour faire face à Caleb et le regarda, un sourcil arqué.

– Oh, tu vas l'aider, Caleb. D'ailleurs, tes domaines d'expertise vont se révéler essentiels. Tu vas devoir lui créer une toute nouvelle identité, qu'elle pourra utiliser sans risque. Un acte de naissance. Un dossier médical, des empreintes dentaires. Une liste d'adresses connues. Sans oublier les réseaux sociaux : une page Zap, un compte Krinkl et toutes les applications que vous utilisez aujourd'hui et les compléter au moins sur les deux dernières années. Tu penses pouvoir faire cela ?

– Bien sûr, bougonna-t-il. Sans problème. Sam et moi, nous pouvons faire ça en quelques heures. Mais qu'est-ce que Zen est censée faire, lorsque nous aurons terminé ? Prendre le bus jusqu'à Camden et frapper gentiment à leur porte ?

Alors que Caleb posait la question, Zen sentait bien qu'il y réfléchissait intensément, comme s'il pesait le pour et le contre du problème, pour trouver une solution.

– Tu as raison, lui dit-elle. Il faut trouver une raison pour que ce soit eux qui veuillent me contacter. Nous devons les attirer jusqu'à nous.

Caleb passait en revue les messages du forum de Ded-Vane qui s'affichaient à l'écran. Il désigna le précédent publié par un utilisateur anonyme qui venait de mettre en ligne la vidéo filmée à la SolTec. Il s'intitulait « Scuti

= mort ». À peine une semaine plus tôt, un autre annonçait « Scuti tue l'humanité » et encore quelques jours auparavant : « Scuti/Voyou ».

– Tu te rappelles ce panneau publicitaire, Zen, demanda-t-il, au coin de l'entrepôt à Camden ? Celui avec une affiche pour Scuti qu'on avait taguée – avec les cornes et le sang ?

– Comment pourrais-je oublier ?

– Ça n'est sûrement pas une coïncidence. Je suis certaine que c'est l'œuvre des Encloueurs. Ils ont l'air de vraiment haïr Scuti.

– Cette entreprise a clairement des zones d'ombre fit observer Mitch. Ils ont causé la faillite de centaines de plus petites enseignes. Sans parler des conditions de travail pour les gens dans leurs entrepôts et pour leurs livreurs. Il paraît qu'ils minutent leurs employés lorsqu'ils se rendent aux toilettes.

La voix de Sam surgit du Flex.

– Une analyse des messages sur le forum de DedVane semble indiquer que les Encloueurs connaissent les principaux actionnaires de Scuti. L'entreprise figure dans le portefeuille d'un conglomérat appelé Hardcastle Solutions. Ils ont des intérêts actifs dans l'extraction d'énergie fossile, les crypto-monnaies et la fabrication d'armes de nouvelle génération.

– Voilà pourquoi Scuti figure sur la liste noire des Encloueurs ! s'exclama Zen. Ils veulent atteindre Hardcastle Solutions.

– Scuti est en effet l'actif le plus visible de Hardcastle. Leurs autres holdings sont domiciliés dans des pays nettement plus lointains. Beaucoup sont tenus secrets.

– Est-ce que les Encloueurs ont déjà attaqué Scuti, Sam ? demanda Caleb.

– Les messages sur Dedvane évoquent trois tentatives infructueuses de s'en prendre directement à eux, répondit l'IA. Apparemment, c'est la sécurité particulièrement importante de l'entreprise qui en est la cause.

Caleb se tourna vers Zen.

– Une sécurité importante ? C'est le genre de défi qui nous parle.

Clay le regarda d'un air méfiant.

– À quoi penses-tu, au juste ?

– À l'idée que Zen réussisse là où les Encloueurs ont échoué. Nous allons jouer un tour à Scuti : quelque chose qui attirera vraiment l'attention du groupe.

À l'autre bout de la pièce, Mitch poussa un long soupir.

– Il va falloir m'en dire davantage, reprit Clay.

– Ne vous en faites pas, professeure. Nous ferons attention à ne pas prendre de risque, dit-il avec un grand sourire. Ça sera grandiose !

– Eh bien, cela semble au moins t'avoir remonté le moral, Caleb, fit observer Clay. J'attends une description détaillée de votre plan d'ici demain. Nous reverrons cela ensemble.

– Il nous faut un nom, décida Caleb. Ces opérations ont toujours des noms, non ?

Zen regarda l'écran du Flex.

– Scuti… C'est bien une étoile, n'est-ce pas, Sam ?

– En effet, Zen. L'entreprise tire son nom d'une supergéante rouge de la constellation Scutum. Elle est considérée comme l'une des plus grandes étoiles mesurées en rayon solaire, avec un volume équivalent à près de cinq milliards de fois celui du Soleil.

Clay comprit aussitôt à quoi pensait Zen.

– Va pour l'opération Supergéante, dit-elle. À présent, allez-vous coucher. Une autre longue journée vous attend.

DIMA KAHF

Quarante-huit heures plus tard, Zen se trouvait de nouveau aux laboratoires spéciaux situés sur le toit de l'IARC. Elle observait Astrid Yeoh, qui se harnachait à un curieux dispositif qu'elle nommait « un lanceur dorsal ». Il ressemblait à un gros sac à dos en fibres de verre avec deux énormes conduits à sa base et deux bras saillants terminés par des joysticks. Zen se retourna : Londres s'étendait devant elle et scintillait dans l'obscurité. Malgré toutes leurs préparations, toutes les réunions stratégiques, toutes les simulations et les entraînements, elle ne parvenait toujours pas à croire qu'ils allaient vraiment se lancer dans cette opération.

Ce samedi soir, au début des vacances, l'institut était presque désert. Seule une vingtaine d'élèves n'étaient pas rentrés chez eux, parmi lesquels plusieurs membres du programme Möbius, dont Astrid. Elle disait qu'un retour à Hong Kong pour une semaine ne valait pas la peine, mais Zen devinait qu'on lui avait demandé de rester à Londres pour participer à leur mission.

La professeure Clay sortit du laboratoire numéro deux en éteignant les lumières derrière elle. Zen surprit son propre reflet sur la vitre et éprouva un sentiment d'étrangeté.

Elle était entièrement vêtue de noir, l'uniforme, en quelque sorte, des Encloueurs. Elle avait coupé ses longs cheveux noirs en carré, les avait décolorés pour finalement les teindre en bleu électrique. Mitch l'avait aidée à transformer son apparence, vendredi soir après les cours. Cela faisait partie de la formation habituelle des agents de la CIA, lui avait-il expliqué tout en raccourcissant ses mèches, afin que les agents puissent modifier eux-mêmes leur apparence en cours de mission. Elle s'était alors vraiment sentie comme une espionne, mais ce changement brutal l'avait choquée. Elle était transformée. Elle allait devoir s'y faire, et vite.

Zen et Caleb n'avaient pas eu une minute de répit depuis l'incident de la SolTec. Ils avaient non seulement dû préparer et présenter leur plan pour l'opération Supergéante, suivre leurs cours du vendredi, mais également mettre sur pied une nouvelle identité pour Zen. Son personnage s'appelait Dima Kahf. Elle avait quatorze ans et était la fille unique de travailleurs sociaux syro-britanniques. Son père était mort avant même sa naissance et sa mère avait été tuée pendant la guerre en Syrie, lors d'une attaque de drone sur une réserve médicale qu'elle inspectait. La tragédie avait fait naître chez Dima une véritable haine de l'industrie de l'armement – en particulier celle des armes automatiques. Elle avait ensuite trouvé refuge chez une grand-tante pendant quelques années, puis chez un cousin de ses parents, avant d'être confiée aux services sociaux. Elle vivait alors dans un foyer du quartier de Chalk Farm, non loin de Camden.

Dima avait une passion pour les films des studios Ghibli, le parkour et la glace au caramel et beurre salé. Elle était membre d'une longue liste de groupes pacifistes et de défense de l'environnement. Elle se radicalisait peu à peu, affichant son soutien à toutes sortes d'actions directes sous le pseudo « Polar_X ». Elle s'était même connectée sur DedVane et avait laissé des messages, ponctués d'émojis de poings levés et d'explosion, à la suite de différentes vidéos, dont celle des Encloueurs, filmée à la SolTec.

Caleb avait longuement travaillé pour mettre au point ce profil. Zen sentait bien qu'il culpabilisait de la laisser se débrouiller seule pour cette mission. Avec l'aide de Sam et de photos personnelles de Zen, il avait créé des dizaines d'images de Dima, puis avait piraté les principaux sites de réseaux sociaux pour lui créer des pages, des comptes et des messages qui permettaient de documenter son existence sur les dernières années. Il avait même créé une vidéo où elle apparaissait, dans une manifestation, criant des slogans et agitant des bannières. Ces deepfakes étaient si convaincants que même Zen dut se rappeler plusieurs fois qu'elle n'avait rien fait de tout cela. En fin de compte, la couverture était parfaite. Dima était une jeune fille déterminée, un peu esseulée et entièrement impliquée dans les mêmes causes que les Encloueurs : elle était prête à franchir un nouveau cap.

Clay s'approcha en fermant son manteau de cuir brun pour se protéger du vent.

– Tu penses pouvoir supporter le poids supplémentaire ? demanda-t-elle à Astrid.

– Le lanceur dorsal a été conçu pour des situations de catastrophe, répondit-elle en manipulant une molette. Pour acheminer de l'aide aux victimes de tremblements de terre, ou autre.

Elle jeta un regard insistant à Zen.

– J'avais prévu dès le départ qu'il y aurait des choses à transporter.

Clay sembla se satisfaire de la réponse. Zen avait la nette impression qu'Astrid avait gagné sa confiance au cours de missions précédentes.

– Et toi, Zen ? Tout va bien, jusque-là ?

Zen fixa ses baskets noires, vérifiant mentalement son équipement.

– Oui, professeure. Je suis prête.

L'expression de Clay devint plus grave.

– J'ai autorisé l'opération Supergéante en raison de l'importance de la situation, ajouta-t-elle. Je n'ai pas besoin de te rappeler que si tu devais te retrouver au poste de police, ce soir, je devrais faire jouer... de nombreuses relations pour te tirer de ce mauvais pas. Cela pourrait avoir de sérieuses conséquences pour l'avenir du programme Möbius.

– Nous ne pouvons pas faire autrement, professeure, répondit Zen. Je dois absolument paraître crédible, sinon les Encloueurs ne...

– Je sais, Zen, tu n'as pas besoin de me l'expliquer. Mais nos raisons n'auront aucun poids, même si elles sont légitimes. Je ne suis pas censée exposer mes agents au danger. Si tu es arrêtée, je recevrai une sanction officielle et notre enquête sur les Encloueurs sera aussitôt close.

– Nous ne nous ferons pas prendre, marmonna Astrid.

– Caleb a piraté les alarmes, poursuivit Clay. Il m'a assuré qu'il réussirait à les maintenir déconnectées pendant dix minutes exactement. Si tu penses que ça ne te suffira pas, annule la mission. Ne réfléchis pas trop : tu limites les dégâts et tu te sors de là. C'est bien compris ?

Zen s'obligea à rester concentrée, à se focaliser sur son objectif. Elle rajusta son oreillette et accrocha un minuscule micro à son col.

– C'est compris.

– Communication activée, annonça Sam dans son oreille. Le signal est puissant. Pendant la durée de la mission, j'utiliserai le nom de code « Tour », afin de me conformer au protocole du programme Möbius. As-tu tes lunettes, Faucon ? Et toi, Émerillon ? Une activation serait plus prudente.

Zen et Astrid sortirent toutes les deux de fines lunettes de protection de leurs poches et les placèrent sur leur visage. Clay les leur avait données un peu plus tôt, en expliquant qu'elles avaient été conçues par un autre agent de Möbius répondant au nom de code « Pie ». Aussitôt, de minuscules chiffres orange s'affichèrent sur les verres. Les lunettes venaient de se connecter au Flex qui se trouvait comme Caleb dans le bureau de Clay.

– Ici Salangane, dit-il alors. Tout est OK de notre côté, nous voyons la même chose que vous.

Zen se tourna vers Astrid.

– C'est le moment de m'équiper.

Astrid prépara un harnais, qu'elle attacha au lanceur dorsal avant de faire signe à Zen de s'accrocher. Le harnais enveloppait sa taille et ses épaules et sanglait les deux jeunes filles l'une à l'autre. Zen pouvait sentir l'odeur sucrée de son chewing-gum à la myrtille tandis qu'elle se préparait mentalement pour le saut.

Clay recula.

– Bonne chance, à toutes les deux. Ouvrez l'œil. Et ne prenez aucun risque inutile.

Mais avant qu'elles aient pu faire un pas, une porte s'ouvrit brutalement à l'extrémité de l'héliport et Art se précipita vers elles.

– Attendez ! cria-t-il. Attendez ! Une minute ! J'ai quelque chose pour Zen – pour la mission !

Zen était un peu surprise de le voir. Elle ignorait qu'il était lui aussi resté à l'institut pour les vacances. Elle ne l'avait pas croisé à la cantine ni dans les espaces communs. Elle se demanda s'il avait quitté son laboratoire depuis jeudi soir. Il courut jusqu'à elles, tenant ce qui ressemblait à une poignée de brindilles, avec une sorte de bulbe fixé à leur extrémité.

– Fais vite, Art, le pressa Clay.

– Oui, oui, bien sûr, professeure. Mais je viens de réussir, vraiment, à l'instant et je ne pouvais pas laisser Zen partir sans… enfin, vous voyez… je n'étais pas vraiment arrivé à… la formule n'était que partielle, comme vous le savez, mais je crois que si…

– Art, grinça Clay, impatiente. De quoi est-ce que tu parles ?

– La colle intelligente, dit-il en rajustant ses lunettes et en esquissant un large sourire. J'ai fini par la synthétiser. Ou plutôt, j'en ai créé une nouvelle version. Tu es bien une archère, non ? demanda-t-il en se tournant vers Zen. Tu as remporté des compétitions ?

Astrid fit claquer sa langue, agacée, contre l'oreille de Zen.

– C'est bon, Art. Demande-lui directement son autographe, pendant que tu y es.

Art ne daigna pas lui répondre. Il tendit ses bâtons à Zen.

– Des flèches à glue, annonça-t-il. Il suffit de casser l'ampoule sur l'extrémité et elles colleront à n'importe quoi. Instantanément. En revanche, pour la partie qui ne colle pas... j'ai eu plus de mal à la répliquer. Enfin, bon. Je me suis dit qu'elles pourraient se révéler utiles.

Zen examina les flèches. Le corps était en graphite, avec un empennage en caoutchouc. Les bulbes semblaient suffisamment solides. Il fallait sérieusement forcer pour les ouvrir. Elle regarda Art en souriant. Elle ne pouvait plus ouvrir le petit sac à dos où elle avait rangé son équipement, elle serra donc les flèches de glue contre elle.

– Merci, Art, je suis sûre que...

– Bon, on y va ? s'impatienta Astrid. On se retrouve plus tard, professeure.

Un grondement retentit, digne du plus bruyant des sèche-mains. Zen se sentit arrachée du sol tandis que le lanceur dorsal d'Astrid la propulsait dans les airs – cinq mètres, dix, puis elles franchirent le vide de trente-cinq étages qui s'ouvraient entre les deux immeubles.

Avant que Zen ait pu réaliser, ses baskets touchèrent de nouveau le béton et sa jambe gauche trembla légèrement en atterrissant sur le toit d'en face. Le ronronnement du propulseur diminua. Elles se trouvaient sur le rebord d'un toit-jardin, où se déployaient d'élégantes topiaires, des mares avec des nénuphars et des allées de graviers éclairées au ras du sol. Zen sentait son cœur s'emballer et elle eut l'impression que des centaines de papillons prenaient leur envol dans son estomac.

– Hé, cria-t-elle, tu crois que tu pourrais…

Astrid fit vrombir l'engin et elles rebondirent plus brusquement encore, en virant sur la droite pour couper par le toit d'un immeuble surmonté d'une grande pyramide en verre. Par les vitres, Zen aperçut un vestibule de marbre, un rassemblement de personnes qui ressemblait à une soirée professionnelle, les participants se mêlant tour à tour et un quatuor de musiciens dans un coin de la pièce. Cette fois, elles atterrirent sur un passage à l'esthétique futuriste qui reliait les derniers étages de deux tours ultramodernes.

La voix de Caleb résonna aux oreilles de Zen.

– Jusque-là, tout va bien. Voilà où vous vous dirigez.

Un point lumineux à l'est apparut sur les verres des lunettes connectées. Il scintillait en rouge entre les immeubles de la ville. Elles bondirent de nouveau, filèrent au-dessus d'un chantier, avant de se poser sur un enchevêtrement de poutres métalliques.

Zen glissa. Elle sentit son pied basculer par-dessus le rebord, mais avant qu'elle ait pu tomber, les deux jeunes filles s'élevèrent une nouvelle fois d'un seul coup. Elle sentit le vent plaquer ses cheveux bleus en arrière.

Alors qu'elles atteignaient le pinacle de leur saut, Zen suivit des yeux la direction du point lumineux. Il se situait au-dessus d'une tour particulièrement massive qui se dressait au-dessus de la ville, scintillant, tel un missile recouvert de miroirs. Une gigantesque enseigne trônait presque à son sommet : un cercle vert traversé par une ligne ondulée. Juste en dessous, en lettres minuscules, se trouvait le mot

« Scuti ». Il s'agissait du siège européen de l'entreprise : le théâtre de la partie la plus audacieuse de l'opération Supergéante.

Quelques instants plus tard, les deux jeunes filles atterrirent au sommet de la tour-missile. À peine avaient-elles touché le sol qu'Astrid décrocha le harnais. Zen bascula et s'accroupit, le souffle court, sentant le métal glacé de la structure sous ses doigts. Elle rangea les flèches d'Art dans son sac à dos en prenant garde de placer les embouts contenant la colle dans la partie rembourrée, au fond, puis elle enfila ses lunettes de ski noires. Le toit de la tour était désert et aussi dénué de forme qu'un iceberg. À cette altitude, le vent soufflait plus fort et hululait le long des courbes lisses et scintillantes de la structure miroitante : elle craignait d'être projetée dans le vide si elle ne se cramponnait pas.

– Nous… nous sommes arrivées, balbutia-t-elle.

Astrid s'était accroupie, le propulseur dorsal posé contre une vitre derrière elle, comme pour mieux résister aux rafales. Elle avait déjà les yeux rivés sur l'écran de son smartphone, absorbé par les fils des réseaux sociaux, tout en faisant claquer des bulles avec son chewing-gum, comme si de rien n'était. Zen se demanda si elle passait souvent des nuits à jouer à saute-mouton avec les immeubles de Londres.

– Tu ferais mieux d'y aller, Faucon, lança Astrid. Je ne compte pas moisir ici.

OPÉRATION SUPERGÉANTE

— Bon, reprit Caleb dans l'oreillette. Je marque le point d'insertion... maintenant.

Un rectangle rouge apparut, à une dizaine de mètres. Zen se précipita vers la marque et découvrit un panneau amovible intégré à la surface du bâtiment.

– Je m'occupe de déverrouiller les accès, murmura Caleb. Ouverture dans cinq secondes.

Un léger claquement retentit et l'extrémité du panneau se souleva de quelques centimètres.

– À toi de jouer. Toutes les alarmes sont désactivées. Nous avons dix minutes avant que le système se réinitialise. J'active le minuteur sur tes lunettes.

Le compte à rebours s'afficha dans le coin du verre gauche. Les secondes défilaient déjà. Neuf minutes et cinquante-huit secondes, neuf minutes et cinquante-sept secondes, neuf minutes et cinquante-six secondes...

Zen ouvrit la trappe et se laissa glisser dans le corridor juste en dessous. Elle regarda autour d'elle. L'endroit n'avait rien à voir avec les bureaux ultramodernes auxquels elle s'attendait. Les murs étaient jalonnés de peintures un peu folles, un peu comme des vignettes de B.D. géantes, qui représentaient des explosions, des avions de chasse supersoniques et d'énormes onomatopées – « PAF ! BANG ! ». De part et d'autre, des espaces communs où se mêlaient de vieux juke-boxes, des guitares électriques, des batteries et des jeux d'arcades vintage. Dans un coin se trouvait une rangée de tables d'air-hockey et dans un autre une énorme piscine à balles.

– Salangane... je suis où là ?

– D'après les plans du bâtiment, c'est l'espace créatif, répondit Caleb. Ça a l'air un peu dingue.

– Scuti est connu pour encourager les jeux, les compétitions et les performances musicales entre les employés les plus importants, précisa Sam. Ils pensent que cela favorise l'esprit d'innovation. La liste de leurs missions, sur leur site web, dit qu'ils veulent faire de Scuti un véritable ami de leurs clients et de leurs employés, bien davantage qu'une simple entreprise.

– Beaucoup de vent, oui, ironisa Zen. Un beau gros mensonge de grosse entreprise.

– Tu t'entraînes pour ton rôle ? s'esclaffa Caleb.

– Quelque chose comme ça. De quel côté se trouve la salle du conseil d'administration ?

– Dirige-toi vers l'atrium, tu le reconnaîtras en le voyant, apparemment. Ils ont carrément installé une fontaine en plein milieu. Je demande à Sa... à, euh... Corbeau de te donner des indications grâce à tes lunettes.

Une seconde plus tard, une flèche argentée se mit à clignoter sur les verres, pour guider Zen, tandis que de fines lignes dorées décrivaient les formes des couloirs et des portes et compensait le très faible éclairage. La fontaine ne fonctionnait pas, mais en l'apercevant, au beau milieu du vaste atrium, Zen en resta tout de même bouche bée. Haute d'au moins quatre mètres, elle prenait la forme d'une pieuvre mutante géante luttant contre un sous-marin. Entièrement peinte, elle présentait de nombreux détails. Même de loin, Zen distinguait les ventouses acérées sur les tentacules du monstre qui écrasait la coque du submersible.

– Je ne sais même plus quoi dire, là.

– Elle reprend une scène de *Mille mètres de fond*. Une série à très gros budget que Scuti développe actuellement.

– Ils produisent aussi des séries ?

– Oh oui... Télé, cinéma, musique et même jeu vidéo. Ils sont prêts à conquérir le monde. D'ailleurs, *Mille mètres de fond* a vraiment l'air bien. Ça mêle une histoire de survie dans les profondeurs, avec un côté steampunk, et horreur. Ça te plairait.

– Sûrement pas.

– Bon, alors ça ne te plairait pas. Continue à avancer.

Le minuteur indiquait huit minutes et quarante-neuf secondes. Zen contourna la fontaine aussi vite que possible tout en suivant la flèche argentée et fit de son mieux pour ne pas regarder les yeux exorbités de la pieuvre, grands comme des ballons de foot. Devant elle se trouvait une volée de marches menant à des portes automatiques en verre qui s'ouvrirent à son approche.

– Ne t'en fais pas, c'est nous qui ouvrons les portes, reprit Caleb. Tout est sous contrôle. C'est un peu notre spécialité, hein, Corbeau ?

– On peut le dire, Salangane. Nous avons réussi à infiltrer des endroits très bien gardés par le passé. Faucon, tu t'apprêtes à entrer dans la mezzanine de la direction. La salle du conseil d'administration est fermée.

Zen observa le vaste couloir plongé dans l'obscurité qui s'étendait au-delà des portes.

– Il y a quelque chose par-là, dit Zen. Quelque chose de bizarre.

– Je vais affiner les réglages de tes lunettes, répondit Sam.

Tout devint soudain plus clair, comme si on rallumait progressivement la lumière. Des silhouettes se tenaient dans le couloir : ils étaient au moins cinq ou six. Instinctivement, Zen s'accroupit et recula vers l'atrium, les yeux écarquillés. Elle se souvint de l'avertissement de la professeure Clay, à l'IARC. Elle ne devait se faire prendre sous aucun prétexte.

Pourtant, tout demeurait calme : pas un bruit de pas ni même un murmure. En regardant mieux, elle poussa malgré elle un soupir. Les silhouettes n'étaient pas celles d'agents de sécurité de Scuti, mais des mannequins à taille réelle placés de part et d'autre du couloir dans de fausses niches : des personnages dans des scaphandres rétrofuturistes, avec des casques cuivrés et des fusils-harpons, d'étranges tritons avec des écailles irisées, des nageoires en éventail et des pinces de crabe en guise de mains et des automates avec des lunettes de plongée, dont le corps était un assemblage de chaudières, de pistons et de tubes en caoutchouc.

– Encore des personnages issus de *Mille mètres de fond*, commenta Caleb. Scuti met vraiment le paquet niveau communication…

Le cœur battant, Zen passa sous les regards vides de ces mannequins plus vrais que nature et se dirigea vers le fond du couloir. La flèche argentée pointait à gauche, vers une autre porte, qui s'ouvrit sans un bruit devant elle. Elle vérifia le temps restant : sept minutes et vingt-deux secondes. Juste ce qu'il lui fallait.

La salle de réunion du conseil d'administration paraissait immense, avec une grande table ovale au centre. D'un côté, l'immense baie vitrée offrait une vue à couper le souffle sur la Tamise, et de l'autre, se trouvait le célèbre « Mur Scuti » : une énorme fresque – mi-frise chronologique, mi-collage photo – qui couvrait une surface équivalente à celle d'un bus à deux étages. Elle racontait une version édulcorée, presque folklorique de l'histoire de l'entreprise. Elle commençait dans le garage du fondateur, développée peu à peu grâce à une détermination et un travail acharné, avant de devenir le phénomène que tout le monde connaissait aujourd'hui. La fresque comportait des slogans sur la famille et les valeurs, ponctués de représentations d'employés d'entrepôts, de livreurs et de clients tous souriants. L'entreprise utilisait volontiers ce mur dans son matériel promotionnel. Il figurait dans ses publicités, les documentaires et les interviews avec les cadres de l'entreprise. Aussi loin que Zen pouvait se le rappeler, il occupait même le fond de son site de vente en ligne.

– Il nous reste moins de sept minutes, reprit Caleb. Il vaudrait mieux lancer ce robot.

Zen posa son sac à dos et en sortit sa nouvelle création : Frida, nommée d'après Frida Kahlo, son artiste préférée. Elle travaillait à ce projet depuis un certain temps et l'avait rapidement achevé pendant que Caleb et Sam fabriquaient des deepfakes de Dima Kahf. Le robot avait une apparence assez simple : un petit amas de cylindres et de composants informatiques avec deux rotors extensibles de la taille d'une rondelle d'orange. Mais il embarquait un puissant processeur, une bombe de peinture industrielle ultracompacte et une étonnante quantité de peinture lumineuse jaune concentrée.

Zen plaça Frida sur l'extrémité gauche du « Mur Scuti ». Aucune IA n'était associée au robot. Une fois l'engin activé, il se contenterait d'exécuter le programme que Zen avait écrit l'après-midi même. L'exécution prendrait exactement deux minutes et quinze secondes. Elle activa le robot et les rotors sortirent et ronronnèrent. Il décolla du creux de ses paumes pour se diriger vers le coin supérieur de la fresque. Aussitôt, le léger sifflement de l'aérosol de peinture se fit entendre.

– Bon, jusque-là, tout roule, dit Zen.

Une seule figure de *Mille mètres de fond* était exposée dans la salle de réunion, près de la vitre. Elle représentait l'une des plongeuses, cette fois sans son casque. Ses cheveux bruns étaient ramenés en arrière et son visage dégagé arborait une expression de détermination héroïque. Zen siffla deux coups et pointa le doigt vers elle. Coccipuce s'extirpa du sac à dos et s'envola pour se poser sur la tête de la statue. Zen siffla de nouveau et le robot se tourna vers elle, tandis que les diodes sur ses antennes clignotaient dans la pénombre.

– Salangane, passe sur la caméra de Coccipuce, dit-elle avant d'enlever ses lunettes connectées et de les ranger dans sa poche. Qu'est-ce que tu en dis ?

Il y eut quelques instants de silence tandis que Caleb examinait l'image transmise par le robot.

– Super, ça sera parfait. Pile le bon cadrage. Mon chrono dit que Frida devrait avoir terminé son chef-d'œuvre d'ici… une minute et vingt-deux secondes. Et les alarmes se réinitialiseront quatre minutes après. C'est le moment d'entrer en scène, Faucon. Prête ?

Zen prit une longue inspiration.

– Envoie les projecteurs !

Aussitôt, la salle obscure s'illumina, grâce à plusieurs lampes encastrées. Zen plissa quelques instants les yeux, le temps de s'habituer à la soudaine clarté. Puis elle se mit à parler à voix haute.

– Scuti croit pouvoir nous berner, dit-elle, la voix vibrant d'une colère sourde. Ils pensent pouvoir cacher leur véritable visage. Ce à quoi ils prennent part. Mais nous venons d'entrer dans les bureaux du siège : tout en haut de leur grande tour. Ils ne peuvent plus nous le cacher. Ils ne peuvent pas nous empêcher de découvrir la vérité. Les milliards que Scuti gagne en vendant des télés, des vêtements, ou même de la nourriture contribuent à financer les pires des marchands de mort. Cette entreprise a du sang sur les mains.

Derrière elle, le sifflement de la bombe actionnée par Frida cessa, suivi d'un léger choc lorsque l'aérosol atterrit sur le sol – Zen l'avait programmée pour le lâcher une fois la tâche accomplie.

– Voilà notre message pour toi, Scuti, poursuivit Zen, pour ta ridicule fresque de mensonges. La vérité est en marche. Il est temps de révéler au monde ton vrai visage.

Zen s'écarta du champ de la caméra, révélant le mur. Caleb éteignit les lumières pour dévoiler l'œuvre de Frida dans l'obscurité. En lettres lumineuses jaunâtres, des lettres de quatre mètres de haut barraient la fresque : « SCUTI = HARDCASTLE = MEURTRES DE MASSE. » À l'extrémité droite, un dessin d'une arme brisée, l'emblème des Encloueurs terminait le tag.

– C'est bon, dit Caleb. Plus que trois minutes et cinquante-deux secondes. Tu dois filer de là.

Zen remit ses lunettes connectées, puis s'approcha du mur au slogan fluorescent pour récupérer Frida. Elle siffla en direction de Coccipuce, qui fila à travers la pièce pour venir se poser sur son épaule. Une fois ses deux robots à l'abri au fond de son sac, Zen se précipita vers les portes.

– Alors, demanda-t-elle à Caleb, c'était comment ? Tu as tout ?

– Oh, oui, s'esclaffa-t-il. Tu étais… terrifiante, à vrai dire. Carrément crédible.

Zen fila le long du couloir, laissant derrière elle les horribles statues de cire, la fontaine du poulpe géant et traversa la zone de création. Son minuteur affichait deux minutes et onze secondes. Elle se sentait mieux, avec la conviction qu'elle avait fait le plus dur. Ils avaient réussi. Elle allait s'en sortir.

La trappe par laquelle elle était entrée se trouvait à environ trois mètres du sol. Elle cherchait des yeux une chose sur laquelle grimper pour l'atteindre lorsqu'un puissant faisceau de lumière blanche traversa l'ouverture et balaya lentement le sol. Zen se figea. Elle perçut le vrombissement sourd d'hélices. Un hélicoptère de la police approchait et éclairait la tour Scuti.

– Ici, Merlin, dit Astrid dans son oreillette. Je ne voudrais affoler personne, mais j'ai comme l'impression qu'on a de la visite.

– Les lumières… souffla Zen. Dans la salle de réunion. Quelqu'un a dû les voir s'allumer. La police est sûrement en contact avec la sécurité de l'immeuble, si quelqu'un les a prévenus ?

– D'après le protocole de l'entreprise, répondit Sam, ils ne feront rien, à moins que…

Des lumières s'allumèrent dans tout l'étage. Une alarme électronique se déclencha avec un sifflement aigu, insupportable, qui étouffait tous les autres bruits.

Zen se mit à paniquer. C'était fini : le scénario catastrophe se déroulait. Les agents de sécurité allaient arriver d'une minute à l'autre. Ils allaient la trouver là, la remettre à la police. La professeure Clay et le programme Möbius seraient menacés et leur mission se terminerait là. Les Encloueurs exécuteraient leur plan suivant – peut-être une attaque pire encore que celle menée à la SolTec.

Non. Zen lutta contre sa propre angoisse. Ils ne l'avaient pas encore capturée. Il lui restait une chance de s'échapper, pour peu qu'elle garde la tête froide – et qu'elle réagisse vite.

Elle se précipita vers l'une des batteries et la démonta à coups de pied. L'alarme était si perçante qu'elle étouffa même le fracas des cymbales. Au prix d'un gros effort, elle traîna une grosse caisse et deux caisses claires sous la trappe et les empila tant bien que mal. Alors qu'elle se hissait sur son escabeau de fortune, elle sentit les éléments tanguer, basculer et, lorsqu'elle sauta pour attraper le rebord de l'ouverture, finalement s'écrouler.

Astrid n'avait pas bougé du coin de la tour, mais elle se penchait pour mieux observer l'hélicoptère de la police.

D'ici quelques secondes, elle serait prise dans le faisceau du projecteur. Zen se hissa par la trappe et se mit à courir.

– Démarre le lanceur dorsal, Merlin, cria-t-elle dans son micro.

Astrid jeta un regard vers elle.

– Il faut d'abord t'attacher. Nous ne pouvons pas décoller avant de...

– Pas le temps ! Démarre !

Zen passa la main dans la poche de son sac et en sortit deux des flèches à glue. Astrid comprit ce qu'elle avait en tête et pressa quelques boutons sur son engin, avant de saisir les joysticks. Les rotors se remirent en route, prêts pour le saut. Zen dérapa derrière Astrid, manquant de glisser sur les vitres de la tour. Elle planta les flèches sur un panneau à l'arrière de l'engin et brisa les bulbes à l'extrémité pour les faire adhérer à la surface. Puis elle se cramponna aux tubes de graphite aussi solidement que possible.

– Décolle ! cria-t-elle.

L'engin bondit dans le ciel à l'instant où l'hélicoptère arrivait sur l'angle de la tour Scuti. Astrid vira brutalement pour éviter le projecteur en utilisant les déflecteurs des rotors pour gagner de la vitesse et plonger entre les façades de verre des gratte-ciel.

Zen s'agrippait du mieux qu'elle pouvait. Ses dents claquaient et ses jambes ballottaient sous l'effet du vent. Une rafale lui arracha ses lunettes connectées. À ce rythme, elle ne tiendrait pas plus d'une minute. Elles devaient se poser ou elle allait tomber. Zen tâcha de ne pas penser au vide béant, à l'asphalte et au béton de la rue qui se rapprochaient dangereusement...

Il y eut un autre brusque virage, puis soudain, leur chute ralentit. Zen se heurta au lanceur dorsal, dont le moteur vrombit brusquement plus fort, avant qu'elles ne se posent en catastrophe sur le toit d'un vieil immeuble plus petit, à l'ombre des édifices géants.

Zen lâcha aussitôt les flèches. Elle se laissa glisser sur le sol, haletante, les nerfs et les muscles à vif. L'engin vrombit et les rotors ralentirent. Astrid se retourna dans l'obscurité et chercha des yeux l'hélicoptère. Le bruit de ses hélices retentissait toujours mais semblait s'éloigner et le halo du projecteur avait disparu.

– Je ne pense pas qu'ils nous aient repérées, dit-elle.

– C'était... souffla Zen, un pilotage de dingue.

Astrid haussa les épaules et se remit à mâcher son chewing-gum.

– Est-ce que ça va ?

Zen massa ses épaules endolories.

– À peu près. J'ai juste l'impression qu'on m'a arraché les bras.

Astrid fixa les deux flèches de colle plantées sur son engin.

– Si je n'arrive pas à enlever ces deux trucs, marmonna-t-elle, je vais être carrément vénère.

La voix inquiète de Caleb retentit dans l'oreillette de Zen.

– Faucon ! Qu'est-ce qui se passe ? Nous avons perdu le contact visuel. Est-ce que tout va bien ?

– Oui, répondit-elle, oui, ça va. Merlin et moi, nous avons dû lancer une évacuation d'urgence. J'ai bien peur d'avoir perdu mes lunettes en route.

Elle perçut le soupir de soulagement de Caleb.

– Ah, voilà pourquoi. En tout cas, j'ai l'impression que vous êtes sorties d'affaire. Aucune alerte d'intrusion n'apparaît dans le système de surveillance. Mais d'après Corbeau, la police va sans doute encore quadriller le périmètre pendant une heure.

– Bon, vous avez fait ce que vous aviez à faire ? demanda Astrid.

– Mission accomplie, acquiesça Zen.

– Alors en route, dit Astrid en saisissant le harnais du lanceur dorsal. Je n'ai pas l'intention de passer la nuit ici.

UN PETIT-DÉJEUNER ÉPIQUE

Le lendemain matin, Caleb se leva tôt, s'habilla rapidement et descendit directement à la cafétéria. Elle était encore déserte, à l'exception de deux employés des cuisines. Les rares élèves présents à l'IARC n'arriveraient que bien plus tard, et Caleb était certain que Zen ferait de même. Après son aventure dans les bureaux de Scuti, elle avait bien mérité sa grasse matinée. Caleb avait l'impression d'avoir l'institut pour lui tout seul. Mais alors qu'il s'apprêtait à s'installer, un toussotement forcé retentit. Il se retourna et aperçut la professeure Clay, enveloppée dans un long gilet gris anthracite, qui se tenait dans l'embrasure de la porte, appuyée sur sa canne. Elle lui fit signe d'approcher.

– Ta vidéo sur DedVane est en passe de devenir virale, Caleb, annonça-t-elle. On dirait bien que l'opération Super-géante valait le coup.

Caleb esquissa un large sourire.

– On pourrait même dire que c'est une victoire… éclatante, pas vrai, professeure ?

Clay ignora l'allusion.

– Éclatante… à cause de la peinture… Enfin, le tag dans la salle de réunion… Parce que c'est phosphorescent…

La directrice laissa échapper un léger soupir.

– L'alarme s'est déclenchée, malheureusement. Un incident fâcheux, mais Zen, avec son habituelle maîtrise, a su gérer la situation. Et puis, cette paire de lunettes perdue… Pie les a cherchées toute la nuit, enfin, ce qu'il en restait…

Elle s'appuya de nouveau sur sa canne.

– Je dois être absolument certaine que rien de tout cela ne pourra remonter jusqu'à nous.

– C'est impossible, affirma Caleb. Ne vous en faites pas, professeure. Nous n'avons rien à craindre. Le… service de cybersécurité de la police furetait du côté du site, dans la nuit, ajouta-t-il après une hésitation. J'ai effacé nos traces avec une fausse adresse IP – j'ai fait en sorte que les messages Polar_X apparaissent comme provenant des alentours de Reykjavik. Ils ne trouveront jamais l'origine de la vidéo.

Une délicieuse odeur montait des cuisines et fit gargouiller son estomac. Clay semblait rassurée.

– Alors, il ne nous reste plus qu'à attendre, dit-elle en se dirigeant vers le couloir. Repose-toi, Caleb. Profite de tes vacances.

– C'est bien ce que je compte faire, répondit-il. Et je vais commencer par le petit-déjeuner du siècle.

Il traversa le réfectoire d'un pas décidé en direction du buffet chaud. Il saisit une assiette, qu'il remplit avec absolument tout : bacon, saucisses, œufs au plat, haricots blancs, champignons et même quelques tomates. Il s'installa à sa place favorite, près de l'une des fenêtres, ajouta une généreuse quantité de ketchup et attaqua son assiette.

Il en avait avalé la moitié lorsqu'il déposa le Flex sur la table pour vérifier le statut du message de Polar_X. Il figurait sur la page d'accueil du site DedVane, parmi les contenus les plus partagés et la vidéo se lança automatiquement.

Caleb ne put réprimer un sourire. La vidéo était tout simplement dingue. La nuit précédente, il avait ajouté quelques effets : une distorsion vocale, semblable à celle utilisée par les Encloueurs pour leur vidéo de la SolTec et quelques modifications des contrastes et des niveaux de lumière pour que le tag de Frida ressorte de manière saisissante sur écran. En fin de compte, l'équilibre était parfait : un hommage appuyé aux Encloueurs, mais aussi une action qui ne pouvait que les impressionner. La vidéo était vraiment virale : elle circulait sur tous les principaux réseaux sociaux. Les statistiques augmentaient constamment et atteignaient les centaines de milliers de vues, avec une avalanche de commentaires et de partages.

Caleb passa en revue la première cinquantaine. Ils étaient tous enthousiastes. Beaucoup de gens pensaient qu'il était grand temps que les activités de Scuti soient révélées, que ses liens avec Hardcastle Solutions et le commerce d'armes deviennent publics. Tout le monde voulait savoir qui était Polar_X et comment elle avait pu réussir une attaque aussi incroyable. Est-ce qu'elle avait reçu de l'aide en interne ? Est-ce qu'elle appartenait vraiment aux Encloueurs ?

Il rangea le Flex et termina son petit-déjeuner, en saucant son assiette avec un morceau de pain. Clay avait raison : pour l'instant, ils ne pouvaient rien faire d'autre qu'attendre que les Encloueurs réagissent. Caleb jeta un regard vers la ville tout en se demandant comment faire pour penser à autre chose qu'à leur mission. Sa mère lui avait envoyé un message pendant la nuit, lui demandant de la rappeler en matinée – heure de la côte est des États-Unis. Cela lui laissait encore environ cinq heures. Il se surprit à songer au signal émis par l'Apex : pouvait-il faire une nouvelle tentative pour localiser la source du signal ou évaluer si sa puissance augmentait ? Mais il savait que Sam surveillait tout cela. Son IA l'avertirait du moindre changement ou de la moindre action à mettre en œuvre.

D'ailleurs, il avait grandement besoin de faire une pause avec le cyberespionnage pendant quelques heures. Il décida de faire une longue balade à vélo, en direction des grands parcs qui s'étendaient à l'extrémité de la ville… Richmond, peut-être. Alors qu'il remontait vers sa chambre, pour y prendre un anorak et son casque et envoyer un e-mail pour demander un bon de sortie, le Flex vibra dans sa poche. C'était Sam.

– Bonjour Caleb. J'espère que tu as pris un bon petit-déjeuner.

– Quoi de neuf ? demanda Caleb. Est-ce que la vidéo… il s'est passé quelque chose ?

– Depuis ta dernière vérification, il y a deux minutes et douze secondes, elle a encore été partagée trente-trois mille six cent quarante…

– Quelque chose avec les Encloueurs, je voulais dire.

– Pas encore, Caleb. Je te contacte concernant *Terrorform*. La situation au sein du jeu a atteint un niveau sans précédent. Il m'a semblé nécessaire de t'avertir.

Caleb fronça les sourcils tandis qu'il passait les portes menant à l'escalier.

– Comment ça « sans précédent » ? De quoi est-ce que tu veux parler ?

– Il s'agit du clan anonyme sur Comus, expliqua Sam. Celui au sujet duquel je t'ai alerté le jour de l'incident à la SolTec. Il y a vingt-cinq minutes, à neuf heures précisément, ils ont lancé une attaque simultanée sur soixante-huit autres colonies installées sur Kolto.

Caleb dévala les marches jusqu'au trente-troisième étage et se précipita dans le couloir menant vers sa chambre.

– J'en étais sûr, dit-il. Ils ne construisaient pas cette énorme base simplement pour s'amuser. Mais ils vont se faire massacrer, non ? On ne peut pas sérieusement lancer autant d'attaques et espérer gagner. C'est absurde, comme stratégie.

– Des affrontements ont lieu sur toute la planète. Jusque-là, deux cent trente-deux avatars de joueurs ont péri. Et seulement seize d'entre eux appartiennent à ce clan anonyme.

Caleb hésita.

– OK. Les chiffres sont impressionnants. À quel niveau se trouvent leurs personnages, maintenant ?

– C'est très homogène, Caleb. Cent se trouvent au niveau vingt-quatre. Cent au niveau vingt-deux. Cent au niveau vingt. Cent au niveau dix-huit. Cent au...

– Attends, Sam, une seconde... le coupa Caleb. Combien ils ont de personnages, exactement ?

– Pour l'instant, en comptant toutes les classes d'avatars, ils en comptent deux mille deux cents. Ils en intègrent cent de plus toutes les six heures. C'est le minimum de temps de jeu nécessaire pour gagner deux niveaux d'expérience.

Caleb entra dans sa chambre. La tête lui tournait légèrement et son énorme petit-déjeuner commençait à lui barbouiller l'estomac.

– Alors… tu veux dire que les avatars qui ont le plus haut niveau jouent de manière continue, dit-il. Sans s'arrêter. Depuis trois jours complets ?

– En effet. Il semble plausible qu'un système de relais soit à l'œuvre. Ils ont également désactivé l'option de coordination de niveau, ce qui veut dire qu'ils peuvent affronter des joueurs de niveaux supérieurs sans restriction. Jusqu'à présent, ils ont éliminé quatorze avatars de niveau trente-quatre, voire supérieur.

– Un indice qui nous dirait qui peut se trouver derrière tout ça ? demanda Caleb.

– De nombreuses rumeurs circulent sur les forums et les sites consacrés à *Terrorform*, répondit Sam. De nombreux joueurs accusent un clan rebelle, dont les joueurs se trouveraient dans une zone rurale du Wisconsin. Mais cela ne reste que des théories.

– Bon, répondit Caleb. Autre chose ?

– Jusqu'ici, dix-huit studios de production de jeu vidéo ont nié toute implication. Il s'agit de Heatwave, WrekSet, Enigma, Crystal Kitten, Pink…

– Et Lodestar ? le coupa Caleb. Ils ont réagi ?

– Lodestar n'a fait aucun commentaire pour l'instant. Un nombre important de joueurs de *Terrorform* y voient une preuve de culpabilité.

Caleb hocha la tête.

– Ça pourrait coller. Ce sont les premiers suspects dans cette affaire, Sam. Les gens disent que *Terrorform* surpasse de loin tous leurs jeux, alors ils essaient de nous faire disparaître. De nous faire perdre tous nos joueurs.

– Ces intrus sont en tout cas familiers des mécaniques de notre gameplay, ajouta Sam. Mais nous n'avons aucune preuve formelle.

Caleb s'installa à son bureau.

– Bon, dit-il en posant le Flex. Eh bien, on va voir si on peut en trouver.

LE SACRIFICE DES ANGES PÊCHUS

En moins d'une minute, le Navigateur de Caleb apparut à la base de Peng, sur Kolto. Il s'agissait de l'un des postes avancés qu'il avait installés sur la planète avec l'aide de Sam, au milieu de crevasses gelées et des plaines enneigées. C'était également le point d'entrée vers quelques-uns des combats entre joueurs les plus rudes du jeu. Ils avaient imaginé la base de Peng comme un dépôt archéologique. L'idée était que Kolto avait autrefois été une immense jungle luxuriante, une sorte de version hypertrophiée de la Terre à la période jurassique, avant qu'un désastre climatique ne la plonge dans une longue période glaciaire. Les joueurs pouvaient s'y installer pour exploiter des ressources minières, explorer des cavernes souterraines et, s'ils s'aventuraient assez loin dans cet univers, découvrir les traces d'une ancienne civilisation qui offraient les clés pour développer des objets parmi les plus puissants du jeu.

Mais à cet instant précis, aucun des joueurs présents dans la base de Peng ne songeait à tout cela. Les personnages apparaissaient constamment au point d'entrée de la base, dont la plupart appartenaient à la classe des combattants : les immenses Sentinelles avec toutes les armes disponibles dans le jeu jusqu'aux Infernaux, personnages trapus et féroces avec des carapaces hérissées de piques, avec leurs baïonnettes à tronçonneuse. Caleb reconnut l'emblème des Anges pêchus, le plus gros clan de joueurs sur Kolto, qui marquait les armures et les bannières. Tous se précipitaient dans la même direction, loin de la base en direction d'une falaise de glace.

Comme toujours, son nom, CalQ_001, attira immédiatement l'attention des autres joueurs. Les questions fusèrent aussitôt par canal vocal et il ne s'agissait pas des habituelles questions des fans ou demandes concernant des mises à jour ou résolution de problèmes. Les Anges pêchus étaient furieux. Ils exigeaient de savoir si Caleb et Sam étaient à l'origine de ces intrus à l'armure rouge – s'il s'agissait d'un genre de coup de communication.

– Cela n'a rien à voir avec nous, répondit Caleb, je vous assure ! Nous n'avons pas plus d'information que vous. Et vous ? Qu'est-ce que vous avez remarqué ?

– Ils ne savent clairement pas comment gérer ton gameplay, mec, répondit un Infernal en chargeant sa mitraillette plasma.

– Grave, répondit un Oracle qui arborait deux ailes d'ange marquées de pêches stylisées sur sa poitrine. Ils ont déjà défoncé ma Sentinelle – un avatar au niveau vingt-huit, avec des compétences géniales. Ça me prendra... genre... des mois pour réussir à les débloquer à nouveau.

– Est-ce que vous leur avez parlé ? demanda Caleb. Est-ce que vous avez communiqué d'une manière ou d'une autre ?

– Non. Ils ne disent pas un mot, répondit l'Oracle. On ne sait même pas le nom de leur clan. Certains commencent à les appeler les « Anonymes ».

– Les Anonymes, ironisa un autre Infernal. Bientôt ça sera les « Disparus », oui !

Les autres avatars poussèrent des exclamations enthousiastes et il y eut un nouveau mouvement des joueurs vers la falaise. Caleb décida de rester à l'écart pour mieux observer la scène. Il quitta le point d'entrée du jeu pour se poster sur le toit de la base.

Au-delà de la falaise s'étendait un vaste plateau. Au milieu se trouvait l'énorme crâne à demi enterré d'une sorte de superdinosaure datant de l'ère de la jungle sur Kolto, à l'intérieur duquel les Anges pêchus avaient établi l'un de leurs camps les plus importants. Les Anonymes les attaquaient par le nord en grimpant sur le plateau par l'extrémité opposée.

C'était une vision stupéfiante. Caleb et Sam avaient conçu la neige sur Kolto de façon qu'elle change de couleur en fonction de la lumière. Ainsi, au cours d'une journée, à l'intérieur du jeu, elle parcourait lentement le spectre. À cet instant, le plateau prenait une teinte iridescente d'un vert bleuté, tandis que la zone où se déroulait le combat était enveloppée d'une nuée verdâtre, tournoyante, illuminée par des explosions et des éclairs. Les deux camps avaient déployé un arsenal de véhicules. Les engins volants « Rapace » et les gyroptères filaient au-dessus de la mêlée, tandis que des Léopards des neiges – des tanks spécialement conçus pour les mondes enneigés – se glissaient entre les côtes du dinosaure et filaient en arc de cercle entre les cornes de son crâne. Sur la défensive, les Anges arboraient des armures de toutes les couleurs et de toutes les formes, dont beaucoup étaient personnalisées. Les Anonymes, eux, étaient tous d'un rouge sang, leurs avatars laissés aux paramètres les plus basiques.

Caleb réfléchissait à toute vitesse.

– Ils ont déjà des Léopards des neiges, murmura-t-il. Ces engins sont pourtant difficiles à fabriquer...

Pour obtenir des véhicules, dans *Terrorform*, il fallait rassembler des ressources, certains objets et organiser une coopération complexe entre les classes d'avatars. Réussir à en construire un relevait du défi, d'un travail de plusieurs semaines. Mais ce clan avait réussi à les obtenir en deux jours à peine.

– Lodestar a dû former ses joueurs en plusieurs équipes spéciales, dit-il, et organisé des roulements pour faire évoluer constamment leurs avatars.

– C'est une possibilité, Caleb, répondit Sam. Je dois te faire observer qu'il s'agit de la plus grande bataille jamais livrée au sein de *Terrorform*. Elle compte plus de trois cents combattants. Nous devrions nous réjouir que notre moteur de jeu la supporte sans accroc.

– Oui... murmura Caleb, distrait. J'ai l'impression que les Anonymes cherchent absolument à repousser les limites...

Il se pencha en avant sur sa chaise pour zoomer sur le cœur de la bataille. Les Anges pêchus se faisaient battre à plates coutures. Caleb vit les avatars se désintégrer les uns après les autres lorsque leur jauge de vie dégringolait à zéro. Les Anonymes, eux, menaient le combat comme tout le reste : avec une concentration et une coordination stupéfiantes.

– Je vais aller voir ça de plus près, dit-il. Voir si je peux découvrir quelques informations.

– Sois prudent, Caleb, l'avertit Sam. Ils n'hésiteront sûrement pas à ouvrir le feu sur toi.

– Oh, je n'ai aucun doute là-dessus. J'ai bien l'impression que ces Anonymes détestent tout le monde.

Son Navigateur s'élança dans les airs en direction du crâne à cornes et atterrit sur une congère, une cinquantaine de mètres plus loin. La bataille semblait entamer sa phase finale : les derniers Anges pêchus se dispersaient et beaucoup étaient pulvérisés dans leur fuite. Un Léopard des neiges des Anonymes se lança à l'assaut du crâne, qui céda dans un terrible craquement sous les chenilles. Selon Caleb, le terrain entièrement destructible était l'une des prouesses graphiques les plus réussies de *Terrorform*. Sam et lui avaient durement travaillé pour le rendre crédible. Brusquement, ce genre de détail n'avait plus rien de plaisant.

Le tank des neiges ressurgit des ruines du crâne et ses deux canons se braquèrent dans sa direction.

– Tu es à portée de leur radar, le prévint Sam. Je te conseille de...

Le Léopard des neiges ouvrit le feu. Une explosion de taches blanches envahit l'écran de Caleb lorsque la congère fut pulvérisée. Son Navigateur fut projeté sur le côté et la jauge de son armure fut aussitôt réduite de moitié. Alors qu'il attendait qu'elle se recharge, au milieu de la neige bleu-vert, Caleb vit soudain une vingtaine d'Anonymes quitter le cœur de la bataille pour se diriger vers lui. Cette vision le rendit tout à coup furieux. Il s'équipa de sa lance ionique, fit apparaître le viseur puis tira trois fois. Deux Infernaux et un Éclaireur solaire s'effondrèrent, avant que leur corps ne s'évapore dans une lueur argentée.

– Joli coup, Caleb, commenta Sam. Tu avais cependant dit que tu avais abandonné l'idée de combattre les autres joueurs de *Terrorform*.

Caleb envoya quelques autres rafales.

– Disons que pour ceux-là, marmonna-t-il, je fais une exception.

Les Anonymes ripostèrent. Ils se déployèrent dans la neige face à lui et se coordonnèrent pour le cerner. Il vida le reste du chargeur avant de se mettre à couvert entre deux rochers pour recharger.

– Tu te débrouilles très bien, dit Sam. Six ennemis vaincus en trente-huit secondes. Tu restes dans le top cinq des meilleurs joueurs de *Terrorform*.

Caleb se pencha pour jeter un regard derrière le rocher. Un rayon lumineux frôla la tête de son Navigateur.

– Sam… j'ai comme l'impression que tu allais dire : « mais… »

– Tu es cerné de tous les côtés. Les avatars du clan dit des Anonymes convergent dans ta direction. Je sais que tu tiens beaucoup à l'armure de ton Navigateur. Je dois donc t'avertir que ses chances de survie sont approximativement de 1 % contre 94,6 % pour eux.

Comme pour illustrer les paroles de l'IA, le laser de visée d'un char Léopard des neiges se refléta dans la neige, contre son rocher, balayant le sol tandis qu'il se préparait à tirer. Deux gyroptères écarlates décollèrent et se placèrent entre Caleb et la base de Peng. Ils le prenaient en tenaille.

– Des suggestions, Sam ?

– Mon panel de commandes concernant Kolto comprend une tempête de neige, répondit Sam. Elle peut infliger une importante quantité de dommages aux avatars des joueurs ainsi qu'aux véhicules. Une perte de visibilité totale pendant quatre heures à l'échelle du jeu. Le lieu est pour l'instant aléatoire, la fréquence faible. Mais si tu...

– Vas-y !

La tempête se déclencha en quelques secondes et se répandit dans le ciel comme une tache noire. Le plateau se colora d'un indigo profond, glacial et le déluge commença : une chute torrentielle, violente, de grêlons. Il lui était impossible de décoller avec son propulseur, Caleb se tourna donc pour courir en direction de la base de Peng en utilisant le système GPS de son armure. Devant lui, il ne distinguait qu'un rideau de tessons de glace, des éclairs épars et quelques silhouettes fantomatiques rougeâtres au loin. Les Anonymes ouvrirent le feu, tirant à l'aveugle, mais malgré leur nombre impressionnant, ils n'avaient presque aucune chance de l'atteindre dans un tel blizzard.

De retour à la base, une assemblée d'Anges pêchus discutait de la bataille. Ils interpellèrent Caleb pour lui demander ce qu'il comptait faire ensuite, mais il n'avait aucune réponse à leur donner. Il se contenta d'atteindre le point d'entrée le plus proche et se déconnecta du jeu.

L'« ÉVEIL »

Caleb se laissa retomber contre le dossier de sa chaise.

– Bon, pas de preuve en vue, dit-il en jetant sa manette sur son bureau. Cette histoire tourne mal, Sam.

– La situation est en tout cas grave pour les Anges pêchus, répondit Sam. Ils ont perdu soixante-treize de leurs avatars disponibles. Seuls 8 % de leurs effectifs restants ont des avatars supérieurs au niveau vingt. Leur clan ne s'en relèvera peut-être pas.

Caleb saisit le Flex pour éteindre le projecteur, puis ferma la fenêtre du jeu pour ouvrir son navigateur et se connecter à Krinkl, l'un des réseaux sociaux les plus populaires.

– Jared West, dit-il, tandis que la page de *Terrorform* s'ouvrait. C'est le président de Lodestar. Il a déjà fait ce genre de trucs, pour éliminer les concurrents. On dit que son équipe d'intelligence artificielle s'occupe de la création de faux joueurs pour perturber les jeux de ses rivaux. Ça ressemblerait exactement à ça.

– Ces rumeurs n'ont jamais été corroborées, Caleb, temporisa Sam. Ce ne sont peut-être que des ragots.

– Peut-être, admit Caleb, mais ça fait beaucoup de rumeurs, Sam.

Il passa en revue les messages les plus récents. Des centaines étaient liées à l'invasion des Anonymes sur Kolto, provenant de joueurs tentant de comprendre la situation. Caleb rédigea un nouveau message.

CalQ_001 : "Je reviens de Kolto. Zéro info sur les #SansNom. Les @AngesPchU sont là pour la bagarre ! C la #resistance."

Il termina par une série d'émojis d'explosifs, avant d'inclure les mentions d'une dizaine de comptes : les principaux clans de joueurs, des sites de gameurs, quelques studios et développeurs avec qui il avait de bons rapports et enfin… Jared West.

– Que souhaites-tu provoquer avec ce post, Caleb ? demanda Sam. Il serait plus simple de demander directement à M. West si Lodestar est responsable.

– C'est une guerre psychologique, Sam, expliqua Caleb. Je ne l'avais encore jamais tagué dans un message. On n'est pas vraiment copains, lui et moi. C'est un moyen détourné de lui faire comprendre que je pense qu'il est impliqué. Si je lui demande directement, il niera tout en bloc.

– Tu espères qu'il laissera échapper quelque chose d'incriminant, afin de pouvoir monter un dossier contre lui ?

– Plus ou moins. Nous allons le forcer à s'exprimer, puis voir si on peut…

Le Flex vibra lorsque les premières réactions arrivèrent. L'une des toutes premières venait du compte @JaredWestLodestar : l'emoji d'un poing levé avec un seul mot : « Solidarité ».

– Eh ben, c'était rapide, commenta Caleb. Même… étrangement rapide. Où est-ce qu'il se trouve ? New York, non ? C'est le beau milieu de la nuit, là-bas, non ?

– Il est actuellement quatre heures dix-huit du matin sur la côte est des États-Unis, répondit Sam. Je dois faire remarquer que le message de M. West ne nous apprend pas grand-chose. Il semble en tout cas nous soutenir.

– À moins qu'il cherche à se couvrir. Il savait exactement ce que je faisais et ne fera rien qui puisse le trahir, d'autant plus qu'il continue à bouleverser *Terrorform* avec son armée d'Anonymes.

– Quelle que soit l'identité de ces intrus, reprit Sam, je pense que nous serions en droit de prendre des sanctions en tant qu'administrateurs. Tes récentes restrictions sur mon processus d'initiative m'empêchent d'apporter des modifications structurelles au code source de *Terrorform*. Si tu les désactivais, je pourrais purger les Anonymes du programme. J'estime l'exécution tâche à huit minutes et douze secondes.

Caleb secouait la tête.

– Non, pas question de faire ça, Sam. On ne peut pas laisser ces crétins d'Anonymes nous battre à notre propre jeu. Il existe des centaines de milliers de joueurs de *Terrorform*. Il faut que nous rassemblions tout le monde pour constituer notre propre armée. Ils vont comprendre qui ils cherchent. Et à qui *Terrorform* appartient vraiment.

– C'est une idée inspirante, Caleb, répondit Sam. Cependant réussir un tel projet représenterait un tour de force stratégique, qui exigerait un haut degré de planification. Et les Anonymes augmentent leur nombre constamment. Ils acquièrent de nouveaux territoires sur Kolto. Leurs avatars augmentent de niveau. Ils gagnent de nouvelles armes et de nouveaux équipements.

– Exact, dit Caleb. Alors nous devons trouver un moyen de les ralentir. De les occuper.

Il se leva de sa chaise et s'avança vers la fenêtre, avant de se retourner en claquant des doigts.

– Je sais ! Si les Anonymes veulent Kolto, on va leur donner Kolto !

– Tu veux parler de l'Éveil, répondit Sam. Je dois néanmoins te rappeler que cet événement n'est qu'en partie programmé. Nous n'avions pas envisagé que des joueurs de *Terrorform* puissent atteindre un niveau suffisant pour le déclencher avant au moins six mois.

Caleb retourna à son bureau pour réactiver le projecteur du Flex et retourner à *Terrorform*.

– Tant pis, nous devons le lancer maintenant. Nous devons décongeler tous ces machins pour donner aux Anonymes de quoi s'occuper un moment.

Caleb avait eu l'idée de l'Éveil à la fin de la phase de développement de Kolto. Dans un coin d'un archipel isolé, un tunnel gelé menait à une série de cavernes hautes comme des cathédrales, où quelques-unes des créatures les plus féroces de l'ère de la jungle de la planète demeuraient congelées, suspendues en pleine action. Si une équipe de joueurs les découvraient, la chaleur de leurs engins et leurs équipements déclencheraient une réaction qui réveillerait les créatures de leur profond sommeil. Ces monstres énormes, voraces, hargneux, se lanceraient alors dans un impitoyable saccage de la planète tout entière, que seule une campagne rassemblant un maximum de joueurs pourrait arrêter.

Caleb adorait inclure ce genre de rebondissement dans le scénario de son jeu – de petits et de grands secrets disséminés à travers le système Cardano pour éviter une monotonie. À présent, il semblait que celui-ci pourrait bien les sauver. Caleb et Sam passaient en revue les détails – les nouveaux codes à écrire et les panoramas nécessaires – quand Zen entra dans sa chambre.

– Bonjour, lança-t-elle en étouffant un bâillement. Du nouveau ?

Elle parlait évidemment de la vidéo de la veille. Caleb secoua la tête. Elle ôta le bonnet vert sombre qu'elle avait passé pour éviter toute question gênante d'élèves et de professeurs à propos de sa nouvelle coupe de cheveux. Caleb sourit en voyant son carré bleu électrique. Mitch avait vraiment fait un travail superbe. De loin, elle semblait presque méconnaissable.

– Qu'est-ce que vous fabriquez ? demanda-t-elle en observant la projection du Flex sur le mur.

Sam affichait quelques-unes des maquettes inachevées pour les mégacréatures et les faisait tourner à trois cent soixante degrés.

– C'est pour *Terrorform* ?

D'une voix fébrile, Caleb expliqua la situation et le plan que Sam et lui mettaient à exécution. Zen lui adressa son demi-sourire en coin.

– Tu t'amuses comme un fou, hein. Cette attaque te réjouit, en fait.

Caleb s'apprêtait à rétorquer, mais avant d'avoir soufflé un mot, il comprit qu'elle avait vu juste.

– Tu me connais, répondit-il avec un haussement d'épaules. J'adore les défis.

– Je peux faire quelque chose ?

– Pas encore. Mais d'ici peu, je vais avoir besoin de l'aide des meilleurs joueurs de *Terrorform*.

À peine avait-il formulé sa phrase qu'il s'aperçut que – si tout se passait comme prévu – Zen ne serait sans doute pas là pour l'aider. Elle serait en opération d'infiltration, sous le nom de Dima Kahf.

L'un et l'autre se turent quelques instants.

– Tu penses qu'ils marcheront ? demanda Zen à voix basse. Qu'ils vont mordre à l'hameçon ?

– Cette vidéo était dingue, répondit Caleb. Tu étais incroyable. Tu as réussi à taguer leur symbole sur ce fichu mur de Scuti, Zen ! Ils vont chercher à te contacter. Au moins ça !

Il s'assit sur le rebord de son lit.

– Tu te sens prête ?

– Je crois, répondit Zen. Mitch m'a donné tout un tas de conseils d'espionnage. Maintenant j'ai, genre, trente techniques pour m'extraire de là si jamais les choses tournent mal. Est-ce qu'il t'a raconté qu'il avait passé six mois à Moscou sous couverture, en se faisant passer pour un électricien employé par une usine de chaussures près du Kremlin ? Son alias, apparemment, était Dimitri Ivanovich Karamazov.

Caleb s'esclaffa.

– Ça explique beaucoup de choses. Je voulais dire, tu te sens prête, moralement ? Cette mission est vraiment dangereuse. Ça pourrait vite devenir bizarre, d'ailleurs.

Zen garda les yeux rivés au sol.

– Quelqu'un doit le faire, dit-elle d'un air résolu. Nous avons rejoint le programme Möbius pour aider nos familles. On ne peut pas s'arrêter maintenant qu'ils sont sains et saufs. D'autres personnes – d'autres familles – sont en danger, à présent.

Caleb acquiesça.

– Il faut qu'on en apprenne plus, répondit Zen. Et la professeure Clay a raison – c'est le seul moyen. Nous ne pouvons pas nous laisser dissuader par la peur ni par quoi que ce soit d'autre.

Leurs regards se croisèrent un instant et Caleb sentit un frisson de culpabilité le parcourir. Dire qu'il s'inquiétait pour son jeu vidéo – une invasion virtuelle d'un monde virtuel – pendant que sa meilleure amie s'apprêtait à s'engager dans une dangereuse mission d'espionnage.

– Sam et moi, on surveillera cet entrepôt, dit-il. Vingt-quatre heures sur vingt-quatre. Au moindre mouvement suspect, on préviendra immédiatement Mitch et Clay. Tu seras exfiltrée si vite que...

– Ne t'en fais pas, Caleb, l'interrompit doucement Zen, avec son habituel demi-sourire. Je t'assure, je vais bien.

Elle plongea la main dans sa poche et en sortit une petite pièce métallique, de la taille d'un vieux téléphone portable. Elle prit une profonde inspiration et la lui tendit. C'était Coccipuce, dont les pattes et les ailes étaient repliées, et la batterie éteinte.

– Tiens. Je ne peux pas l'emmener. Tu peux toujours la connecter au Flex, non ? Elle pourrait t'être utile.

Caleb leva les mains.

– Non, Zen, pas question. Et si tu...

Zen tendit la main vers lui.

– S'il te plaît... Ça me rassurera de la savoir avec toi.

Caleb poussa un soupir. Il ouvrit sa paume pour que Zen y dépose son robot. L'objet s'anima aussitôt et déploya ses pattes et ses antennes en s'agrippant à son poignet.

Le visage de Zen exprima un instant un sentiment de regret.

– Promets-moi simplement de ne pas la faire voler sauf urgence absolue.

– T'inquiète ! dit Caleb, tandis que Coccipuce grimpait le long de sa manche. Je pensais plutôt faire de l'exploration sous-marine dans la Tamise...

Zen écarquilla les yeux, horrifiée.

– Caleb...

– Je plaisante ! Je plaisante ! dit-il avec un grand sourire. Je t'assure, Coccipuce sera en sécurité avec moi, Zen.

EN HAUT DES RÉSERVOIRS

Le message arriva le lendemain, juste après l'aube. Une seule ligne, énigmatique, envoyée en privé depuis le même compte qui avait posté la vidéo des robots de la SolTec.

« Vingt et une heures, disait le message. King's C. En haut des réservoirs. »

Cinq minutes plus tard, l'équipe principale de Möbius était rassemblée dans le bureau de Clay.

– On y est. Ils veulent me rencontrer.

– C'est ça, acquiesça Caleb. À neuf heures ce soir, à King's Cross. Mais je ne comprends pas « les réservoirs ».

– Je proposerais d'y voir les anciens gazomètres, derrière la gare de King's Cross, suggéra Sam, sur la rive nord de Regent's Canal. Ils sont hauts de douze étages. Atteindre le sommet va se révéler difficile.

– C'est un test, dit Zen. Ils veulent voir de quoi Dima est capable. Vérifier qu'elle est à la hauteur.

Clay reposa sa tasse de café et se tourna vers Mitch.

– Est-ce que tout est prêt à Chalk Farm ?

– Paré, répondit-il. Nous avons transformé notre planque d'Oxbury Road pour la faire passer pour un foyer d'accueil. Certains des élèves les plus âgés du programme Möbius vont y séjourner le temps de l'opération. Et le Dr Virdi est déjà sur place, pour incarner la personne en charge de l'accueil.

Le Dr Virdi était le bibliothécaire de l'institut – un allié occasionnel du programme Möbius.

– Il a été entièrement briefé, j'imagine ? demanda Clay.

Mitch acquiesça.

– Je m'en serais chargé moi-même, professeure, mais j'ai été… aperçu à de nombreuses reprises durant ma carrière, si vous voyez ce que je veux dire. Il ne faut prendre aucun risque.

Zen sentait que la tête lui tournait. Une légère nausée la gagnait. Les choses s'enchaînaient soudain très vite.

Elle s'était préparée de son mieux et avait mémorisé la totalité du dossier « Dima Kahf » que Caleb avait fabriqué. Elle avait lu toutes ses fausses interventions sur ses réseaux sociaux, regardé plusieurs fois toutes les vidéos. Mais soudain, tout cela lui semblait loin d'être suffisant. Machinalement, elle fit un geste pour toucher son pendentif en jade pour se donner du courage. Mais ses doigts n'effleurèrent que sa peau. Elle l'avait enlevé juste après avoir confié Coccipuce à Caleb et rangé dans un tiroir près de son lit.

– Tu seras là aussi, hein, Mitch ? demanda-t-elle. Sur le terrain, comme tu dis ?

L'ex-agent de la CIA croisa son regard.

– Vingt-quatre heures sur vingt-quatre. J'ai installé un système de surveillance au sous-sol. Caleb va m'aider, avec son IA.

Caleb enfonça les mains dans ses poches avant de se tourner d'un air maussade vers la fenêtre.

– Oui, à distance. Je ne comprends toujours pas pourquoi je ne peux pas moi aussi venir à Chalk Farm. Jouer l'un des enfants du foyer ?

– Je te l'ai dit dix fois, répliqua Mitch. À cause de la vidéo de la SolTec. D'après l'analyse de Sam, Zen n'a pas pu se trouver dans le champ, mais toi si. Qu'est-ce qu'il a dit, déjà ?

– D'après l'angle de la caméra, répéta Sam, et les ruptures qui indiquent clairement que cette vidéo n'est qu'un extrait d'un enregistrement plus long, il existe une probabilité de 78 % que Caleb ait été filmé en fuyant les robots de la SolTec.

– Donc une probabilité de 22 % que je n'aie pas été filmé ! protesta Caleb. En plus, Mitch, s'ils t'avaient filmé aussi ? Pourquoi est-ce que tu…

– Ce n'est pas négociable, Caleb, le coupa Clay. M. Mitchell est un agent expérimenté des services secrets. Il sait se faire discret. Et tu nous seras beaucoup plus utile ici, avec moi.

Elle se tourna vers Zen.

– À présent, tu partiras pour Chalk Farm dans deux heures. Cela te laissera une grande partie de la journée pour te mettre dans la peau de Dima Kahf. Nous allons aussi observer de près ces gazomètres et nous assurer que tu sois aussi prête que possible.

La directrice s'assit lentement sur son fauteuil et appuya sa canne contre le mur derrière elle.

– Allez prendre votre petit-déjeuner. Retrouvez-nous dans le parking souterrain à dix heures précises.

Les gazomètres se trouvaient à l'extrémité d'une grande zone récemment remaniée, à environ deux cents mètres de la gare de King's Cross. Zen en fit le tour pendant quelques minutes, pour s'imprégner des lieux. Il y avait des places pavées, des restaurants et des cafés branchés, et un vaste centre commercial où se succédaient des boutiques de luxe, le tout ceinturé par la courbe de Regent's Canal. Pour un lundi soir après vingt heures, l'endroit était encore assez animé. Zen repéra un coin sombre qui lui permit de rapidement grimper sur le toit du centre commercial. Le bâtiment dessinait un grand H stylisé avec des surfaces lisses, légèrement inclinées qui miroitaient sous le rayon de lune.

Les silhouettes des gazomètres se dressaient à l'extrémité du centre commercial. Construits à l'époque victorienne pour contenir d'immenses réservoirs de gaz naturel, alors utilisé pour le chauffage et l'éclairage, les quatre squelettes cylindriques étaient depuis longtemps abandonnés. Quelques années auparavant, ils avaient été rachetés par des promoteurs immobiliers, qui en avaient transformé trois en luxueux immeubles d'habitation, tandis que le quatrième, un peu à l'écart, renfermait désormais un petit jardin public.

Zen traversa le toit. Elle observa le premier cylindre tout en approchant, cherchant un chemin qui lui permettrait d'éviter les appartements occupés. Deux mètres le séparaient du centre commercial. Elle se mit à courir et bondit pour s'agripper à une colonne autour de laquelle elle glissa ses jambes, avant de se hisser sur une poutre grillagée. Elle s'y assit quelques instants et reprit son souffle, puis se servit du chapiteau orné d'une des colonnes victoriennes et des volets en aluminium des fenêtres pour grimper prudemment au sommet.

De là, la vue était vertigineuse. Quinze colonnes formaient un cercle, reliées par les poutres les plus hautes dont la largeur n'excédait pas un mètre. Zen s'accroupit pour garder l'équilibre et jeta un regard autour d'elle. Le toit de l'immeuble était aménagé en jardins, divisés comme des quartiers d'orange. Tous étaient sombres et déserts. Elle plissa les yeux en direction des autres réservoirs réaménagés et repéra presque aussitôt une silhouette au sommet de celle de gauche, perché sur une colonne.

Zen reconnut alors celui qu'elle avait pris en chasse à Cambridge. Dans son emballement, elle faillit parler à voix haute, pour communiquer avec Caleb et Sam, comme elle l'avait fait dans les bureaux de Scuti, pour leur dire que c'était bien lui, le saboteur, et qu'ils étaient sur la bonne piste. Elle étouffa un juron. Ce soir-là, ni micro caché ni gadgets ultrasophistiqués. L'équipe Möbius la regardait via satellite, ou peut-être à l'aide d'un drone, mais ils ne pourraient pas l'aider, malgré toutes les promesses de Mitch. Elle était seule.

L'enthousiasme de Zen se changea vite en angoisse. Si elle avait pu le reconnaître aussi facilement, en ferait-il de même ? Elle avait ressassé le souvenir de cette course-poursuite des dizaines de fois. Il ne s'était retourné qu'une seule fois, juste avant son saut absurde vers la rue, pour atterrir sur le toit du bus. Elle était relativement loin de lui, en partie cachée par les arcs-boutants de l'église et couverte de poussière. Il n'y avait pas la moindre chance pour qu'il fasse le lien entre cette brève vision et « Polar_X ». Absolument aucune.

Alors que Zen avait réussi à s'en convaincre, la silhouette se déplaça furtivement. Elle sauta d'une colonne à l'autre, effleura à peine la poutre qui les reliait.

– C'est fini. Il m'a reconnue, pensa-t-elle.

Mais l'inconnu s'arrêta là. Il demeura un instant parfaitement immobile, puis il se tourna vers elle, comme s'il attendait qu'elle le suive.

Environ quatre mètres séparaient chaque colonne de la structure. Et les poutres ne dépassaient pas la vingtaine de centimètres de large. De chaque côté, le vide donnait, d'une part, deux étages plus bas, sur les jardins du toit, et de l'autre, sur le bitume, douze étages plus bas. Zen prit une longue inspiration pour se calmer. Elle fixa la bande d'aluminium du regard et avança, les bras écartés pour trouver son équilibre. Deux grands pas la menèrent jusqu'au chapiteau suivant et elle chancela légèrement en s'immobilisant. Elle chercha la silhouette des yeux, mais il avait déjà disparu, suivant les poutres dans le sens des aiguilles d'une montre.

Zen le suivit. Chaque traversée lui semblait plus simple que la précédente. Deux des réservoirs étaient reliés par deux colonnes communes. Elle passa entre les deux, tout en gardant l'œil sur l'ombre qui filait devant elle. Alors qu'elle prenait de l'assurance, il changea brusquement de trajectoire et s'élança sur le quatrième réservoir – celui demeuré vide, avec un jardin public aménagé à sa base. Il continua quelques instants le long des poutres, avant de pivoter et de s'immobiliser en position accroupie. Il attendait sa réaction.

Zen se mit en position. Elle n'avait pas droit à l'erreur. Trois mètres séparaient les gazomètres et le quatrième était également nettement moins haut, peint en noir plutôt qu'en gris pâle, comme les trois autres. Elle imaginait le désastre avec une douloureuse lucidité. En prenant trop de vitesse, son élan la ferait basculer de l'autre côté. Si elle dérapait sur la plateforme lisse du chapiteau, elle risquait de perdre l'équilibre. Si elle évaluait mal la distance, elle risquait de complètement manquer la colonne : la chute serait fatale. Son instinct lui intimait d'abandonner. De frapper contre une vitre de l'un des appartements et de demander aux occupants stupéfaits de contacter la professeure Clay. De tout arrêter, maintenant.

Elle sauta.

Pendant un instant, elle s'élança dans l'obscurité, puis le métal de la colonne surgit devant elle et elle heurta la structure. Ses jambes se dérobèrent et elle bascula sur la plateforme jusqu'à ce que ses mèches bleues effleurent le métal bleuté. Elle se rattrapa d'une main à la dernière seconde pour agripper le rebord et se cramponner pour éviter la chute, de justesse.

Quelques secondes s'écoulèrent. Zen n'osa pas bouger. Elle fixait le jardin public en contrebas. L'étendue d'herbe prenait une teinte d'un bleu argenté sous le clair de lune. Une femme enveloppée dans un pardessus promenait son teckel.

– Tu as du cran, dit alors une voix près d'elle. Il faut le reconnaître.

C'était une voix masculine, grave, à la tonalité blasée, avec un accent écossais.

Zen prit une grande goulée d'air glacé. Elle réussit à se mettre à quatre pattes pour lever la tête vers l'inconnu. Il portait une cagoule et un masque, exactement comme à la SolTec, qui dissimulaient complètement son apparence.

– Est-ce que tu... fais partie des Encloueurs ? soufflat-elle. Pourquoi m'avoir envoyé ce message ?

De nouveau, la silhouette se dressa devant elle. Il semblait très grand, cet Écossais !

– Pas de question. Elle veut te rencontrer. Elle pense que tu pourrais nous être utile.

Ça y est, se dit Zen.

– Qui ça, « elle » ? demanda Zen. Est-ce que vous...

– J'ai dit : pas de question, la coupa l'Écossais. Alors, ça t'intéresse, oui ou non ?

Zen hocha la tête.

– OK.

Il se tourna vers l'extrémité du réservoir et l'immeuble qui s'étendait au-delà. Il fléchit les jambes, prêt à s'élancer.

– Essaie de suivre.

CÉLESTE

Zen suivit l'Écossais entièrement vêtu de noir le long d'une série de ruelles. Ils traversèrent une artère animée, puis atterrirent sur le toit de ce qui ressemblait à une brasserie. Ils ne semblaient pas se diriger vers la base des Encloueurs à Camden. Elle commençait à croire qu'il tentait de semer toute personne qui aurait pu tenter de les suivre, tout en lui faisant passer un test de parkour. Elle garda son rythme, traversa le toit de la brasserie à la suite de son guide bourru. Ils sautèrent par-dessus une rambarde, puis traversèrent en courant le parking des camions attenant, en sautant de véhicule en véhicule.

Lorsqu'ils bondirent au centre d'une cour pavée, Zen remarqua alors une autre silhouette, elle aussi vêtue de noir, sortir de l'ombre pour se joindre à leur course. Deux autres apparurent quelques instants plus tard. Très vite, une véritable équipe s'était constituée. Ils la cernaient, et l'entraînaient loin des rues et des habitations, jusqu'à franchir une rangée d'arbres, où les feuilles mortes se froissaient sous leurs pas vers un coin reculé de Regent's Park.

La peur gagna Zen et lui comprima la poitrine. Et s'ils avaient tout découvert ? Et s'ils la conduisaient jusqu'ici pour l'interroger ? Pour la faire parler, la frapper… ou pire ?

Après un dernier sprint d'une centaine de mètres, elle s'immobilisa et le reste de l'équipe s'arrêta en même temps, formant toujours un cercle autour d'elle, pour l'empêcher de fuir. Des nuages s'amoncelaient dans le ciel et masquaient la lune. Ils avaient parcouru la moitié d'une vaste prairie, mais Zen discernait seulement les allées éclairées qui l'entouraient. Elle avait l'impression de se trouver au milieu d'un immense lac noir.

– Bon, dit-elle, à bout de souffle. C'est quoi, l'idée ? Vous comptez me faire courir toute la nuit, comme ça ? Qu'est-ce que vous me voulez, au juste ?

– Les Encloueurs, intervint quelqu'un – une fille avec un accent londonien. Tu as tagué leur symbole sur le mur de Scuti. Dis-nous ce que tu sais d'eux.

Zen réfléchit à toute allure. Elle avait passé la journée à la planque avec Mitch, pour passer en revue les scénarios probables et les situations dans lesquelles elle risquait de se retrouver. Ils avaient répété ce qu'elle devait répondre, comment elle devait réagir pour les persuader qu'elle était bel et bien Dima Kahf. Elle devait absolument paraître convaincante.

– Ils font quelque chose, répondit-elle, comme une évidence. Des choses atroces se produisent dans le monde. La plupart des gens font semblant de l'ignorer, comme si… comme s'ils s'étaient endormis. Ils achètent ce qu'on leur dit d'acheter. Ils élisent les mêmes gouvernements corrompus élections après élections. Même ceux qui s'en rendent compte ne lancent aucune réaction réelle. Ils se contentent de se plaindre sur les plateaux de télé, écrivent leurs chroniques idiotes dans leurs journaux ou enregistrent un podcast hargneux. Les Encloueurs, eux, sont différents.

Ce qu'ils font pourrait bien attirer une véritable attention. Réveiller tout le monde. Ça me plaît.

Elle n'eut aucun mal à paraître convaincante. Alors même qu'elle débitait son argumentaire, elle s'aperçut qu'elle commençait elle aussi à en croire certains aspects. Les figures autour d'elles étaient à peine discernables. Elle n'avait aucun moyen de deviner leurs réactions. Zen attendit, tâchant de masquer sa fébrilité. Le grondement d'un jet traversa le ciel, tandis que des points lumineux rouges clignotaient le long de ses ailes.

– Alors ? demanda la jeune fille.

– On laisse tomber, répondit l'Écossais du tac au tac. Elle pose trop de questions. En plus, c'est encore une gamine. Franchement, c'est un poids mort.

– Allez, mec, protesta quelqu'un. Tu l'as vu dans cette vidéo chez Scuti. Et elle s'est débrouillée aussi bien que toi sur les gazomètres.

– Elle a sa place, renchérit un autre. Tout ce qu'elle a dit est vrai.

Le débat s'installa entre l'Écossais et tous les autres. Le ton montait.

– Taisez-vous ! interrompit la fille. Laissez-moi lui parler.

Elle s'approcha, ôta sa cagoule et son masque. Même dans la pénombre, Zen distinguait ses cheveux d'un blond cendré. C'était elle que Zen avait aperçue à l'entrepôt et qui avait récupéré les gants couverts de glue. La cheffe du groupe.

– Alors, comment tu as réussi, Polar_X ? demanda-t-elle. Comment tu as fait pour t'introduire seule dans le bâtiment de Scuti ?

Zen avait anticipé cette question.

– Je fabrique des appareils, répondit-elle. Depuis que je suis toute petite, avec ce que je trouve.

L'Écossais s'esclaffa :

– Pourquoi on écoute un discours pareil ? Cette vidéo était bidon. Son père est sans doute le chef du ménage, ou un truc dans ce genre. Il l'a laissée entrer de nuit. Et il a sans doute nettoyé ce mur débile avant même que la peinture soit sèche.

Zen comprit qu'il était temps pour Dima d'intervenir – et de montrer qu'elle avait du ressort.

– Tu crois peut-être que Scuti prend la sécurité à la légère ? cingla-t-elle. Ils font une enquête sur le moindre de leurs employés. Si tu veux t'introduire dans cette tour, il faut être malin – et très rapide.

– Exactement, intervint la blonde. Nous n'avons pas réussi. Alors comment tu as fait ?

– Disons que j'avais de quoi crocheter leurs serrures... J'ai fabriqué un appareil capable de pirater les capteurs laser. Une microcaméra télécommandée. Et un robot graffeur, afin de terminer le tag sur le mur avant que la sécurité ne repère un... visiteur non déclaré. Ça n'était pas sorcier, acheva-t-elle en haussant les épaules.

Dans le groupe, deux personnes ricanèrent.

– Un robot graffeur, répéta l'un d'eux. Cool !

– Et pour la SolTec, reprit Zen. Comment vous avez réussi à vous introduire là-bas ?

Le silence retomba aussitôt. Dans l'ombre, les silhouettes remuèrent, visiblement embarrassées.

– Un travail d'équipe, répondit la blonde. Et un solide réseau. On n'en dira pas plus.

Un solide réseau… pensa Zen.

– Vous aviez prévu l'explosion ? demanda-t-elle alors. Vous n'étiez quand même pas impliqués là-dedans ?

– Qu'est-ce que je disais… marmonna l'Écossais. Trop de questions.

– Tout ce qu'on veut, c'est être vu. Nous ne sommes pas des terroristes. On essaie juste de faire passer un message. De réveiller les gens, comme tu le disais. Empêcher ces entreprises véreuses qui favorisent la guerre et les massacres. Enclouer leurs canons, quoi.

Le gang acquiesça dans un murmure.

La jeune fille sortit son téléphone de sa poche.

– Regarde ça.

L'écran s'alluma. Il semblait éblouissant au milieu de ce terrain sombre. Une vidéo se lança. Cela ressemblait à un film promotionnel, au budget digne d'une superproduction hollywoodienne. Le plan cadrait le sol sablonneux : une étendue déserte, aride. Tout semblait figé, tranquille. Soudain, un engin plat, aux airs de crabe, large comme un petit véhicule, sortit du sol, soulevant des gerbes de terre et de sable qui glissaient sur sa carapace en treillis. Il se tint quelques instants immobile, le temps de recalibrer les perceuses et autres éléments d'excavation qui ceignaient l'engin.

La caméra se redressa alors, révélant un énorme blindé qui traversait une plaine, de l'autre côté d'une colline rocailleuse. Une grille électronique se superposa au paysage et l'image du tank fut remplacée par une icône clignotante. Le crabe s'enfonça dans le sol aussi vite et aussi facilement qu'il en était sorti. Un filtre à rayons X remplaça alors l'image et montra l'engin se déplaçant sous terre à une vitesse étourdissante, avant de remonter et de fondre tel un requin sur le tank. Le filtre disparut. Après une seconde de calme, le tank se volatilisa dans une gigantesque explosion, qui projeta des débris de métal tordus partout aux alentours.

La jeune fille coupa la vidéo.

– C'est un projet top-secret, dit-elle, qu'on s'apprête à lancer sur le marché. Une propulsion souterraine ultrarapide. Un armement dévastateur qui ne permet aucun loupé. Un seul de ces engins suffirait à décimer une ville tout entière. On ne peut ni les arrêter ni même les détecter. À côté, les robots de la SolTec passent pour de simples jouets.

Zen secoua lentement la tête.

– C'est... vraiment... tordu.

– Nous sommes en train de monter une nouvelle opération, poursuivit la fille. Quelque chose qui les amochera vraiment. Un coup de pied dans la fourmilière, tu vois. Et montrer ce qu'il y a de pourri en dessous.

Zen leva les yeux vers elle. La cheffe des Encloueurs la fixait avec attention. Elle avait un visage taillé à la serpe, un regard vif. Son œil gauche, éclairé par l'écran du téléphone, semblait plus sombre que le droit, comme s'ils étaient de couleurs différentes.

– Je pense que tu pourrais nous aider, Polar_X, reprit-elle. Cette vidéo que tu as filmée chez Scuti m'a donné une idée.

Zen observa les autres membres, mais ils avaient tous disparu. Ils s'étaient dispersés dans le parc pendant que la fille lui montrait la vidéo.

– Je ferai mon possible, répondit Zen avec sincérité. Il faut absolument arrêter ces marchands de mort.

L'autre la dévisageait toujours. Le silence se fit plus pesant. Zen avait l'impression qu'elle cherchait à la jauger.

– Tu as vraiment l'air d'y croire, dit enfin la cheffe. Mais que sais-tu vraiment des dégâts qu'ils causent ?

Zen s'attendait à cette question. Elle inclina légèrement la tête et lui parla de la mère imaginaire de Dima Khaf, tuée par un drone dans une banlieue d'Alep, pendant la guerre civile en Syrie. Mitch lui avait expliqué que la meilleure façon de rendre ce type de récit convaincant était de se concentrer sur un véritable souvenir qui suscitait un sentiment similaire. Elle songea alors à son père, Elias, prisonnier de la caldeira de Spøkelsøy, lorsqu'il était sous l'emprise de la nanotechnologie développée par Razor : elle avait eu l'impression de le perdre pour de bon.

– Une société russe anonyme fournissait les forces progouvernementales en drones, expliqua-t-elle. Elles les utilisaient pour détruire les infrastructures, les routes empruntées par l'aide humanitaire… Tout ce qu'elles pouvaient.

Zen s'interrompit et jeta un bref regard vers le ciel d'encre.

– Ma mère essayait d'aider les gens – les gens ordinaires, pris au piège de la guerre. Et puis un algorithme s'est focalisé sur un bâtiment, quelqu'un a appuyé sur un bouton et… elle a disparu.

Les traits de la cheffe s'étaient imperceptiblement adoucis. Lorsqu'elle reprit la parole, sa voix semblait empreinte d'empathie.

– Perdre quelqu'un dans ces conditions nous hante à jamais. Mais riposter peut aider. Ça, je peux te le promettre.

Elle esquissa un sourire.

– J'ai comme l'impression que nous pourrions nous aider mutuellement, Polar_X.

Zen croisa son regard.

– Comme je l'ai dit, je suis de votre côté. Je veux aider les Encloueurs, quoi que je puisse faire. Mais tu vas devoir m'en dire un peu plus sur la situation. Je ne connais même pas ton nom.

– Céleste, répondit la jeune fille. Et toi ?

– Dima, dit Zen. Dima Kahf.

– Retrouve-nous à Camden demain, Dima. En fin de matinée. Suit le canal vers l'ouest, le long de la berge sud. Quelqu'un te verra et t'accompagnera.

Céleste éteignit son téléphone, les replongeant dans les ténèbres.

– Je te montrerai le coin.

En une seconde, elle disparut à son tour.

Zen poussa un long soupir. Elle avait l'impression d'être délestée d'un terrible poids sur ses épaules. Les poumons en feu, elle sentait que la tête lui tournait et que ses jambes tremblaient, mais elle avait réussi. Face aux Encloueurs, elle était parvenue à les convaincre qu'elle était Dima Kahf. Leur cheffe, Céleste, voulait la revoir. Elle accepterait peut-être de lui révéler ce qu'ils préparaient.

Elle jeta un regard vers l'autre bout du parc plongé dans l'ombre, vers Chalk Farm. Cette mission se terminerait peut-être plus vite qu'ils ne l'avaient cru.

LE JOUR DU CROCODÉMON

— Bien, annonça Mitch sur le canal audio. Faucon quitte le parc. Tout se déroule bien.

Caleb se déconnecta du satellite de l'institut et se laissa retomber contre le dossier de sa chaise. Il avait suivi le canal vidéo grâce au Flex, qui le projetait sur le mur de sa chambre, mais la couverture nuageuse au-dessus du parc avait considérablement atténué la visibilité.

– Que s'est-il passé en fin de compte ? demanda-t-il. Je ne distinguais que quelques personnes qui l'encerclaient. J'ai bien cru que vous alliez devoir lancer une mission de sauvetage.

Mitch se trouvait dans une rue près de Regent's Park et surveillait la scène dans un van banalisé.

– Inutile, répondit-il. Ils ont seulement parlé avec elle. L'un d'eux lui a montré quelque chose sur son téléphone. C'est peut-être notre porte d'entrée.

Caleb se mit à sourire.

– Alors, elle a réussi. Elle a vraiment réussi !

– Très bien, Rapace, intervint Clay depuis son bureau. Retournez à notre point sécurisé. Nous vous retrouvons très vite pour un débriefing.

– Bien reçu, Chardonneret. Rapace, terminé.

La communication audio se coupa.

Caleb fit pivoter son fauteuil. Pour la première fois depuis plus d'une demi-heure, il respirait enfin normalement. Tout se déroulait selon leur plan. Il ouvrit le carton d'une pizza hawaïenne qu'il avait remonté en douce de la cantine, choisit la tranche la plus grosse et la mieux garnie, avant de mordre à pleines dents.

– Qu'est-ce que tu dis de ça, Sam ? dit-il, la bouche pleine. On dirait bien que notre deepfake est une réussite totale. On a peut-être un avenir dans ce domaine.

– Je suis d'accord, Caleb, répondit le visage argenté dans le coin de l'écran de son Flex. Encore un champ de collaboration productive entre nous. Je pense que ton père serait satisfait de cette application de mon programme. Bien qu'elle ne soit pas de nature médicale, elle contribue significativement à limiter la souffrance et à sauver des vies.

Caleb reposa sa tranche de pizza et son sourire s'effaça. Depuis qu'il l'avait libéré de *Terrorform*, l'algorithme Talos avait influencé la personnalité de Sam de façon surprenante. L'IA s'était soudain mise à partager ses idées et ses opinions et avait fait des tentatives de plus en plus fréquentes pour montrer de l'empathie. C'était à la fois réconfortant et quelque peu perturbant.

– Oui, reprit Caleb. Je l'espère. J'imagine que tu dois le savoir mieux que moi.

– Ton père et moi avons longuement discuté de mon utilité, répondit Sam, entre autres nombreux sujets. En plus d'avoir conçu 64,728 % de mon programme interne, Patrick Quinn a lancé des milliers d'heures de conversation avec moi pendant qu'il testait et affinait mes capacités.

Les enregistrements sont conservés dans mes répertoires principaux. Si tu le souhaites, je peux lancer la lecture de certains d'entre eux.

Caleb se figea.

Ils n'avaient encore jamais évoqué ces enregistrements. Caleb connaissait évidemment leur existence. C'était une partie essentielle du développement d'une IA sophistiquée et il avait souvent remarqué ces dossiers lorsque lui-même travaillait sur le code. Cela lui faisait toujours penser à son père, et il était heureux de retrouver ses traces à l'intérieur de Sam, de la structure générale du programme jusqu'aux petites pointes d'humour dans les codes internes. Pourtant, il lui était pénible de regarder ces enregistrements – il n'était pas prêt pour cela. Pas encore.

– Plus tard, peut-être, répondit-il. Allons faire un tour sur le jeu.

Après sa dernière rencontre avec les Anonymes, Caleb avait envoyé un message d'urgence sur tous les canaux en demandant l'aide des joueurs pour les affronter. Les réponses des utilisateurs affluaient des quatre coins du monde. La plupart affirmaient leur soutien et promettaient de participer au combat contre ces envahisseurs où, et quand Caleb le déciderait. La plupart évoquaient Lodestar.

Sans que Caleb ait eu à formuler des suspicions, beaucoup de gens avaient conclu que le géant du jeu vidéo était forcément impliqué. Jared West avait multiplié les déclarations de soutien à la communauté de *Terrorform* en ligne, précisant qu'il était « choqué qu'une telle chose se produise dans un MMO si singulier et si novateur ». Mais le PDG de Lodestar était connu pour cela :

s'offusquer publiquement et afficher son inquiétude tout en ordonnant à ses équipes de redoubler leurs attaques. Pour beaucoup c'était une preuve manifeste de la culpabilité de son studio.

– Analyse ces réponses, Sam, demanda Caleb. Donne-moi le dernier décompte.

– Pour le moment, nous comptons presque cinq cents recrues pour notre cause. Leur niveau moyen est de ving et un virgule soixante-trois.

Caleb se mordit la lèvre. C'était très loin d'être suffisant. Les Anonymes avaient continué de se développer. Leur armée comptait plus de deux mille avatars, dont les plus expérimentés avaient un niveau d'au moins trente. Ils représentaient la seule force sur Kolto, exploitaient systématiquement ses vastes réserves minérales et progressaient continuellement vers la tranche supérieure des possibilités du jeu. À l'évidence, ils se préparaient pour une phase encore plus importante.

– Nous avons besoin de plus de temps, reprit-il. Certains des clans les plus importants n'ont pas encore répondu. Comment se passe l'Éveil ?

– Il est presque achevé. Je m'occupe des derniers codes à mettre en place. Avec ton aide, il pourrait être opérationnel en moins d'une demi-heure.

Caleb jeta un regard au canal de communication ultrasécurisé de Möbius, sur l'intranet de l'IARC. Il n'y avait aucune nouvelle notification. Zen et Mitch allaient mettre un certain temps pour rentrer jusqu'au lieu sécurisé et reprendre leurs esprits. Il saisit son clavier sans fil, se connecta à *Terrorform* et ouvrit les répertoires de Kolto. Sam avait raison :

il ne manquait presque rien. Seulement quelques-uns des derniers fichiers .exe. En travaillant ensemble, ils auraient terminé en une vingtaine de minutes.

– Voilà, c'est bon, dit Caleb. La première étape est terminée. Nous n'avons plus qu'à allumer la mèche. À toi l'honneur ! *Terrorform* est autant ton jeu que le mien.

– Merci, Caleb. Mais il s'agit d'une action réservée aux administrateurs. Mes protocoles de volonté ne me permettent pas de…

– Autorisation accordée, le coupa Caleb. Allez, ne me fais pas attendre. Lance le projet !

– À ta guise. Éveil activé dans… trois, deux, un.

Le nouveau programme se lança et s'installa sur le programme de base du jeu. Caleb lança l'application en mode démiurge, choisit Kolto comme destination et afficha l'archipel où les monstres prisonniers de la glace se trouvaient ensevelis. Depuis la basse atmosphère, tout semblait paisible – même beau. Une longue suite d'îles montagneuses formait une sorte de faucille. Tout autour, une mer noire était parsemée d'icebergs qui, à cet instant, dans la lueur du soir du jeu, prenaient des reflets cuivrés. Il n'y avait aucun signe d'activité de joueurs dans les environs.

Caleb zooma et opta pour une vue panoramique du paysage. Il s'apprêtait à demander à Sam un rapport de progression lorsqu'un grondement retentit dans les haut-parleurs du Flex. La surface de la mer se rida et brusquement, une partie de l'une des plus grandes îles s'affaissa avant d'exploser sous l'effet d'une terrible énergie. Sous la nuée de poussière, quelque chose s'agitait pour s'en extraire. Une chose véritablement gigantesque.

Environ trente secondes plus tard, Caleb perçut un nouveau son, une vibration mécanique stridente et une forme d'un rouge sombre surgit à l'est. C'était une Libellule, un petit aéronef de reconnaissance de *Terrorform*, sans doute envoyé depuis une base des Anonymes pour connaître l'origine de la déflagration.

– Ils réagissent vite, murmura Caleb.

– Les Anonymes ont construit des nœuds de capteurs sur toute la surface de Kolto, expliqua Sam. Rien ne se produit ici sans qu'ils soient immédiatement au courant.

La Libellule décrivit un cercle autour de l'île dévastée, en ajustant ses quatre ailes équipées d'hélices et en braquant son spot sur les gravats tremblants. Une silhouette hideuse se dressa d'un seul coup, projetant des débris tout autour d'elle et causant des vagues énormes à la surface de la mer. Haute comme un gratte-ciel, incroyablement massive, cette chose semblait presque trop grande pour être fixée sur l'image. Caleb avait tenté de faire des créatures de l'Éveil les monstres les plus horribles, les plus sinistres qu'il puisse imaginer. Il avait surnommé celui-ci le Crocodémon. Basé sur une forme de reptile, il avait d'épaisses écailles recourbées et un museau pareil à celui d'un crocodile. Il lui avait aussi donné des bras larges comme des troncs d'arbres, des griffes recourbées et de larges épaules couvertes de piques.

La Libellule des Anonymes tenta un demi-tour pour prendre de l'altitude et filer, mais il était trop tard. Alors que le Crocodémon s'extirpait des entrailles de l'île, il lança l'une de ses épines, qui transperça le petit engin rouge. Il explosa dans une nuée de flammes, avant de partir en vrille et de se désintégrer dans un bouquet d'étincelles blanches.

– Deux avatars ont été supprimés du compte des Anonymes, annonça Sam. Tous les deux de niveau vingt.

Caleb se laissa retomber contre le dossier de sa chaise, sidéré.

– Sam, c'est visuellement incroyable ! Tu as fait un boulot stupéfiant !

– C'était une collaboration, Caleb. Comme le reste de notre travail sur *Terrorform*.

De nouveau, Caleb secoua la tête.

– Je t'ai donné les éléments graphiques, c'est vrai – mais les animations, les détails, les optimisations pour le moteur du jeu… C'est mille fois mieux que ce que j'espérais !

Il fixait l'écran du jeu. Le Crocodémon avait atteint le rivage de l'île et plongeait dans l'eau. Son énorme gabarit disparut dans les profondeurs et se propulsa d'un seul coup de queue. C'était l'œuvre de l'algorithme de Talos en action : une démonstration indéniable des singulières capacités d'imagination de Sam. En l'observant, Caleb était de nouveau frappé par le génie de la programmation de son père. Les possibilités qu'elle offrait, au-delà même de *Terrorform*, étaient incroyables. Le bien que Sam pourrait accomplir dépassait toutes les espérances. Et ce programme qui avait le pouvoir de révolutionner le monde lui avait été confié.

Il inspira profondément.

– Où est-ce qu'il va ? demanda-t-il. On dirait qu'il se dirige vers un endroit précis.

– Nous avons programmé le Crocodémon pour simuler un odorat surdéveloppé, répondit Sam. Et pour démontrer une constante soif de destruction. Il suit la traînée de condensation laissée par le sillage de la Libellule qu'il vient de détruire.

– Alors ce sont eux qu'il traque, dit Caleb avec un sourire. Il traque les Anonymes. Ça va marcher, Sam ! J'espère qu'on transmet ça sur un canal vidéo. Je veux que tous les joueurs puissent voir ça.

– Bien entendu, Caleb. J'ai envoyé une alerte aux principaux sites de fans.

Caleb dézooma l'image, pour repérer la base des Anonymes la plus proche. Il la trouva rapidement : ils avaient installé un large camp dans une baie, à quelques kilomètres de l'archipel. Il s'apprêtait à examiner leurs défenses lorsqu'une notification l'informa qu'une session en visioconférence s'apprêtait à débuter sur le canal Möbius, avec Rapace, Chardonneret et Faucon. Il réduisit aussitôt la fenêtre de son jeu et l'isola de la vidéo.

Clay se trouvait dans son bureau, tandis que Zen et Mitch se connectaient depuis la cave de la planque, installés sur un vieux canapé poussé contre un mur badigeonné à la chaux. Clay entra immédiatement dans le vif du sujet et demanda à Zen un rapport détaillé de sa rencontre avec les Encloueurs.

– Ils sont mieux préparés que je ne l'imaginais, conclut-elle une fois son récit achevé. Vous avez vu qu'ils ont réussi à en révéler le moins possible, même à quelqu'un qu'ils pensent entièrement acquis à leur cause. La seule information que nous ayons obtenue est le nom de Céleste et je parie que cela ne nous servira à rien.

Caleb avait déjà lancé une recherche, pianotant sur son clavier.

– Tout juste, confirma-t-il. Aucun résultat lié aux Encloueurs ou à une quelconque implication dans la lutte contre le commerce d'armes.

Il observa Zen : ses cheveux semblaient briller plus que d'ordinaire devant ce mur blafard. Elle semblait clairement épuisée.

– Ta nouvelle amie a pu changer de nom de nombreuses fois. Tout comme sa coupe de cheveux.

– Céleste a clairement été touchée par l'histoire de Dima, reprit Zen. Elle a peut-être vécu quelque chose de semblable.

Caleb haussa un sourcil.

– C'est un peu vague, dit-il en tapant de nouveau sur les touches, mais je vais tâcher d'ajouter ça dans les recherches.

– Et ces robots qui creusent des tunnels ? intervint Mitch.

Il portait encore sa tenue de mission : une veste cintrée en cuir noir et un bonnet assorti.

– Est-ce qu'on a des infos là-dessus ? Qui les fabrique, par exemple ?

Caleb avait chargé Sam d'effectuer cette recherche pendant qu'il s'occupait de Céleste.

– Rien pour l'instant, répondit-il. Corbeau examine tout ce qu'il peut trouver concernant les principaux fabricants d'armes et de robotique. Il a déjà passé en revue le département armement de Hardcastle, CPA Industries et plusieurs autres groupes connus. Même la SolTec.

– Ce n'est sans doute pas SolTec, murmura Zen. Céleste disait que ces robots étaient bien pires que les leurs.

– En tout cas, elle ne plaisantait pas en parlant d'un projet top-secret. Je ne trouve aucune trace de ce robot-crabe.

– Si ce projet était connu, les Encloueurs n'auraient pas montré cette vidéo à Faucon, fit observer Clay. Ils n'ont probablement pas l'intention de révéler leur plan pour l'instant. Dieu sait comment ils ont pu avoir accès à cette information.

– Les Encloueurs n'agissent pas seuls, Chardonneret, intervint Zen. Céleste a fait allusion à de solides contacts : c'est ce qui leur a permis de lancer leur opération contre SolTec. Quelqu'un leur transmet des informations. Peut-être même du matériel.

– Donc, il faut maintenant qu'on trouve l'identité de cette nouvelle cible, conclut Caleb. Sans parler de la personne qui veut aider les Encloueurs.

– La cible est forcément une société qui fabrique des armes ou des robots, dit Mitch. Pour leur contact, c'est moins évident. Il pourrait s'agir d'une organisation rebelle qui dispose d'importantes ressources et financements ?

– C'est peut-être une entreprise concurrente, intervint Caleb en songeant à son propre problème concernant *Terrorform*. Un autre fabricant d'armes aurait pu monter une opération clandestine, en se servant des Encloueurs pour éliminer les compétiteurs.

– C'est possible, admit Clay. Mais il est inutile de spéculer à ce stade. Nous devons d'abord rassembler davantage d'informations.

Elle se pencha vers l'écran.

– Bon, assez de réflexion pour aujourd'hui. C'est un très bon début. Faucon, tâche de te reposer. Tu sembles en avoir besoin. Chardonneret, terminé.

Clay mit fin à la conversation avant même que Caleb ait pu souhaiter une bonne nuit à Zen. Il jeta un regard à sa petite chambre avec bureau, soudain désemparé. Clay avait raison, évidemment. Il fallait attendre et voir ce que Zen pourrait apprendre au Q.G. des Encloueurs. Mais il ne pouvait s'empêcher de chercher des pistes que Sam et lui auraient pu oublier de creuser.

Coccipuce se trouvait sur une étagère à côté de son lit, en mode veille. Il se demanda si Zen lui en voudrait de s'en servir, pour effectuer un petit vol en direction de l'entrepôt des Encloueurs, pour surveiller leur activité. Il soupira et passa la main dans ses cheveux. Il connaissait déjà la réponse : Zen serait furieuse.

– Caleb, dit Sam. Je pense devoir t'avertir que le Crocodémon a atteint les côtes. Il a déjà tué seize autres avatars des Anonymes. Cependant, ils se massent pour le contrer. Une base d'un secteur adjacent fait décoller des aéronefs interstellaires.

– Tu veux dire... des navettes spatiales ? répondit Caleb, sidéré. Quand est-ce que les Anonymes ont réussi à les obtenir ?

Les vaisseaux spatiaux étaient les éléments les plus rares du jeu. Pour les assembler, il fallait réunir une longue liste d'éléments particuliers, acquérir des sites de construction spécifiques et des capacités particulièrement avancées d'avatars. Seule une poignée de clans avait réussi à en obtenir. Ils permettaient aux joueurs d'explorer les confins du système Cardano, en dehors du circuit habituel, et de lancer des attaques depuis la haute atmosphère des planètes à l'aide de missiles, d'armes laser d'une puissance destructrice.

– Ils ont commencé à les produire depuis une heure.

– Et de quels vaisseaux on parle, au juste ?

– Jusque-là, quatre croiseurs-marteaux. Équipés de bombes orbitales.

Caleb cligna des yeux.

– Ça pourrait devenir tendu pour M. Crocodémon.

– Devons-nous lancer la phase suivante de l'Éveil ?

Un focus sur Kolto se trouvait toujours au centre de la projection du Flex. Le Crocodémon mettait à sac la base des Anonymes qu'il avait repérée un peu plus tôt, jouant des mâchoires et distribuant de féroces mouvements de queue, détruisant tout sur son passage. Très haut dans le ciel, cependant, une escadre de formes écarlates venait d'apparaître : les croiseurs-marteaux, armés et parés, se mettaient lentement en position.

– Qui est le suivant ?

– La créature que nous avons nommée le Frelonraptor, répondit Sam. Il peut voler, si tu te souviens bien, et pourrait facilement s'opposer à ces croiseurs.

Caleb rapprocha le clavier de quelques centimètres. Il fit craquer ses doigts et ouvrit une nouvelle fenêtre dans les répertoires de *Terrorform*.

– Nous devons aller plus loin, Sam, dit-il en serrant les dents. Je vais modifier le code et tous les réveiller d'un coup.

Il se mit à pianoter sur les touches.

– On va voir ce que valent vraiment ces Anonymes.

L'ENTREPÔT

Zen rejoignit Camdem vers onze heures, le lendemain matin. Deux Encloueurs l'attendaient à un coin de rue : un garçon et une fille, vêtus de vestes à capuche, de bas de jogging et de baskets noirs. Sans un mot, ils empruntèrent une ruelle et la jeune fille esquissa un léger mouvement de tête pour indiquer à Zen de les suivre.

Après une centaine de mètres environ, ils atteignirent l'entrepôt. Zen se demanda s'ils passeraient par la trappe qu'avait empruntée Coccipuce, mais alors qu'ils approchaient du bâtiment, l'un des panneaux métalliques rouillés qui avait été fixé sur les portes glissa sur le côté. Le panneau n'était qu'un leurre : un décor qui masquait une porte blindée.

Un jeune homme grand, métis, se tenait à l'intérieur. Il devait avoir un ou deux ans de plus que les autres, le crâne rasé et une petite cicatrice juste au-dessus de la lèvre supérieure. À l'instant où ils franchirent le seuil, il verrouilla la porte derrière eux avec plusieurs loquets et verrous, tout en marmonnant dans sa barbe. Zen s'aperçut alors qu'il s'agissait du garçon maussade à l'accent écossais qu'elle avait poursuivi sur les toits de Cambridge et retrouvé sur les réservoirs à gaz. Celui qui ne voulait sous aucun prétexte l'admettre dans le groupe. À l'évidence, son humeur ne s'arrangeait guère.

– Une seconde, lança l'Écossais à Zen en la rattrapant. Tu pensais vraiment que j'allais te laisser te balader seule ?

Il lui fit signe de lever les bras afin de la fouiller. Zen sentait bien qu'il cherchait des micros ou du matériel d'écoute. Il lui prit son téléphone et le déposa dans une boîte près de la porte. Puis il ouvrit la trousse en tissu de micro-outils que Zen avait apportée et inspecta soigneusement chacun d'entre eux.

– C'est quoi, ton problème, Locke ? demanda le garçon qui avait retrouvé Zen dans la rue.

L'Écossais, « Locke », lui rendit ses outils d'un geste brusque. Clairement, il n'avait pas apprécié qu'on prononce son nom.

– Mon problème, Josh, répliqua-t-il d'un air agacé, c'est qu'on ne sait rien d'elle. Elle pourrait être n'importe qui.

– Mec, elle a quatorze ans, reprit l'autre fille. On l'a pistée sur Internet, non ?

Locke ne paraissait guère convaincu.

– Céleste voulait qu'on l'amène ici, dit-il, et ça me va. Mais si vous vous imaginez que je vais la perdre de vue ne serait-ce qu'une seconde, vous vous trompez.

Céleste avait surpris leur échange et s'approcha d'eux. Zen se tourna vers elle en rangeant ses outils dans sa poche. La cheffe des Encloueurs était fine, à peine plus grande que Zen, mais elle dégageait une autorité et une assurance surprenantes. Il était difficile de lui donner un âge. Dix-huit, dix-neuf ans, peut-être, comme Locke, ou bien beaucoup plus âgée ?

– Du calme, dit-elle à Locke. Je m'en occupe.

Elle focalisa son attention sur Zen, qui distinguait nettement son regard, à présent. L'un de ses yeux était d'un bleu saphir, l'autre d'un vert mordoré. L'effet était quelque peu perturbant. Son attitude était difficile à jauger. Si la nuit précédente avait été un test, Zen n'était pas certaine que Dima Kahf l'ait réussi.

– Je suis contente que tu sois venue, dit enfin Céleste. À présent je vais pouvoir te parler de mon idée.

– C'est complètement idiot, grommela Locke. Il y a forcément une autre solution. Nous devons simplement demander…

L'espace d'un instant, Céleste braqua ses yeux étonnants sur lui. Il se tut aussitôt.

– Viens par ici, dit-elle à Zen. Nous allons pouvoir poursuivre notre discussion.

Elles s'avancèrent dans l'entrepôt, Locke et les autres sur les talons.

– Qu'est-ce que vous faites, ici, exactement ? demanda Zen. Cette énorme structure, elle sert à quoi ?

– À s'entraîner, se contenta de répondre Céleste.

Elle frappa dans ses mains. Les Encloueurs cessèrent de lutter et se tournèrent vers elles. Avec Locke et Céleste, ils étaient une douzaine et portaient tous des vêtements de sport noirs. Certains avaient les sourcils ou les narines percés, les cheveux longs attachés ou presque rasés. Même les plus jeunes d'entre eux semblaient légèrement plus âgés que Zen. Tout à coup, elle se sentit prise au piège. Elle éprouvait une terrible envie de quitter cet endroit, de se précipiter vers la porte, de sortir de l'entrepôt par tous les moyens.

Mitch l'avait prévenue de cette sensation. « Reste dans l'instant présent, lui avait-il conseillé, et bloque la peur. Tâche de devenir ton personnage. »

Zen redressa la tête pour affronter les regards inquisiteurs braqués sur elle. *Je n'ai pas peur*, se répéta-t-elle. *Je suis prête.*

– Dima est venue nous rencontrer, annonça Céleste au reste de l'équipe, ce qui signifie qu'elle veut s'impliquer. Mais nous devons d'abord nous assurer qu'elle est vraiment prête pour cela.

Elle désigna une jeune fille bâtie comme une championne d'aviron.

– Taylor, quand nous sommes en mission, quelle est la chose la plus importante ?

– L'objectif, répondit Taylor du tac au tac.

Céleste se tourna ensuite vers Josh, le garçon qui avait conduit Zen jusqu'à l'entrepôt.

– Josh, quelle est la clé pour atteindre cet objectif ?

– L'équipe, répondit-il. Sans elle, on ne peut rien faire.

Célesta acquiesça.

– Il faut absolument pouvoir faire confiance à ses équipiers. Être certain qu'ils feront tout pour terminer la mission. Nous avons fait des recherches sur toi, Dima, reprit-elle en se tournant vers Zen. Sur les réseaux sociaux, ta vidéo sur DedVane et ce que nous voyons, c'est une fille isolée. Quelqu'un qui a souffert, qui a montré une véritable endurance, mais qui a pris l'habitude de ne compter que sur elle. Et on se demande si tu es capable de changer cela. Si tu peux te donner tout entière à l'équipe.

– Je peux, dit Zen en essayant d'imiter l'assurance inébranlable de Taylor et de Josh. Je le ferai. Le plus important, c'est la cause, non ? C'est de s'attaquer aux fabricants d'armes. Nous devons être prêts à tout risquer, dit-elle avant de marquer une pause. Même nos coéquipiers.

Zen craignit soudain d'être allée trop loin. D'avoir fait preuve de trop de zèle, même pour les Encloueurs. Mais elle semblait avoir donné l'exacte réponse que Céleste attendait. Celle-ci guetta l'approbation de Locke, qui se contenta de hausser les épaules.

– Si c'est nécessaire, oui, reprit-elle. C'est ça, notre véritable force. Nous comprenons le sens du mot « sacrifice ». Aucun de nous ne reculera ou ne perdra ses moyens. Et si nous devons faire ce sacrifice, nos équipiers s'assureront qu'il n'ait pas été en vain.

Ses paroles furent accueillies par un murmure d'assentiment. Zen comprit que le groupe était extrêmement soudé, uni par leur engagement pour un but commun. Et Céleste avait une véritable emprise sur eux. Elle semblait bien plus qu'une simple meneuse. Ils semblaient la considérer comme un véritable guide spirituel.

Céleste s'avança vers les tapis de sol.

– Bon, lança-t-elle. Nous avons vu que tu savais courir, Dima. Voyons si tu sais te battre.

Elle divisa l'équipe en groupes de deux, plaçant Zen avec Taylor, pour des exercices de lutte à quatre juste sous la mystérieuse structure métallique. Zen fit bien attention à ne pas dévoiler l'étendue de ses capacités. Elle se servit de sa main gauche plus que de sa droite, qu'elle utilisait plus volontiers, et laissa ses adversaires lui assener quelques coups qu'elle aurait normalement parés sans difficulté. Taylor, en tout cas, était douée : rapide et puissante. Ensemble, elles vinrent à bout de plusieurs équipes et remportèrent une série de matchs.

Elles s'apprêtaient à affronter Locke – bien plus fort et mieux entraîné que les autres, remarqua Zen, lorsque Céleste s'immisça entre les groupes pour les affronter aux côtés de Josh. À l'évidence, elle voulait mettre Zen à l'épreuve. Taylor vint rapidement à bout de Josh, qu'elle fit basculer sur le dos, mais Céleste l'envoya ensuite au tapis avec la même rapidité, en se servant du gabarit et de la force de la jeune fille pour la clouer au sol.

Zen comprit que Céleste était clairement douée. Elle adoptait un style de lutte qui favorisait les attaques éclair plutôt que la défense. Tandis que Taylor se redressait pour se mettre en retrait, Zen adopta une position de combat, tout en se demandant comment Dima aborderait la situation. Elle chercherait à les impressionner, évidemment, à prouver aux Encloueurs qu'elle était aussi téméraire que tenace.

La lutte s'engagea. Zen se jeta sur Céleste en tentant plusieurs coups de poing que Céleste esquiva facilement. La meneuse du groupe tendit la jambe juste derrière elle pour la faire tomber. Zen amortit sa chute en pivotant pour lui assener un coup de pied qui heurta violemment Céleste au niveau de la cuisse et l'obligea à se laisser tomber en position accroupie.

À l'évidence, ni Céleste ni le reste de son équipe ne s'y attendaient. Zen décida qu'une touche suffirait pour Dima. Elle recula de quelques dizaines de centimètres, baissant manifestement sa garde. Céleste vit aussitôt sa chance. Elle bondit, la saisit par le bras et la plaqua au sol. Malgré le tapis, Zen sentit la brutalité du choc résonner dans son corps, ce qui lui coupa le souffle.

– Bien joué, commenta Céleste qui se planta au-dessus d'elle. Tu as réussi à me frapper. D'ordinaire, il n'y a que Locke qui en est capable.

Zen respirait bruyamment.

– On recommence, dit-elle en se redressant sur un coude.

Céleste se mit à rire. Elle observa quelques instants le reste du groupe, puis elle lui tendit la main pour l'aider à se relever.

– Plus tard. D'abord, j'aimerais te montrer quelque chose.

Laissant le reste des Encloueurs à leur entraînement, elle conduisit Zen jusqu'à un escalier en métal dans un coin de l'entrepôt. Il menait, au niveau supérieur, au dortoir. Par la vitre, Zen aperçut des lits superposés, des rangées de casiers et une grande salle de bains commune. Les Encloueurs semblaient tous vivre sur place. Le niveau au-dessus correspondait à un atelier, équipé de toutes sortes de machines, d'outils, de matériaux bruts et de quelques établis. Zen feignit d'être aussi surprise qu'admirative, comme l'aurait été Dima, en inspectant les dispositifs pourtant rudimentaires comme s'il s'agissait d'un laboratoire technologique dernier cri.

– Voilà la situation, Dima, dit Céleste en refermant la porte derrière elle. Une occasion vient de se présenter, pour nous. Une chance inespérée de frapper directement nos ennemis.

Zen leva les yeux vers elle. Son étrange regard avait quelque chose d'hypnotique, qui semblait faire disparaître le reste de la pièce autour d'elles.

– Tu veux parler de ceux qui fabriquent ces robots-tunneliers ? demanda-t-elle. Ceux dans la vidéo que tu m'as montrée ?

– Entre autres engins de mort, oui. Mais nous avons fini par comprendre qu'il n'y a aucune perte que nous puissions leur infliger qu'ils ne soient pas capables de compenser ou d'étouffer. Ils sont trop puissants. Alors nous n'avons pas d'autre choix que d'exposer cela publiquement. Enregistrer toutes les preuves de ce qu'ils font et le diffuser le plus largement possible. C'est notre seule possibilité de faire une différence.

– Comme vous l'avez fait à la SolTec, avec la vidéo de ces robots de combat ?

Céleste secoua la tête.

– Ça n'était pas suffisant. La société n'a eu qu'à nier son implication – à nier que c'était réel, d'ailleurs. Les gens les croient. Nous avons besoin qu'ils se trahissent, Dima. De preuves qui révéleront sans doute ce dont ils sont capables. Les vies qu'ils sont prêts à briser, à massacrer, simplement pour accroître leurs profits. Je n'ai pas besoin de te rappeler la souffrance qu'ils peuvent infliger.

Elle croisa les bras.

– Voilà mon plan. Construis-nous l'un de tes robots, ici, dans cet atelier. Donne-nous la possibilité de documenter ce dont nous avons besoin.

– Je vais avoir besoin d'en savoir plus.

Céleste sembla évaluer ce qu'elle pouvait lui révéler.

– Ça ressemblera à ton action chez Scuti, pour certains aspects, dit-elle. Une infiltration. Avec un niveau d'accréditation de premier plan. Pour ça, nous avons ce qu'il faut. Mais c'est le reste qui devient plus… problématique. Nous devons enregistrer une conversation en temps réel. C'est une réunion professionnelle, en quelque sorte.

Zen réfléchissait à toute allure. Céleste ne lui en dirait sûrement pas davantage concernant l'opération, mais elle réussirait peut-être à apprendre quelque chose concernant les « contacts » qu'elle avait mentionnés la veille.

– Pourquoi avez-vous besoin de moi ? demanda-t-elle. Vous ne pourriez pas fabriquer cet appareil vous-même ?

– C'est simple : aucun de nous n'a les capacités suffisantes, répondit Céleste. La technologie que nous avons utilisée jusque-là nous était fournie par une source extérieure – un partenaire qui ne nous fournit que des choses très spécifiques.

Son expression s'assombrit quelque peu.

– Nous n'avons pas la possibilité de formuler des demandes.

– Mais… ils veulent aussi ces enregistrements pour dénoncer ces fabricants d'armes, non, comme tu le disais ?

– Disons simplement que… ce n'est pas leur priorité, répondit Céleste en croisant les bras. Alors qu'est-ce que tu en penses, Dima ? Est-ce que mon plan peut fonctionner ?

Zen réfléchit quelques instants.

– J'imagine qu'il nous faudrait un microdrone téléguidé avec une caméra intégrée, suggéra-t-elle. Ou encore un robot de surveillance avec une IA simple embarquée.

Céleste l'écoutait, pleine d'admiration.

– Comment tu sais toutes ces choses ? Tu vas sans doute me dire que tu es l'un de ces petits génies qui passent leur bac à treize ans et deviennent professeur d'université avant d'en avoir vingt.

Zen hésita. Céleste cherchait-elle à la déstabiliser ? Les Encloueurs avaient cherché toutes les informations disponibles concernant Dima Kahf. Ils avaient très certainement eu accès aux bulletins de notes que Caleb lui avait créés. Ils montraient que Dima était inscrite dans un lycée public quelconque, que ses notes étaient légèrement en dessous de la moyenne, et généralement, elle attirait aussi peu l'attention que possible.

– Oh, non, expliqua-t-elle. Les cours, ça n'est pas vraiment mon truc. Personne au lycée ne comprend tout à fait ce qui m'intéresse. Mais je lis beaucoup et je suis une longue liste de forums sur les dernières nouveautés technologiques. Et j'apprends certaines choses, au gré des occasions. J'ai toujours fait ça. J'ai eu de la chance de tomber dans des foyers cools. Un de mes tuteurs était un type assez âgé qui avait installé un laboratoire d'électronique dans son garage. Il me laissait parfois m'amuser un peu.

– Mais ce n'est pas le cas dans ton foyer actuel ?

Zen secoua la tête.

– Il est assez… basique. Les gens sont plutôt sympas, mais je compte ficher le camp dès que possible.

Céleste l'observait avec attention.

– Aucun ne comprend ce que tu as traversé. Ce qui t'est arrivé, ce qui est arrivé à ta mère, tout cela a changé à jamais ta vision du monde. Tu ne peux plus voir ces entreprises engranger des profits indécents et faire comme si de rien n'était. Comme s'il n'existait rien de plus important que le nombre de likes sur Krinkl ou que s'offrir la dernière paire de baskets à la mode. On a envie d'accomplir quelque chose de vrai.

En l'écoutant, la jeune fille comprit que ses paroles sonnaient aussi juste pour Zen Rafiq que pour Dima Kahf. Elles étaient toutes deux prêtes à se donner entièrement à la cause qu'elles pensaient juste : l'une avec le programme Möbius, l'autre avec les Encloueurs. Et soudain, l'espace d'une seconde, elle se demanda si ces deux jeunes filles étaient aussi dissemblables qu'elle le croyait.

– Et toi ? demanda-t-elle à Céleste. Comment es-tu arrivée là ?

– C'est une histoire longue et douloureuse. Bien trop longue en tout cas pour te la raconter maintenant. Mais moi aussi j'ai perdu des proches, Dima. Cela m'a ouvert les yeux et je ne compte plus jamais les refermer. Exactement comme toi.

Zen baissa la tête. Sans faire d'effort, Céleste donnait l'impression d'être de votre côté ; comme si une véritable relation commençait à se nouer. Zen savait pourtant qu'elle ne pouvait pas y croire. Elle était là pour découvrir les plans de Céleste, pour traîner les Encloueurs et leurs soutiens anonymes en justice. Rien de plus.

– Tu veux… que je participe ? demanda-t-elle. À la mission, je veux dire ?

– Je pense que tu en es capable. Et que nous aurons besoin de toi pour nous servir de notre engin. Pour obtenir cet enregistrement.

Zen semblait hésiter.

– Alors, qu'est-ce que tu en penses ? Tu acceptes de rejoindre notre cause ?

– Oui, répondit aussitôt Zen, avec l'enthousiasme d'une véritable adepte. Évidemment que j'accepte. J'ai attendu ce genre d'occasion toute ma vie.

Céleste l'observa quelques instants, comme pour mieux jauger sa sincérité, avant d'esquisser un sourire, découvrant une rangée de dents éclatantes et parfaitement alignées.

– Et voilà, Dima, dit-elle en posant la main sur son épaule. À présent, tu fais partie de l'équipe.

LA LEÇON DE LOCKE

Zen et Céleste s'attardèrent dans l'atelier. Elles passèrent en revue le matériel qui s'y trouvait afin d'évaluer la possibilité de fabriquer le dispositif d'écoute avec ce dont les Encloueurs disposaient déjà.

– Est-ce que tu peux me dire où vous comptez l'utiliser ? demanda Zen.

Céleste secoua la tête.

– Les informations sont limitées aux personnes qui prennent part à l'opération.

– Si je dois m'assurer que l'appareil fonctionne correctement, objecta Zen, j'y prends un peu part aussi…

Sa remarque fit sourire Céleste.

– Ce sera dans un très vaste espace, dit-elle. On se postera sur les poutres. L'appareil devra être suffisamment petit pour ne pas attirer l'attention. On devra pouvoir le faire descendre une quarantaine de mètres et le positionner de façon extrêmement précise. Il doit pouvoir recevoir un signal vidéo et audio à une portée d'une dizaine de mètres et diffuser un signal clair durant environ cinq minutes.

– C'est… une sacrée commande, dit Zen.

Elle fronça les sourcils et commença à imaginer une ébauche de structure.

– Bon, je vais avoir besoin de capteurs de filament. De batteries lithium-ion. Et de microservos, au moins une bonne douzaine.

Ensemble, les deux jeunes filles retournèrent les boîtes, les tiroirs et les plateaux pour tenter d'identifier les composants nécessaires. Leur stock était très disparate, mais Zen repéra quelques pièces de qualité au milieu d'autres sans valeur. Elles réussirent à réunir tout ce dont elle avait besoin, à l'exception des capteurs de filament.

– Tu les auras dès demain matin, l'assura Céleste en refermant l'un des tiroirs. Je vais m'en occuper moi-même. Il est presque treize heures. Viens, allons déjeuner. Les autres ont dû tout préparer à l'étage au-dessus.

Elles gravirent les marches jusqu'à un vaste espace ouvert au dernier étage, celui où se trouvait la fresque et où Zen avait mené Coccipuce, quelques jours plus tôt. De cet angle, le lieu paraissait plus immense encore et renvoyait une image de provisoire, comme s'il aurait pu être abandonné à tout instant. Le reste de l'équipe s'était rassemblé là tandis que Céleste et elle s'étaient attardées dans l'atelier. Locke semblait avoir disparu, mais Taylor se tenait debout dans le coin cuisine et remuait le contenu d'une poêle fumante, tandis que ses camarades s'étaient installés autour de tables à tréteaux. Quatre étaient penchés sur leur ordinateur, très concentrés et échangeaient parfois quelques observations ou instructions. Zen se demanda s'ils menaient une mission de surveillance ou de piratage. Céleste lui fournirait peut-être quelques indices sur leur futur plan. Elle jeta un regard oblique en direction des écrans et fut quelque peu surprise de constater qu'ils jouaient tous à *Terrorform*, pris dans de farouches combats, quelque part dans un défilé montagneux.

Céleste suivit son regard.

– C'est une bonne façon de se détendre, dit-elle. Et c'est entièrement gratuit. Pas d'abonnement, pas de vérification d'identité : ce qui signifie que les joueurs ne peuvent pas être pistés ou identifiés. Ça s'appelle *Terrorform*. Tu en as déjà entendu parler ?

En dépit de la situation, Zen se retint d'éclater de rire. Elle parvint à garder son sérieux et feignit de froncer légèrement les sourcils, comme si elle cherchait à se rappeler quelque chose.

– Ça n'est pas le jeu conçu par un ado ?

– C'est ça. Il paraît qu'il habite sur une péniche. Ça montre à quel point les choses peuvent être positives lorsqu'on laisse de côté les multinationales parasites.

Taylor les appela. Zen se servit et s'installa avec les autres sur l'une des tables à tréteaux. Le plat était un genre de curry avec des haricots et du tofu. Elle attrapa une fourchette et se mit à manger. Les Encloueurs semblaient plus détendus autour d'elle. Apparemment, puisque Céleste avait accepté Dima Kahf, ils feraient de même. Elle leur posa quelques questions prudentes sur leurs origines. Ils répondirent volontiers, mais elle remarquait bien qu'aucun ne donnait de détails susceptibles de les identifier.

C'était un groupe très hétérogène. Certains avaient des histoires similaires à celle de Dima, marquées par la tragédie, la solitude, jusqu'à ce qu'ils trouvent enfin leur place et leur vocation avec les Encloueurs. D'autres avaient renoncé à des vies apparemment confortables pour se consacrer à la lutte contre les fabricants d'armes. Le père de Taylor, par exemple, était l'un des dirigeants de l'un des plus grands cabinets d'avocats de Londres.

– Tu n'imagines même pas les gens pour qui il travaille, dit-elle avec une moue de dégoût. Des dictateurs va-t-en-guerre, des compagnies pétrolières, des milliardaires véreux... le pire du pire. Tout ça pour de l'argent.

Une fois le repas terminé, tous s'organisèrent pour la vaisselle. Zen se chargea de l'essuyer puis retourna avec les autres s'asseoir autour des tables. Rapidement, la conversation se concentra sur les actions qu'ils avaient menées au nom de la cause, des happenings de petite envergure – comme vandaliser le panneau publicitaire pour Scuti – aux événements plus frappants, comme l'attaque de la SolTec. Aucun d'eux n'avait réellement d'information sur l'incartade à l'usine de robotique. Seule la moitié d'entre eux avaient travaillé sur cette mission et la plupart étaient restés à l'extérieur, pour faire le guet. Zen jeta un bref regard vers Céleste, qui rangeait encore les poêles dans les placards et guetta sa réaction. Mais elle ne semblait pas les écouter.

– Et il y a toi, Polar_X, conclut Josh. Tu as tagué leur fichu mur. C'était grandiose.

Les autres acquiescèrent bruyamment. Quelqu'un fit passer un ordinateur portable et afficha la photo où les lettres fluorescentes apparaissaient : SCUTI = HARDCASTLE = MEURTRES DE MASSE.

Céleste s'approcha.

– Dima vient d'accepter de nous rejoindre, annonça-t-elle en se postant à l'extrémité de la table. Elle va construire l'un de ses incroyables microrobots, comme celui qu'elle a utilisé chez Scuti.

Des cris et des sifflets montèrent autour d'elle. Tous frappèrent du poing sur la table d'un geste enthousiaste. Zen s'appuya sur le dossier de sa chaise, un sourire hésitant aux lèvres.

– La SolTec n'était que le début, reprit Céleste. Une nouvelle étape commence pour nous. Avec de nouvelles recrues comme Dima – avec nos nouveaux soutiens et l'équipement qu'ils nous fournissent – il n'y aura plus de limites à ce que nous serons capables d'accomplir.

Son expression s'assombrit brusquement.

– En un mois – un mois seulement – plus de deux cents civils à travers le monde ont été tués par des armes automatiques. Dont trente-deux enfants. Ils jouaient dans la rue, ils étaient dans leur salle de classe. Ils dormaient dans leur lit.

Le silence était retombé dans la pièce.

– Nous devons dénoncer ce scandale, assena-t-elle en agitant l'index. L'information doit circuler. Les politiciens corrompus qui permettent ce genre de choses doivent céder la place à des dirigeants honnêtes – des gens capables de distinguer le bien du mal. Et ce marché de la mort doit cesser. C'est l'objectif pour lequel nous nous battons tous. C'est pour cela que nous devons tenir.

Un grondement d'approbation se fit entendre, suivi par une nouvelle salve de poings frappant la table. Cette fois, Zen se surprit à faire de même.

Une demi-heure plus tard, les Encloueurs regagnèrent le niveau principal pour reprendre leur entraînement. Zen les suivit et personne ne lui adressa de remarque ni même de regard inquisiteur. Elle semblait avoir été intégrée dans l'équipe.

Au cours de l'après-midi, ils firent des courses de vitesse tout autour de la pièce, soulevèrent des poids et luttèrent encore un peu, sous l'immense structure en métal qui surplombait l'espace. Durant une pause, Zen demanda aux autres à quoi elle était censée servir. Ils l'ignoraient et purent seulement lui dire qu'elle se trouvait déjà là à leur arrivée, deux semaines plus tôt. Ils ne savaient pas qui avait pu l'assembler.

Locke finit par réapparaître. Zen n'aurait su dire s'il était sorti ou s'était isolé dans une pièce qu'elle n'aurait pas encore visitée. Il attira Céleste dans un coin pour échanger quelques mots avec elle. Céleste l'écoutait en hochant la tête avec une expression insondable. Enfin, elle s'éloigna pour avancer d'un pas lourd vers son équipe.

– Bon, c'est le moment de faire un peu d'escalade ! cria-t-elle.

L'écho de sa voix résonna entre les murs de briques.

– Tout le monde grimpe jusqu'au sommet. Et minutez-vous : il faut absolument passer sous la barre des quatre minutes !

Les Encloueurs cessèrent aussitôt leurs diverses activités pour se précipiter sous la structure métallique incurvée. Un tremplin était installé juste en dessous et ils s'en servirent pour bondir et se hisser sur les barreaux pour commencer leur ascension. Il n'existait aucune mesure de sécurité : ni filet ni harnais. Ils mettaient littéralement leur vie en jeu.

Zen savait qu'elle devait les suivre. Elle rassembla l'énergie qui lui restait tout en repoussant toute idée de danger et bondit sur le tremplin. Une fois agrippée à la structure, elle grimpa aussi vite qu'elle le put et dépassa rapidement le reste de ses équipiers, jusqu'à ce qu'il n'y ait plus que Céleste et un autre Encloueur devant elle. Locke s'était également joint à eux, mais en dépit de ses capacités pour le parkour, il restait en arrière. La forme métallique était plus longue et plus abrupte qu'il n'y paraissait. Rapidement, Zen sentit sa respiration se faire plus haletante et des crampes dans ses bras.

Un cri retentit un peu plus bas. L'un des grimpeurs semblait avoir manqué une prise : il se balança quelques instants au-dessus du vide avant de tomber six ou sept mètres plus bas en heurtant le plancher avec un choc sourd.

La scène fit trembler Zen. Déconcentrée pendant quelques instants, elle posa le pied sur un débord en aluminium légèrement de travers. Sa semelle glissa dans le vide et soudain, elle ne tenait plus que par une main. Son corps se balançait et lui donnait l'impression que son bras allait se déchirer. Elle avait grimpé bien plus haut que l'Encloueur qui venait de chuter. Si elle lâchait, elle s'en sortirait au mieux avec plusieurs fractures. Elle se balança pour repasser sous la structure, les tendons à l'agonie, les doigts prêts à glisser. Dans un geste désespéré, elle envoya la main vers les barreaux au-dessus d'elle pour tenter d'agripper quelque chose.

Soudain, une main saisit la sienne. Elle la serra et leva les yeux. Céleste, l'air déterminé, s'arc-boutait contre la structure. D'un mouvement puissant, elle hissa Zen jusqu'à ce qu'elle reprenne pied.

La jeune fille se cramponna aux étais, le souffle court, le cœur battant à tout rompre. Céleste resta près d'elle tandis que les autres les dépassaient, comme si elle demeurait là pour la protéger d'éventuels dangers. Les Encloueurs les plus rapides atteignirent rapidement le sommet, en annonçant leur temps.

– Quatre minutes trois !

– Quatre minutes sept !

Le garçon qui avait chuté était encore sur le sol et roula sur le côté. Zen reconnut Josh. Aucun de ses camarades ne se précipita vers lui. Aucun ne s'était même arrêté dans son ascension. C'était comme si rien ne s'était produit.

– Est-ce qu'on ne devrait pas... souffla Zen. Et s'il était...

– Il va s'en remettre, coupa Céleste. Allez, viens, on continue.

Ensemble, elles escaladèrent le reste de la structure et arrivèrent bonnes dernières. Dès qu'elles eurent atteint le sommet, les autres commencèrent à redescendre.

Josh essayait de s'asseoir et grimaçait sous l'effet de la douleur. Il pressait ses mains sur son genou, comme s'il cherchait à le maintenir en place.

– Tu m'as poussé ! cracha-t-il, furieux.

Il s'adressait à Locke, qui venait de sauter au bas de la structure et se dirigeait vers le jeune homme.

Josh gémit.

– Je... je crois qu'il est cassé, dit-il. Il faut que j'aille à l'hôpital. C'est quoi ton problème, Locke ? Qu'est-ce que je t'ai fait, hein ?

– Encore un qui mord la poussière, non ? dit Locke en tapotant sa tempe. J'imagine que tu n'étais pas assez concentré, mon pote. J'imagine que tu avais la tête ailleurs.

Les autres regardaient la scène d'un air gêné. Zen eut la nette impression que ce n'était pas la première fois qu'elle se déroulait. Ils savaient ce qui était sur le point de se produire.

Josh le sentait, lui aussi. La colère s'évanouissait dans ses yeux écarquillés, peu à peu remplacée par l'incompréhension et par l'angoisse.

– De quoi est-ce que tu parles ? Allez, mec. S'il te plaît. Juste... Emmenez-moi juste quelques rues plus loin. Tu me connais. Tu sais que je ne dirai rien.

Locke esquissa un sourire froid.

– C'est un peu tard, maintenant, Josh. Je crois que tu en as déjà beaucoup trop dit.

– Mais qu'est-ce qu'il te prend, Locke ? Je ne comprends...

– Il y a eu des fuites, annonça Locke en se tournant vers le reste du groupe. Ça venait de l'équipe B de la SolTec. Une idiote sur Krinkl s'est vantée d'avoir un ami parmi les Encloueurs. Qu'il avait participé à détruire cette énorme usine de robots à Cambridge. Apparemment, il en a parlé à tout le monde. À tout un quartier de Crouch End.

À présent, Josh paraissait absolument terrifié.

– Écoute, ça n'était pas moi. Je connais les règles, OK ? Je n'irais pas raconter tout ça à n'importe qui. Ça n'est pas mon genre.

Personne ne prit la parole pour le défendre. Il frissonna en expirant lentement, comme s'il acceptait peu à peu sa situation sans issue.

– Laissez-moi juste partir, murmura-t-il en essuyant son visage sur sa manche. Vous n'entendrez plus jamais parler de moi. Je partirai. De Londres. Du pays, même.

Zen jeta un regard vers Céleste, certaine qu'elle allait intervenir, qu'elle calmerait Locke. Mais à sa grande surprise, la cheffe des Encloueurs demeura immobile, à regarder la scène les bras croisés.

– Oh pour disparaître, tu vas disparaître, mon pote. Ne t'en fais pas pour ça.

Avant même qu'elle ait réalisé, Zen vit Locke s'avancer vers Josh et l'agripper par sa veste à capuche avant de le frapper brutalement au visage : deux, trois, quatre fois. Les coups de poing furent suivis d'un violent coup de pied à la tête qui l'envoya au tapis. Zen se détourna en étouffant un cri.

Le passage à tabac sembla durer des heures. Lorsqu'enfin les coups cessèrent de pleuvoir, Josh avait perdu connaissance. Zen avait la nausée : elle tremblait de tout son corps. Elle voulait se précipiter vers le jeune homme, évaluer la gravité de ses blessures, mais elle savait qu'elle risquait d'être démasquée, ce qui pouvait elle aussi la mettre en danger. Alors, elle garda les yeux rivés au sol, les mains enfoncées dans les poches. Elle ne pouvait s'empêcher de penser que cette scène s'était en partie jouée pour elle : pour montrer à la nouvelle recrue à qui elle avait affaire. Voilà ce que les Encloueurs entendaient par « placer la cause au-dessus de tout ». Voilà ce qu'ils entendaient par « sacrifice ».

Locke se tourna alors vers l'équipe.

– On ne parle pas, lâcha-t-il en haussant le ton. À personne. Si les informations fuitent, si les rumeurs se propagent, alors tout est fini. Nous aurons fait tout cela pour rien. Or on ne peut pas se le permettre.

Les Encloueurs hochaient la tête. Locke chargea deux d'entre eux de faire ce que Josh leur avait demandé : de le traîner à bonne distance de l'entrepôt et de l'abandonner au hasard. Ils s'exécutèrent aussitôt.

Céleste s'approcha de Zen.

– Est-ce que ça va ?

La jeune fille tâcha de rester impassible – de contrôler son angoisse et son dégoût comme Mitch le lui avait appris. Rester dans le moment. Devenir sa couverture.

– Oui, répondit-elle. Oui, ça va.

Les Encloueurs redressèrent Josh et le tinrent debout entre eux. Passant sa capuche sur sa tête tuméfiée, pleine de sang, ils le traînèrent vers la porte. Josh était exclu des Encloueurs : chassé de chez lui, chassé du groupe. Elle se demanda ce qu'il allait devenir. Serait-il retrouvé... conduit à l'hôpital ? Et s'il était gravement blessé ? Et si...

Elle s'obligea à ignorer ces pensées.

– Tu n'as pas peur qu'il aille raconter ce qu'il sait de cet endroit ? demanda-t-elle.

Céleste pinça légèrement les lèvres.

– Il n'irait jamais parler à la police. Ça, j'en suis certaine. Et puis, Locke sait ce qu'il fait. Josh ne pourra pas parler à qui que ce soit avant un moment, même s'il le voulait. Et d'ici là, il sera trop tard.

D'ici là, il sera trop tard. Quoi qu'aient prévu les Encloueurs, l'échéance était proche.

Céleste posa la main sur son bras.

– Tu comprends, hein ? dit-elle. Pourquoi nous n'avions pas le choix ?

Zen acquiesça.

– C'est ce que tu disais tout à l'heure. Il faut pouvoir faire confiance à son équipe.

Céleste la dévisagea.

– Nous allons accomplir de grandes choses ensemble, Dima. De très grandes choses. Tout ceci nous dépasse. Si tu ne peux pas tout donner à la cause, alors tu ne peux pas en faire partie.

– Je ferai tout ce que je peux, affirma Zen. Vraiment, tu peux me croire, Céleste. Je suis prête.

Locke passa alors près d'elle, tout en massant ses poings endoloris.

– Tu as intérêt à l'être, Dima Kahf, lâcha-t-il. Nous avons un membre en moins, donc tu vas devoir le remplacer. Dans cette mission, nous n'avons pas le droit à l'erreur.

Un accord silencieux semblait passer entre Céleste et lui. Zen eut la sensation qu'ils avaient depuis longtemps prévu de se débarrasser de Josh et que c'était l'une des raisons pour laquelle Céleste l'avait recrutée. Certes, elle devait leur procurer l'appareil pour l'enregistrement dont ils avaient besoin, mais elle était aussi un substitut.

– Tu l'as entendue, non ? reprit finalement Céleste. Elle est prête.

Zen regarda Locke s'éloigner pour parler à quelques membres de l'équipe. Elle dut se maîtriser pour masquer ses émotions. Plus que tout, elle aurait voulu s'enfuir en courant pour retourner à Chalk Farm, refermer la porte de leur planque à double tour et tenter de trouver un sens à cette journée absurde. Elle jeta un regard autour d'elle : toutes les fenêtres étaient condamnées.

– Quelle heure est-il ? J'ai... j'ai perdu la notion du temps.

– Presque dix-huit heures, lui dit Céleste. Début de soirée, donc.

La jeune fille lâcha un juron. Elle s'aperçut qu'elle tremblait toujours légèrement.

– J'avais dit que je m'absentais seulement pour quelques heures. Je dois rentrer.

– Tu es sûre que ça va ?

– Oui, bredouilla Zen qui se sentit rougir. C'est seulement que... ma famille d'accueil est plutôt cool, mais ils vont s'inquiéter si je ne suis pas là pour dîner. Ils vont le remarquer.

Céleste lui adressa un sourire complice.

– Bien vu. Il faut éviter d'attirer l'attention sur ce qu'on fait.

Zen essaya de masquer son soulagement.

– D'ailleurs... merci, dit-elle à voix basse. Tu m'as vraiment sauvé la mise, tout à l'heure, sur la structure.

– Tu t'en sortais plutôt bien, pour un premier essai. Continue comme ça et tu seras vite aussi rapide que Locke et moi.

Céleste se recula.

– Tu penses pouvoir revenir demain ? On pourra continuer notre conversation. Et tu pourrais peut-être commencer à travailler à cet appareil. Ça ne sera pas un problème ?

– Non, pas du tout, dit-elle en forçant un sourire. Je serai là le plus tôt possible.

– Génial. Taylor va t'ouvrir la porte. Elle te rendra ton téléphone, reprit Céleste qui souriait de nouveau. À demain, Dima. Et pense à ce que nous nous sommes dit aujourd'hui.

Zen acquiesça et promit d'y réfléchir. Céleste se tourna vers les Encloueurs pour leur demander de ranger leur équipement, puis elle rejoignit Locke. Il lui montra quelque chose sur un téléphone jetable et, ensemble, ils se dirigèrent vers l'escalier en métal. Zen eut la nette impression qu'ils se préparaient eux aussi à sortir – peut-être par la trappe sur le toit – dans la nuit londonienne.

Elle rejoignit les Encloueurs pendant quelques minutes. Tous parlaient de leur séance d'escalade, comparaient leur temps tout en empilant les tapis de sol sur le côté et en rangeant les poids et les haltères dans les placards. L'éviction brutale de Josh ne fut même pas évoquée. C'était comme si le groupe avait accepté son sort et passait aussitôt à autre chose. S'ils acceptaient cela, qu'étaient-ils prêts à accepter d'autre, se demanda Zen.

Elle se risqua à poser quelques questions sur leur future mission, en se limitant à des généralités, pour tenter de comprendre s'ils avaient quelques informations. Elle comprit rapidement qu'ils n'en savaient guère plus qu'elle. Voilà comment les Encloueurs gardaient un temps d'avance sur les services de renseignement : les détails de leurs plans demeuraient parfaitement secrets jusqu'à la toute dernière minute, même des membres de l'équipe.

Lorsque tout le matériel fut rangé, Taylor raccompagna Zen jusqu'à la porte et lui rendit son téléphone.

– À plus, lança Zen.

– Oui, à bientôt, répondit Taylor.

Une fois dehors, Zen s'éloigna d'un pas régulier forçant une décontraction pour ne rien trahir sur les caméras de surveillance de l'entrepôt. Elle avait l'impression que quelque chose se refermait sur elle, lui comprimait la poitrine et lui coupait le souffle. Une fois hors de portée, elle se glissa dans un recoin sombre, soudain submergée par la nausée. Elle s'appuya contre un mur, saisie de haut-le-cœur. Mais elle ne réussit pas à vomir. Elle patienta quelques minutes, haletant dans l'air frais de la nuit, essuyant les larmes qui ruisselaient sur ses joues.

– Qu'est-ce que je fabrique ? murmura-t-elle. C'est de la folie. C'est complètement, absolument…

Elle s'interrompit. Elle avait survécu à son premier jour, en infiltrée. Et tout se passait bien – mieux que toute l'équipe Möbius ne l'avait prévu. Elle devait absolument suivre le plan.

Elle sortit de l'ombre et rentra à la hâte à Chalk Farm.

RETOUR À LA MAISON

La visioconférence avait débuté peu après vingt heures, sur le même canal sécurisé. Caleb s'était connecté avec le Flex et avait activé le projecteur. Zen semblait toujours aussi épuisée, mais elle avait fait un compte rendu aussi précis qu'ahurissant.

– Mon Dieu, s'exclama Clay lorsqu'elle eut terminé. On dirait bien que la journée de Dima Kahf n'a pas été de tout repos.

– Vous n'imaginez même pas... marmonna la jeune fille.

– Sans surprise, je ne trouve rien en lien avec le nom de « Locke », annonça Caleb qui pianotait sur son clavier. En revanche, je vois qu'un patient a été admis aux urgences du Royal Free Hospital de Hampstead, il y a environ une demi-heure. Il n'a pas été identifié, mais les blessures semblent correspondre : fracture du crâne, mâchoire cassée, genou déboîté, trois côtes brisées, hémorragie interne, énuméra-t-il, effaré. Le... patient est toujours dans le coma.

– La police fera une enquête, conclut froidement Clay. Même s'ils se contenteront de lier l'incident avec des règlements de comptes entre gangs.

Elle jeta un regard vers sa fenêtre.

– Salangane, tu as pu identifier le fameux message posté sur Krinkl ? Ou peut-être toi, Corbeau ?

– En effet, Chardonneret, intervint Sam. Il a été publié il y a deux jours. Il fait référence aux Encloueurs dans des termes extrêmement vagues et ne fournit aucune information utile.

– Autrement dit, ils voulaient juste faire un exemple, reprit Clay. Montrer à toute l'équipe jusqu'où ils étaient capables d'aller.

Caleb eut une exclamation répugnée.

– Ce Locke a vraiment l'air d'être un sale type. Faucon court un vrai risque.

– Je suis d'accord, intervint Mitch, assis près de Zen à Chalk Farm. Nous devrions sérieusement envisager d'annuler l'opération.

Zen se pencha vers l'écran.

– Pas question, intervint-elle d'un ton ferme. Chardonneret, je ne peux pas abandonner maintenant. Je touche au but. Ils m'ont acceptée. Céleste m'a incluse dans l'équipe.

– Mais nous ne savons rien de cette fille ! protesta Caleb. On n'a absolument aucune information sur elle, si ce n'est qu'elle a un pseudonyme, des cheveux courts et des yeux de différentes couleurs. Elle est peut-être tout aussi dangereuse que Locke. Elle n'a pas vraiment eu l'air choquée lorsqu'elle l'a vu battre à mort l'autre type.

– Ce n'est pas aussi simple, intervint Zen. Céleste est dévouée à la cause des Encloueurs. Ils le sont tous. Ils sont convaincus qu'ils se dressent contre des marchands de mort : des entreprises qui génèrent du profit sur la mort et les blessures de civils. Si tu avais été là, Salangane, si tu l'avais écoutée, tu serais…

– Assez, tout le monde, la coupa Clay, ça suffit. C'est moi qui prends les décisions opérationnelles ici. Faucon, il me semble que tu as obtenu des informations précieuses concernant les soutiens des Encloueurs : ils leur fournissent certaines informations et certains éléments matériels, sans vraiment partager ni s'intéresser à leurs opérations.

Zen demeura quelques instants immobile et tâcha de se calmer. Elle finit par acquiescer.

– J'ai eu l'impression que Céleste avait… non pas peur d'eux, exactement, mais qu'elle s'en méfiait. Qu'elle restait sur ses gardes et préférait éviter de les agacer.

– Cela rejoint notre idée d'une opération en sous-marin, suggéra Clay. Il pourrait s'agir de concurrents de leur cible – une autre compagnie d'armement. Ou d'agents quelconques d'un gouvernement pour tenter d'empêcher la vente d'une arme invincible sur le marché.

– C'est bien possible, dit Caleb. Sam et moi avons fait des recherches toute la journée. Mais ce mystérieux soutien sait rester sous les radars – avec de vraies techniques d'espionnage.

– Que peux-tu nous dire d'autre au sujet de cette structure sur laquelle les Encloueurs s'entraînent ? demanda alors Clay.

Zen attrapa un crayon et du papier et fit un rapide croquis avant de l'approcher de la webcam.

– C'est sans doute un élément de la superstructure d'un bâtiment. Peut-être une autre usine ou un laboratoire de recherche.

– Nous allons faire des recherches, assura Clay. Comparer avec les cibles les plus évidentes. Nous aurons peut-être un coup de chance.

Elle posa son index sur ses lèvres, comme pour mieux jauger la situation.

– Nous allons continuer comme prévu. Les enjeux sont trop importants. Et Faucon a raison : il semble bien qu'elle soit près du but. Des objections ?

Mitch soupira mais fit un signe de tête négatif. Caleb se tut, s'agita sur sa chaise.

Clay plissa les yeux.

– Très bien. Soigne ta couverture, Faucon. Fabrique-leur leur jouet. Ils finiront peut-être par laisser échapper un détail concernant leur cible pendant que tu y travailles. Rapace, restez en alerte, prêt pour une exfiltration. Quant à toi, Salangane, continue à creuser. Tâche de trouver à quoi correspond le croquis de Faucon. Nous nous retrouverons demain. Chardonneret, terminé.

La session se termina avec l'habituelle brusquerie de Clay. Caleb se sentait agacé et mal à l'aise. Zen se mettait gravement en danger : il en était certain.

– J'ai commencé à comparer le croquis de Zen avec des bâtiments appartenant à des entreprises ayant des liens connus avec le marché de l'armement, annonça Sam. Après analyse de neuf cent soixante-treize plans architecturaux, soit tous les immeubles correspondants à Londres…

– Laisse-moi deviner, interrompit Caleb. Aucun ne correspond ?

– Pas pour l'instant Caleb. Je vais étendre la recherche à toutes les villes et les régions du Royaume-Uni puis de l'Europe. Les Encloueurs pourraient viser une cible à l'étranger.

Caleb se frotta les yeux.

– Je pense qu'il nous faudrait réfléchir de manière un peu plus créative, Sam. Les réponses sont là, quelque part… nous devons trouver où les chercher.

Il jeta un regard en direction du Flex. L'application de *Terrorform* fonctionnait toujours en arrière-plan, avec quelques fenêtres de navigateur ouvertes sur les principaux forums de discussion consacrés au jeu. Quelque chose semblait s'être produit sur Kolto. « L'Éveil » se déchaînait depuis plus de vingt-quatre heures. Il ouvrit la fenêtre du jeu et zooma sur la surface de la planète, juste à temps pour voir le Frelonraptor plonger depuis le ciel, ses ailes membraneuses en feu, avant de s'écraser sur un morceau de banquise violacée.

Caleb fit la grimace.

– Belle animation, Sam, commenta-t-il. Ça illustre vraiment la… défaite du monstre.

– Merci, Caleb. Des huit monstres que nous avons envoyés à la surface de Kolto, seuls trois sont encore en vie. Mais ne perds pas courage. L'Éveil n'était destiné qu'à faire diversion. Les Anonymes ont perdu plus d'un tiers de leurs effectifs ainsi que les installations de leur base. Et tu as désormais reçu plus de quatre cents nouvelles réponses à ton appel d'urgence.

Caleb les fit défiler et se mit à sourire. Quelques-uns des principaux clans avaient fini par réagir et promis de rejoindre la lutte contre les Anonymes. Sam avait raison : l'Éveil avait servi son but. Leur armée se constituait et ils tenaient enfin une chance. Il songea à publier un message sur les réseaux, où il pourrait taguer Jared West et quelques-uns des grands noms de Lodestar. Au cours des dernières vingt-quatre heures, ils avaient exprimé leur admiration devant les monstres de l'Éveil – sans bien entendu omettre de petits commentaires désobligeants du genre « En espérant que cela permette de retrouver le *Terrorform* que l'on a connu » ou « D'ici quelques semaines le jeu sera peut-être de nouveau jouable… »

– Un e-mail vient d'arriver, annonça Sam.

– Ah ? répondit Caleb d'un air absent, tout en lisant un autre message de joueurs de *Terrorform*. De qui ?

– De l'agente Harper Quinn. Le sujet indique « Retour à la maison ».

Caleb ouvrit aussitôt l'e-mail. Dans son habituel style direct, sa mère l'informait que l'enquête de la CIA sur les événements de Spøkelsøy avait atteint une nouvelle étape. Après avoir obtenu des informations prometteuses, plusieurs équipes d'agents étaient envoyées aux quatre coins du monde pour tenter de retrouver Razor. Harper Quinn avait elle-même été chargée du secteur de l'Europe du Nord. Elle serait basée à l'ambassade des États-Unis à Londres, qui se trouvait à quelques rues de leur domicile. Elle devait prendre un vol depuis la Virginie vendredi et n'arriverait pas seule : Salma et Riyah Rafiq rentraient avec elle. Elles séjourneraient quelques jours chez les Quinn afin de pouvoir passer un peu de temps avec Zen avant de rentrer chez elles, à Berlin.

Harper ajoutait qu'Elias, le père de Zen, continuait d'aider la CIA à comprendre la nanotechnologie développée par Razor et resterait donc encore quelque temps sur le sol américain. Caleb savait ce que cela signifiait : tant que le signal de l'Apex demeurait actif, même à son actuel niveau, à peine fonctionnel – il était encore trop dangereux de laisser quelqu'un dont le système sanguin était infecté par la nanotechnologie de Razor se promener dans la nature. C'était prendre trop de risques.

« Notre avion doit atterrir en fin d'après-midi, concluait le message. Une voiture de l'ambassade nous conduira jusqu'à Nine Elms. D'ici là, pourrais-tu faire un détour par chez nous, remettre le chauffage en marche, vérifier le système de sécurité et faire quelques courses ? Il me tarde tellement de te voir, mon poussin. J'ai l'impression d'être coincée ici depuis des mois. Je t'aime. Maman ».

Caleb détourna le regard de l'écran. Soudain submergé par un bonheur total, puis un énorme soulagement, qui lui tournait presque la tête, avant de ressentir d'un coup un pincement anxieux, si intense et si soudain qu'il le fit bondir de sa chaise.

– OK... souffla-t-il en faisant les cent pas devant la fenêtre. Tout devient soudain un peu plus pressé. Maman va rentrer... dans *trois* jours, bon sang. Et elle ramène la mère et la sœur de Zen avec elle...

– C'est une excellente nouvelle, Caleb, commenta Sam. Mais si elles rentrent alors que Zen est encore infiltrée, comment vas-tu justifier son absence ?

– Je vais devoir utiliser notre excuse habituelle : celle de son cours d'orientation à Dartmoor.

Ils avaient inventé cette excuse avec la professeure Clay, juste avant le départ de Zen pour la planque de Chalk Farm. Aucun d'eux ne pensait avoir besoin de l'utiliser.

– Caleb, je pense devoir t'avertir que l'agente Quinn ne sera...

– Oui, oui, je sais. Elle ne sera sûrement pas dupe.

Caleb tourna les talons et fit des allées et venues dans sa chambre exiguë.

– Ça… ça devient bien trop compliqué, Sam. Tout cela va compromettre la totalité de la mission. Et Zen est déjà en grand danger.

– C'est exact, Caleb. La famille Rafiq a beaucoup souffert au cours des derniers mois. Si Zen a conscience de leur présence à Londres, cela pourrait affecter sa concentration – ce qui mènerait potentiellement à des erreurs concernant sa couverture.

Caleb se concentra sur l'écran du Flex.

– Bon, dit-il. Il faut laisser tomber. Annuler l'opération.

– Ne devrais-tu pas partager le message de ta mère avec la professeure Clay ? Elle partagera peut-être ta vision des…

– Pas question ! Tu l'as entendue comme moi, répondit-il avant de se lancer dans une imitation de la voix déterminée de Clay. Nous allons continuer comme prévu, Faucon et Salangane. Elle ne pense qu'à la mission – même après ce qui est arrivé à cet Encloueur, aujourd'hui. Elle refusera de m'écouter.

Il se mit à pianoter sur son clavier.

– Nous devons gérer cela nous-mêmes, Sam. Et je crois que je sais comment faire.

HALLOWEEN À CAMDEN

Zen se présenta à l'entrepôt très tôt, comme elle l'avait promis. Elle avait couru depuis Chalk Farm, dans le matin brumeux d'automne. Céleste l'accueillit, puis la conduisit jusqu'au dernier étage, où on lui servit un bol de porridge et une tasse de thé. Toute l'équipe semblait présente. Les Encloueurs lui adressèrent un signe de tête, un petit geste ou un « bonjour » discret – tous, à l'exception de Locke, qui la toisait froidement, les bras croisés, appuyé au comptoir.

Une longue séance d'entraînement aux arts martiaux suivit le petit-déjeuner, avec Céleste comme instructrice. Zen remarqua qu'elle se contentait de leur enseigner des attaques-éclairs pour neutraliser l'adversaire, celles pour désarmer ou assommer l'opposant afin de fuir rapidement. Lorsque la session se termina, le groupe se divisa en équipes de deux ou trois personnes qui se répartirent entre les différents niveaux du bâtiment.

De nouveau, Céleste conduisit Zen à l'atelier pour qu'elle commence à assembler l'appareil évoqué la veille. Elle referma la porte derrière elle et tendit à Zen un petit sac en papier. À l'intérieur se trouvait un assortiment de capteurs de filament dernier cri : les plus récents et les plus sophistiqués qu'on puisse se procurer. On les aurait crus subtilisés dans un laboratoire de pointe.

– Ça te suffira ?

– Oui, s'exclama Zen avec un petit rire incrédule. Céleste, tu dois absolument me dire qui on va enregistrer avec ça.

– Pas pour l'instant. Mais ça te plaira, Dima. Nous avons reçu des informations extrêmement précises – ce sera une cible incroyablement médiatique.

Zen hésita à la questionner davantage mais décida qu'insister serait trop risqué. Elle songea alors à ce qu'avait dit Caleb la veille.

– Est-ce que... la mission pourrait faire des blessés ? demanda-t-elle avec prudence. Certaines choses circulent sur Internet au sujet de la SolTec. Des gens affirment que vous aviez l'intention de faire exploser l'usine. Que cela faisait partie de votre plan et que la SolTec a réussi à étouffer l'affaire.

Elle ne disait que la vérité. Mitch lui avait montré les messages publiés sur DedVane après son rapport, la veille. Mais il ne s'agissait que de théories sans preuve, peut-être de simples élucubrations.

Céleste ne sembla pas s'en alarmer.

– Notre but, c'est la visibilité, répondit-elle. C'est tout. Nous voulons révéler au grand public ce que ces entreprises font vraiment. Ce dont leurs créations sont capables. C'est ce que nous avons fait à la SolTec et c'est ce que nous ferons pour notre prochaine mission.

Ça ne répond pas vraiment à ma question, pensa Zen.

Céleste parut deviner son scepticisme. Son regard hypnotique, bleu et vert, se plongea dans le sien.

– Je t'ai dit ce en quoi je crois, Dima, et ce que je veux accomplir. Je te l'ai déjà dit plusieurs fois. Tu es avec moi, n'est-ce pas ?

– Tu le sais bien ! Je suis à fond avec toi.

– Alors j'ai besoin que tu me fasses confiance, dit-elle en souriant, avant de poser quelques instants la main sur l'épaule de Zen. Je serai absente pour le reste de la journée. Essaie de faire ce que tu peux avec ces composants. Entraîne-toi aussi avec les autres. Et demain, je t'expliquerai tout.

Seule, Zen passa la matinée perdue dans sa conception robotique, tout en assemblant les premières étapes de son appareil, qu'elle rendit aussi minuscule et aussi puissant que possible. Après la pause déjeuner, elle rejoignit les Encloueurs sur la structure pour tenter de l'escalader en moins de quatre minutes : le temps qu'avait demandé Céleste la veille. Locke demeurait une présence constante, menaçante, tandis qu'il hurlait ses critiques, voire ses insultes comme un militaire sur un camp d'entraînement. À l'évidence, il continuait de surveiller Zen avec la même attention soupçonneuse. Il semblait scruter sa technique, comme s'il commençait à comprendre qu'il l'avait déjà vue quelque part…

– Dima Kaht, lança-t-il d'un ton ironique, lorsqu'elle eut atteint le sommet en trois minutes et cinquante-huit secondes. Tu es vraiment douée.

Lorsque l'équipe fut trop épuisée pour continuer les tentatives, ils se rassemblèrent tous dans la salle commune du dernier étage. Quelques-uns se remirent à jouer à *Terrorform*. Taylor proposa à Zen de les rejoindre. Pendant une bonne demi-heure, elle feignit d'être une néophyte désespérément maladroite : elle ratait ses tirs, s'écrasait droit sur des murs, demandant de l'aide et des conseils. Leur équipe explorait une forteresse infestée de monstres sur Fraxis Prime et tentait de repousser une horde de créatures vicieuses qui ressemblaient à des tatous géants. Un peu plus loin, en se rappelant les soucis que Caleb avait rencontrés, elle utilisa discrètement le canal de chat du jeu. Il était pris d'assaut par un flot de messages concernant un nouveau clan invincible appelé les Anonymes, des mégalosaures déchaînés à la surface de Kolto, une armada spatiale qui se massait autour du champ d'un astéroïde, prête pour une attaque massive.

– Ce jeu, marmonna-t-elle dans sa barbe, est devenu complètement dingue.

Zen passa deux heures de plus dans l'atelier, puis quitta l'entrepôt pour regagner Chalk Farm, toujours sous le prétexte de devoir rentrer dans sa famille d'accueil pour le dîner. Elle était tout aussi épuisée que la veille, mais moins bouleversée. Elle commençait clairement à prendre l'habitude de cette mission d'infiltration. Elle s'éloigna de l'entrepôt d'un pas pressé avant de prendre une rue résidentielle. Elle comprit qu'il s'agissait du soir d'Halloween : préoccupée par sa mission, elle avait complètement oublié. De nombreuses maisons avaient décoré leur perron ou leurs rebords de fenêtres avec des lanternes découpées dans des citrouilles et les lueurs des bougies placées à l'intérieur soulignaient leur aspect grimaçant. Plus loin, des groupes de jeunes enfants déguisés en sorcières, en fantômes ou en loups-garous passaient de porte en porte pour demander des bonbons.

Zen resserra sa veste. Elle restait sur le rebord du trottoir, contournant les groupes de parents qui attendaient leurs enfants. Elle s'apprêtait à franchir Regent's Canal lorsqu'une plainte sinistre monta de l'autre côté de la route. Elle se retourna vivement et aperçut un squelette grandeur nature installé derrière une fenêtre et éclairé par des lampes rouges et verdâtres, tandis qu'un haut-parleur diffusait des sons lugubres. Un petit groupe d'enfants se dispersa à sa hauteur avec des cris et des rires.

Zen sourit. Elle s'apprêtait à poursuivre son chemin lorsqu'elle aperçut une silhouette sur les toits, à peine visible dans la nuit d'encre. Elle se volatilisa aussitôt.

On la suivait. Mitch l'avait avertie de cette possibilité. Quelqu'un la surveillait sans doute depuis le tout début pour s'assurer de la véracité de son histoire. Conservant son calme, Zen franchit le pont qui enjambait le canal et se dirigea vers une ruelle tranquille, en se servant des rétroviseurs des véhicules garés là pour guetter l'inconnu derrière elle. Une figure élancée se laissa tomber des branches basses d'un arbre et s'avança sur le pont, en remontant sa capuche.

Locke.

Elle sentit son cœur s'emballer. Et s'il ne se contentait pas de la suivre ? Locke n'avait pas fait mystère de sa méfiance envers Dima Kahf pour la sûreté de la mission. Il prévoyait peut-être de lui faire subir le même sort qu'à Josh : la laisser pour morte dans une ruelle, voire la jeter dans le canal. Personne ne la retrouverait et sa disparition resterait un mystère.

Elle a dû paniquer, dirait-il à Céleste. *On trouvera bien quelqu'un d'autre.*

La rue conduisit Zen sur la partie latérale d'un immense immeuble en briques – un des principaux supermarchés de Londres. Elle contourna le vaste parking qui le bordait. Le magasin était encore ouvert : sa façade vitrée était entièrement éclairée. Des clients se pressaient à l'intérieur, d'autres regagnaient leurs véhicules en poussant des caddies pleins. Zen traversa le macadam, en prenant soin de ne pas trop presser le pas. Les yeux rivés droit devant elle, elle rallongea délibérément son chemin par des tours et des détours, en se glissant entre les voitures et en se mêlant aux clients épars.

À l'autre bout du parking se trouvait un court passage souterrain, sous la voie de chemin de fer. Elle s'y engouffra et risqua un coup d'œil derrière elle. Elle étouffa un juron en voyant Locke passer sous un lampadaire, à moins d'une trentaine de mètres derrière elle. Il ne semblait pas avoir compris qu'elle l'avait repéré, mais il gagnait du terrain. S'il l'avait véritablement prise en chasse, il n'allait pas tarder à la rattraper.

Zen n'avait plus que deux possibilités. Elle pouvait se contenter d'espérer qu'il ne faisait que la suivre, la surveiller, car il ne lui faisait pas confiance. Ou elle pouvait envisager le pire, se mettre à courir et tenter de regagner la planque le plus rapidement possible. Bien entendu, prendre la fuite, c'était montrer qu'elle se savait suivie et transformer une filature en chasse. Zen se rappela leur course-poursuite à Cambridge et la séance de parkour qu'il lui avait infligée sur les réservoirs à gaz. Elle n'était vraiment pas certaine de réussir à le semer.

Le tunnel débouchait sur une grande artère animée. Elle suivit le trottoir, le long d'autres vitrines aux décorations fantomatiques. Les bars et les restaurants commençaient à se remplir. Une file se formait à l'entrée d'une salle de concert aménagée dans l'ancienne rotonde d'une gare. Après quelques dizaines de mètres, elle ne put résister à l'envie de se retourner de nouveau.

Locke s'était volatilisé. Avait-il abandonné ? Céleste lui avait-elle ordonné de regagner l'entrepôt, ou lui avait-elle donné une mission capitale à l'autre bout de la ville ? Zen traversa la rue, relâchant imperceptiblement la tension en s'immobilisant au milieu de la rue pour laisser filer un bus à deux étages. Mais alors qu'il passait devant elle, elle remarqua une ombre qui se faufilait le long de l'immeuble devant elle. En levant les yeux, elle aperçut une haute silhouette qui se hissait avec une agilité déconcertante le long d'une paroi vitrée illuminée par un néon.

Elle se figea. Locke était loin d'avoir abandonné. Il l'avait même dépassée pour regagner les toits et conserver l'avantage de la hauteur. Derrière elle, une voiture donna un coup de klaxon. Elle sursauta, adressa un signe d'excuse au conducteur et regagna le trottoir.

La dernière partie de son trajet la conduisait le long de rues résidentielles bordées d'arbres vers une petite place mal éclairée. Zen n'avait plus d'autre choix que de continuer à avancer et se préparer à se battre, à fuir ou à crier au secours si elle se retrouvait à proximité de la planque. Même de loin, elle devinait sa présence, dissimulée derrière un écran de branches dénudées, les yeux rivés sur elle, prêt à l'attaque...

Brusquement, quelqu'un se dressa sur sa droite, surgissant de l'ombre d'un arbre. Sans réfléchir, elle fit volte-face et envoya le talon de sa main contre l'épaule de l'inconnu pour le déstabiliser. Elle se mit en position de combat, prête à lui casser le nez, à lui décocher un coup de pied dans l'entrejambe avant de s'enfuir dans la rue.

– Hé, oh ! cria l'inconnu. Du calme !

Zen hésita et retint son coup. Un jeune homme en costume de diable se tenait devant elle, avec des cornes en plastique, le visage maquillé et enveloppé dans une cape d'un rouge brillant. Il avait levé les mains pour la calmer. Son trident en plastique était tombé sur le sol. Deux autres personnes se tenaient près de lui, sous un lampadaire. Le premier avait l'apparence du monstre de Frankenstein, le dessin de points de suture sur le crâne dessiné sur son faux front rectangulaire. Le second était déguisé en homme invisible, recouvert de bandelettes, et tenait un pack de bière à la main. Il s'agissait sans doute d'étudiants en route pour une soirée d'Halloween. Zen se détendit avant de poursuivre sa route vers Chalk Farm.

– Chouette costume ! lui cria le monstre de Frankenstein. Tu es censée être qui, au juste ? Une des X-Men ?

– Hé, les gars, gémit le diable. Je crois… je crois qu'elle m'a cassé la clavicule.

Un petit rire cruel descendit des toits. À l'évidence, Locke voulait qu'elle l'entende. Il ne cherchait pas à se cacher, comprit-elle alors. Il avait bien l'intention de lui faire savoir qu'il la suivait à la trace, comme un vampire filant sa proie. Il cherchait à lui faire peur. Elle fronça les sourcils et serra les poings au fond de ses poches. Elle n'avait pas l'intention de se laisser intimider.

Elle avait atteint la petite place. La planque de Chalk Farm se dressait à l'autre bout, à l'angle d'Oxbury Road. C'était une grande maison victorienne, en briques rouges et en pierre grise, qui avait pâli avec le temps. Tous les rideaux étaient tirés et le foyer était plongé dans le noir. Möbius avait décidé que Zen n'emporterait pas de clé avec elle à l'entrepôt de Camden, au cas où un Encloueur déciderait de la subtiliser pour enquêter. Elle gravit le perron et pressa la sonnette : trois coups longs et un court – le signal dont elle avait convenu avec Mitch et le Dr Virdi.

L'attente pour que la porte s'ouvre semblait interminable. Zen avait une furieuse envie de crier à Locke qu'il ne l'impressionnait pas. Il pouvait bien se lancer dans une guerre des nerfs si cela lui faisait plaisir. Cela ne changerait rien. Elle n'avait pas peur.

La lumière s'alluma dans le vestibule et la porte s'ouvrit sur le Dr Virdi. Le bibliothécaire de l'IARC était un homme d'une trentaine d'années, au visage bienveillant et au regard vif. Il portait un pull en laine à motif et avait ramené ses cheveux bruns en chignon. Il tentait de conserver une expression neutre, de jouer son personnage, mais ne parvint pas à retenir un léger sourire.

– Zen.

Leurs regards se croisèrent. Virdi comprit aussitôt son erreur mais n'en comprit pas la gravité. Locke aurait pu se trouver sur le toit le plus proche. Il les écoutait peut-être. S'il entendait Virdi employer le véritable prénom de la jeune fille, tout était fini. L'opération serait compromise. Tous les efforts de Zen, tout ce malaise, toutes ces peurs, toute cette tension constante et terrifiante n'auraient servi à rien.

– Arrête de me dire ça, lâcha-t-elle d'un ton agressif. Pourquoi il faut toujours que tu me répètes ça ? C'est agaçant, à la fin. Je ne suis *pas* « zen ». Je suis stressée, OK ?

Elle s'engouffra dans la maison en donnant un coup d'épaule à Virdi.

– Et ne reste pas planté au milieu, s'il te plaît.

Zen entendit la porte se refermer derrière elle mais ne se retourna pas. Virdi l'appela – cette fois par le bon prénom –, mais Zen était trop furieuse pour lui répondre. Elle traversa le salon, où les élèves appartenant au programme Möbius, qui vivaient sur place, étaient installés devant la télé. Deux d'entre eux levèrent la tête à son passage – dont Art, qui s'était porté volontaire et avait accepté d'abandonner son laboratoire pendant quelques jours. Elle ne ralentit pas mais se dirigea d'un pas déterminé vers la salle de surveillance de Mitch installée à la cave. Il était assis devant une table couverte d'écrans. Il avait déboutonné le col de sa chemise, desserré sa cravate et buvait un milk-shake à la paille. Lorsqu'elle entra, il jeta un regard appuyé au coin de la pièce.

Là, Caleb était assis sur le canapé, son Flex à la main.

– Joli réflexe, lui lança-t-il. C'était très bien trouvé.

Zen le dévisagea. L'espace de quelques instants, elle crut bien laisser exploser sa surprise et sa colère.

– Caleb ! Qu'est-ce que tu fabriques ici ? cria-t-elle. Tu enfreins toutes les règles. Tout ce que nous a ordonné Clay.

– J'ai bien essayé de l'empêcher de rentrer, soupira Mitch en reposant son milk-shake. Mais il refusait de partir. En fin de compte, le laisser entrer est devenu l'option la moins dangereuse.

– J'ai eu une idée, hier soir, annonça Caleb, après ton rapport. Pour obtenir davantage d'informations concernant tes nouveaux copains.

– Une idée ? Qu'est-ce que tu veux…

– Assieds-toi, Zen. J'ai quelque chose à te montrer.

ARGO

Le Flex projeta l'image tremblotante d'une vidéo, tournée avec un téléphone, sur le mur de la cave. La scène était filmée depuis le siège passager d'une voiture qui traversait le pont d'une autoroute encombrée. Au milieu des voitures, devant eux, se trouvait un poids lourd énorme, avec plusieurs remorques. Les portes de la dernière vibraient et semblaient sur le point de céder. Soudain, elles s'ouvrirent d'un seul coup et un véhicule blindé en sortit pour descendre sur la route. L'engin était d'un noir métallique et grand comme un tracteur professionnel. La personne qui filmait se mit à jurer en allemand lorsque le véhicule se dirigea vers eux. Les voitures sur sa route donnèrent des coups de volant ou de freins pour l'éviter, mais en vain. L'engin les percuta avec une force inouïe, en renversa deux. L'un fut projeté contre les barrières de sécurité qui cédèrent et bascula par-dessus le pont. Alors que le véhicule se rapprochait, l'image vidéo partit dans tous les sens : on voyait une jambe, le levier de vitesse, le conducteur qui tentait désespérément de braquer le volant, puis tout devint noir.

– Ça, c'est ce qui s'est produit il y a dix-huit mois, annonça Caleb. Cette semi-remorque appartenait à Klinge – l'un des fabricants d'armes les plus importants d'Allemagne. Ils transportaient trois prototypes de véhicules pour les soumettre à des tests sur leur site, dans la campagne bavaroise. Ils les appellent les « tanks intelligents ». L'accident a fait six morts. Et plus de trente blessés.

– Pourquoi est-ce que tu me montres ça, Caleb ? demanda Zen.

Elle se tenait au centre de la pièce et fixait l'image projetée sur le mur les bras croisés. Elle semblait toujours aussi furieuse et agitée. Mitch lui avait commandé des sushis, mais Zen n'avait pas touché le sac en papier posé sur le rebord de son bureau.

Caleb toucha l'écran du Flex pour ajouter une autre fenêtre de vidéo.

– Celle-ci a été tournée au site principal de Klinge à Munich, dit-il en la lançant. Juste avant le départ de la semi-remorque.

L'image en noir et blanc correspondait à celle d'une caméra de surveillance installée dans un angle. Elle montrait un couloir quelconque aux murs blancs. Trois personnes le traversaient à pas pressé, deux femmes et un homme, vêtus comme des agents de sécurité. Pourtant, ils portaient des cagoules noires. Tous tenaient entre leurs bras ce qui ressemblait à une paire de clous d'une cinquantaine de centimètres de long.

– Ce sont les broches de sécurité utilisées par la société pour le transport de matériel, expliqua Caleb. Elles sont censées bloquer les tanks intelligents pendant le trajet.

Zen parut soudain mal à l'aise, comme si elle devinait soudain où il voulait en venir.

– Je ne vois toujours pas ce…

– Ces trois-là, poursuivit-il, sont soupçonnés d'être des membres d'un groupe de militants extrémistes nommé Argo. Ils ont mené des dizaines d'attaques violentes en Europe continentale au cours des quatre ou cinq dernières années. Les autorités n'ont jamais réussi à les serrer d'assez près pour les arrêter, cette fois-là. Mais Argo a participé à un braquage à Prague, quelques semaines plus tard, où ils ont dérobé du matériel ultrasophistiqué à une entreprise de surveillance. L'opération a mal tourné : l'un d'entre eux a été tué ; deux autres ont été arrêtés par la police lorsqu'ils les ont poursuivis dans le métro.

Caleb fit glisser son doigt sur l'écran et l'image de la caméra de surveillance fut remplacée par deux photos d'identité judiciaire. L'une était celle d'un homme avec une barbe noire et la lèvre fendue. L'autre, celle d'une jeune femme aux pommettes saillantes et aux longs cheveux bruns.

– Alors, c'est elle, non ? demanda Caleb. C'est bien Céleste ?

Zen observa le cliché de la jeune femme. Elle acquiesça.

– Qu'est-ce qui s'est passé ?

– Ils devaient tous les deux être inculpés pour le braquage et pour l'attaque de Klinge. Mais ils se sont enfuis après quelques heures. Ils ont envoyé quatre flics tchèques à l'hôpital. Elle avait alors prétendu s'appeler Mariella Bachmann. Elle disait être de nationalité suisse.

– À son accent, elle a vraiment l'air anglaise, objecta Zen.

– Peut-être, mais elle a l'air d'une personne complexe, répliqua le jeune homme. Et elle a laissé la mort et la dévastation dans son sillage à travers toute l'Europe.

– Attends un peu, intervint Mitch en examinant l'image. Sur la photo, elle semble avoir les yeux marrons. Je croyais que Céleste avait des yeux de différentes couleurs.

– C'est une condition qu'on appelle hétérochromie complète, expliqua Sam. Elle est extrêmement rare et ne se rencontre que chez 0,62 % de la population. Cela rend un criminel en fuite beaucoup plus facile à identifier. J'en déduirais que la jeune femme connue sous le pseudonyme de « Céleste » portait des lentilles de contact sur cette photographie.

– Ça me paraît logique, acquiesça Mitch. Alors, comment vous avez fait pour la retrouver ?

Caleb tapota le Flex. Une petite fenêtre apparut dans l'angle de la projection sur le mur où se lança une partie de la vidéo prise par Coccipuce à l'intérieur de l'entrepôt de Camden. Céleste se tenait au centre et récupérait les gants à glue de trois Encloueurs. L'image était granuleuse, de faible qualité : la jeune femme était filmée à un angle très aigu et partiellement obstrué par une poutre.

– J'ai demandé à Sam de produire un modèle en 3D à partir de cette image, expliqua Caleb. Puis il a isolé Céleste et amélioré ses caractéristiques – vraiment amélioré, je veux dire, beaucoup plus que n'importe quel logiciel de retouche d'image. C'est l'algorithme Talos qui lui permet de faire ce genre de choses très simplement. Il a utilisé ce modèle pour chercher dans les bases de données des services de police à la recherche d'une correspondance biométrique. Je pensais bien que Céleste avait dû être arrêtée à un moment ou à un autre, ne serait-ce qu'à une manifestation. Il n'a pas fallu longtemps à Sam pour obtenir un résultat.

– Le modèle en 3D que j'ai pu construire présente plus de seize millions de points de comparaison géométrique, expliqua Sam. La marge d'erreur est minime. Mariella Bachmann est Céleste.

– C'est un beau travail d'enquête, approuva Mitch. Vous formez un beau tandem, vous deux.

– Merci, Mitch, répondit Sam. Je fais souvent la même observation.

Zen, en revanche, ne semblait guère impressionnée.

– Et ça nous aide en quoi, tout ça ? lança-t-elle. Qu'est-ce que ça prouve ? Que Céleste fait profil bas ? On le savait déjà, ça, non ?

– Ce que ça prouve, répliqua Caleb, c'est que ce qui s'est passé chez SolTec n'était pas un accident. Les Encloueurs savaient exactement ce que ce virus allait déclencher, même s'ils ne l'ont pas eux-mêmes créé. Ils savaient que ces robots de combat allaient tenter de quitter l'usine et attaquer les passants. Céleste est une fanatique, Zen. Quelqu'un qui voit le nombre de morts comme un argument pour mettre en valeur son message.

Zen mordillait l'ongle de son pouce.

– Les Encloueurs ont parlé de sacrifice, admit-elle. Mais ils voulaient parler des membres qui se sacrifient eux-mêmes pour leur but. Tout ce qui semble préoccuper Céleste, c'est que l'information circule. Révéler les atrocités. En fait, ce qu'elle dit paraît très logique. Et elle me demande de l'aider à obtenir des enregistrements incriminants, pas à préparer une attaque terroriste.

– C'est simplement qu'elle ne t'a pas tout raconté, répliqua Caleb sur le même ton. Tu l'as dit toi-même : ils en disent le moins possible à leurs petites mains jusqu'à la dernière minute. Qu'est-ce qui te fait croire qu'elle ferait une exception pour Dima Kahf ?

– Écoutez, dit Mitch en se penchant en avant. Je pense qu'on devrait tous prendre une minute pour...

– Alors qu'est-ce que je devrais faire, d'après toi, Caleb ? s'emporta Zen. Laisser tomber ? Envoyer toute cette mission à la poubelle ?

– Exactement ! cria Caleb. Évidemment que c'est ce qu'il faut faire ! Tu cours un danger hallucinant. Tu ne t'en rends vraiment pas compte ?

– J'ai vu un type se faire passer à tabac. On m'a suivie de Camden jusqu'ici. Je sais parfaitement à quoi m'attendre.

Zen ferma les yeux. Elle semblait fournir un effort surhumain pour garder son calme.

– Mais nous avons une chance de les arrêter. Tu dois comprendre : nous pouvons en profiter pour identifier les soutiens des Encloueurs : ceux qui leur fournissent leurs informations et leur étrange matériel.

Caleb bondit de son siège.

– Zen, on se fiche de leurs « soutiens », lança-t-il d'un ton légèrement suppliant. Cette fille est vraiment, vraiment dangereuse. Tu l'aimes bien, je m'en rends bien compte. Elle... elle a réussi à te convaincre qu'elle est ton amie, c'est ça ? Mais elle fait semblant. Elle joue son rôle exactement comme tu joues le tien. Si tu continues à leur apporter ton aide, tu finiras par les aider à tuer des gens.

Mitch secoua la tête.

– Ça n'arrivera pas, petit. Nous annulerons la mission avant que la question ne se soit même posée. Clay s'est montrée… peu orthodoxe dans sa gestion de cette mission, mais là-dessus, il n'y a aucun doute.

Il lança un regard résigné à Caleb.

– Tu ne lui as pas annoncé toutes ces informations avant de décider de venir jusqu'ici, pas vrai ?

Caleb cligna des yeux.

– Non… je pensais… Je pensais que si je parvenais à convaincre Zen qu'il était trop dangereux de poursuivre, la mission s'arrêterait là. Que nous retournerions tous ensemble à l'IARC pour discuter ensemble avec elle.

En le formulant à voix haute, Caleb comprit à quel point il s'était montré idiot. Mitch posa une main sur son front et lâcha un chapelet de jurons à voix basse.

– Je suis navrée, Caleb, dit Zen, mais tout ce que tu m'as raconté ne fait que me convaincre de continuer. Si je renonçais maintenant, nous perdrions notre unique chance de découvrir ce que les Encloueurs préparent. Je commence vraiment à m'approcher de la vérité.

Caleb sentit la colère le gagner. Pourquoi n'était-elle pas convaincue – comment avait-il échoué à la convaincre ? Mais il lui restait une dernière carte à jouer.

– Je l'espère pour toi, Zen, s'écria-t-il. Parce que ta mère arrive à Londres vendredi après-midi. Et ma mère sera avec elle.

Mitch lâcha son front.

– Hein ? Quoi ?

En voyant l'angoisse s'inscrire sur le visage de Zen, Caleb regretta aussitôt sa révélation. Il se souvint de l'avertissement de Sam : si Zen apprenait la présence de sa mère et de sa sœur à Londres, tout serait sûrement plus difficile pour elle. Tout ce qu'il voulait, c'était la protéger et il venait peut-être justement de faire tout le contraire. Pourtant, il ne pouvait pas faire marche arrière. Il se domina et lui relata le contenu de l'e-mail de Harper. Elle l'écouta sans un mot. Sa réaction fut similaire à la sienne : un mélange de joie et d'inquiétude.

– J'ai besoin d'un jour de plus, dit-elle lorsqu'il eut terminé. Céleste a promis de tout m'expliquer demain. Ensuite, je partirai immédiatement.

À contrecœur, Caleb hocha la tête. Il décela une détermination sans faille dans le regard de Zen. Elle mènerait l'opération à son terme quoi qu'il arrive. Si elle ne durait qu'un jour de plus, il devrait s'en estimer heureux.

– Je ne manquerai pas de te le rappeler, dit-il.

Mitch lança un regard vers la porte. Le Dr Virdi venait d'entrer dans la pièce. Il se confondit en excuses pour son erreur, en ouvrant à Zen. Elle n'avait clairement pas encore digéré l'incident, mais elle se tourna tout de même vers le bibliothécaire et murmura quelques mots maladroits pour le rassurer.

– Ne vous en faites pas, Doc, le réconforta Mitch. C'est l'erreur classique. Et Zen s'en est très bien sortie.

Il se leva et jeta un regard agacé à Caleb.

– Je crois qu'on a fini, non ? Tu as dit ce que tu avais à dire ?

– Oui, marmonna Caleb. Je crois.

Mitch tendit la boîte de sushis à Zen.

– Essaie de manger quelque chose. La professeure Clay voudra que tu lui fasses un rapport d'ici quelques minutes. Caleb, suis-moi. Je vais te raccompagner jusqu'à l'institut.

Il saisit sa veste sur le dossier de sa chaise et quitta la pièce. Avant de le suivre, Caleb regarda Zen, mais elle fixait délibérément ses baguettes, encore trop énervée pour lui adresser un mot.

Chalk Farm disposait d'un garage accessible de l'intérieur. Un vieux minivan bleu y était garé : Mitch l'avait récupéré spécialement pour la mission. Le chef de la sécurité de l'IARC avait enfilé un vieux manteau sur son pull noir et passé un bonnet fourré qui ressemblait à un animal mort.

– Monte, petit, lança-t-il à Caleb en ouvrant la porte arrière du véhicule.

Caleb s'installa sur l'un des sièges en similicuir. Une odeur étrange, un peu moisie, régnait dans l'habitacle. Mitch disparut quelques instants, puis reparut avec le vélo de Caleb, que le garçon avait laissé dans une ruelle toute proche. Mitch glissa le vélo entre les sièges arrière pour mieux le dissimuler et ordonna à Caleb de se glisser juste à côté.

– Ils surveillent peut-être l'immeuble, expliqua-t-il. Ce Locke ou l'un des autres membres de l'organisation. Je vais d'abord m'arrêter au supermarché, feindre de faire quelques courses et vérifier que nous ne sommes pas suivis.

Caleb se glissa tant bien que mal entre les pneus et les pédales du vélo, en s'aplatissant autant que possible contre le tapis de sol poussiéreux. Mitch se mit au volant et ajusta ses vêtements pour cacher autant que possible son visage. Lorsqu'il fut prêt, il démarra, alluma les phares et s'engouffra dans la nuit.

– Je comprends, tu sais, dit-il en tapotant une jauge sur le tableau de bord. Vraiment, je t'assure. J'ai moi aussi eu des partenaires. On ferait n'importe quoi pour les protéger.

Caleb ne répondit pas. Il était furieux, frustré, extrêmement inquiet pour Zen et... il se sentait humilié, comme un enfant dissipé qu'on avait exclu de la classe.

– Mais lorsqu'on est infiltré, poursuivit Mitch, il faut se mettre dans un état d'esprit particulier... Une partie de Zen doit vraiment intégrer le groupe des Encloueurs. Elle doit croire à ce qu'ils font. Alors, à ce stade, lui montrer à quel point ils sont tordus n'aidera pas à la ramener à la raison.

Ils s'étaient arrêtés à un feu rouge.

– Je voulais qu'elle le sache, répondit Caleb d'un ton entêté. Je pensais que c'était important.

– Comme je te le disais, je comprends. Mais tu ferais mieux de te cramponner, parce que Clay ne va pas être ravie de l'apprendre. C'est exactement le genre d'erreur qu'elle voulait éviter.

Le ton de Mitch se fit plus inquiet.

– Sans parler du retour de ta mère à Londres, vendredi. Je préfère ne pas imaginer ce qu'elle va penser de toute cette situation.

Il prit à gauche, accéléra sur la rue principale avant de pousser un long soupir.

– Petit, on ferait mieux de prier pour que tout soit bouclé demain. Sinon, on va tous les deux s'en prendre plein la figure.

L'UNE D'ENTRE NOUS

Zen arriva devant l'entrepôt à l'aube. Elle dévisagea Locke lorsqu'il lui ouvrit la porte, contenant difficilement son envie de l'envoyer au tapis. L'espace d'un instant, il soutint son regard, impassible, le regard empreint d'une imperceptible étincelle moqueuse.

Après le petit-déjeuner, Céleste se leva pour faire une annonce.

– Je sais que vous avez tous des questions et aujourd'hui, je vais enfin pouvoir vous donner des réponses. Il ne reste plus que quelques détails à finaliser. Vous m'avez fait confiance et c'est le moment de vous en remercier. Je vous le promets, le résultat valait la peine d'attendre.

Comme le reste du groupe, Zen acquiesça. Elle observait Céleste avec attention, tout en pensant au cliché pris par la police de Mariella Bachmann. Elle percevait une curieuse déconnexion entre la photo et la femme qui se tenait devant elle. Peu importaient les découvertes de Caleb et les calculs établis par Sam, rien ne semblait vraiment coller. Sans parler des yeux, si différents évidemment. L'hétérochromie de Céleste était toujours aussi saisissante et fascinante.

Zen regagna ensuite l'atelier. Elle y travailla d'arrache-pied, seule bien sûr, pendant la plus grande partie de la journée. En fin d'après-midi, elle avait terminé. Ce n'était pas le microrobot le plus sophistiqué qu'elle ait conçu, mais c'était décidément le plus petit et il serait en mesure de faire ce que Céleste souhaitait. L'appareil était surmonté d'un unique rotor de la taille d'une pièce de monnaie. La batterie, le processeur et le capteur de filament étaient tous installés en partie inférieure, contenus dans un boîtier à peine plus grand qu'une cacahuète. Il présentait une coque aimantée pour s'accrocher aux surfaces métalliques et ses deux minuscules pattes mécaniques permettaient à l'utilisateur d'opérer des réglages précis concernant le positionnement et l'orientation des capteurs. Zen l'avait baptisé « Skit ».

Céleste lui avait fourni un smartphone basique, des écouteurs afin d'ajouter le robot au réseau et de programmer une simple application de contrôle. Lorsqu'elle eut terminé, elle s'entraîna à le faire voltiger dans l'entrepôt et en profita pour surveiller les Encloueurs qui s'entraînaient aux arts martiaux. La prise en main était fluide et réactive. Elle avait presque l'impression de manœuvrer la petite sœur de Coccipuce. Elle réussit à s'approcher des membres de l'équipe, à quelques mètres de distance, et distinguait clairement leurs paroles. Aucun d'eux ne la remarqua.

Alors qu'elle s'apprêtait à ramener Skit dans l'atelier, elle vit que Céleste et Locke se trouvaient dans le dortoir, seuls. Céleste revenait de l'une de ses mystérieuses missions en solitaire et était passée par la trappe dans le toit. Visiblement, Locke était impatient de connaître les détails. Zen conduisit Skit dans la pièce et la fit se poser sur la couchette supérieure d'un lit superposé, avant d'orienter les capteurs vers eux.

– Mais est-ce que tu l'as récupéré ? Ils te l'ont remis ?

– Oui, répondit Céleste, quelque peu essoufflée, tandis qu'elle rangeait quelque chose dans un casier. C'est là. Nous sommes prêts pour la phase deux. Nous devons simplement nous assurer de commencer à neuf heures précises. Pour que nos soutiens puissent se coordonner.

– Se coordonner ? Tu veux dire... qu'ils préparent quelque chose, eux aussi ?

Céleste secoua la tête.

– Ne t'occupe pas de ça, dit-elle sèchement. Ça ne nous regarde pas. Nous allons pouvoir accomplir notre mission, puis nous rétracter. Après ça, plus de contact.

Elle referma le casier et verrouilla le cadenas.

– Allons voir comment Dima s'en sort. Si elle a terminé, nous serons vraiment prêts.

Zen fit aussitôt redécoller le robot pour le ramener dans l'atelier. De nouvelles questions tournaient en boucle dans sa tête : qu'est-ce c'était que cette « phase deux » ? Qu'avait rapporté Céleste – et surtout, que voulait-elle dire par « pour qu'ils se coordonnent » ?

Elle n'avait plus le temps d'y réfléchir, cependant. Des pas résonnaient dans l'escalier en métal. Zen parvint à ramener Skit jusqu'à elle, à l'instant même où Céleste franchissait la porte.

– Tu as réussi, Dima ? demanda-t-elle aussitôt. Tu as pu fabriquer l'appareil ?

D'un mouvement de la tête, Zen fit signe à Céleste de lever les yeux. Skit était si minuscule et si silencieux qu'elle mit quelques instants à le repérer. Après lui avoir montré les paramètres des capteurs sur son téléphone, Zen lui fit une démonstration de vol dans la pièce, en faisant zigzaguer l'engin entre les bancs, avant de le faire atterrir dans la paume ouverte de Céleste.

– L'enregistrement sera automatiquement transféré sur un cloud sécurisé, expliqua Zen, afin que tu puisses y avoir accès si jamais nous sommes séparées durant l'opération ou si je dois me débarrasser de mon téléphone. Le mot de passe est SkitEncloueur01.

Incrédule, Céleste éclata de rire.

– J'étais certaine que nous pourrions compter sur toi, dit-elle avant de se tourner vers Locke qui venait d'entrer, l'air renfrogné. Regarde ce que Dima nous a fabriqué !

Locke jeta un regard à Skit.

– Pas mal.

– Pas mal ? ironisa Céleste. Espèce d'andouille : c'est totalement dément.

Elle approcha sa paume de son visage, s'émerveillant de l'engin encore quelques instants, puis elle le rendit à Zen.

– Ça y est. Nous sommes enfin prêts. Fais monter tout le monde à l'étage du dessus.

Quelques minutes plus tard, tous les Encloueurs étaient réunis dans la cuisine commune au dernier étage de l'entrepôt. Céleste se tenait debout près du comptoir, face au groupe. Zen resta au fond de la pièce, tâchant de garder son calme. C'était le moment.

– Voilà, dit Céleste. Nous allons frapper l'O2 Arena sur la péninsule de Greenwich.

– Tu veux dire… la grande salle de concert ? demanda l'un des Encloueurs, surpris.

Céleste fit la moue.

– Exactement. Un événement y aura lieu demain soir qui change un peu de leur programmation habituelle : c'est la convention annuelle de la Coalition de défense et de sécurité, la CoDeS.

Les Encloueurs échangeaient des regards interloqués. Aucun d'eux ne semblait en avoir entendu parler. Zen pestait intérieurement. L'équipe Möbius s'était tellement focalisée sur les entreprises d'armement, les usines, les laboratoires et les bureaux qu'ils n'avaient pas imaginé que leur cible pourrait être de ce genre : un lieu public pour un événement éphémère.

– Ça vous paraît barbant, non ? Pas grand-chose à voir ? reprit Céleste en croisant les bras. C'est le plus grand salon de l'armement dans le monde. Il a lieu chaque année dans un endroit différent qu'ils ne communiquent qu'à la dernière minute, afin de ne pas laisser aux militants la possibilité de s'organiser. Mais cette fois, nous sommes prêts. Nous avons un plan et nous avons un moyen d'action.

Elle ouvrit l'un des ordinateurs portables. Une infographie apparut sur l'écran : un tracé se déployait sur une carte 3D de l'Arena. Elle montrait un personnage arrivant par le fleuve pour traverser le périmètre extérieur de sécurité. Il se hissait ensuite sur la surface lisse du toit, pareille à celle d'une tente, puis pénétrait dans la superstructure de la salle de concert par l'une des douze tours de support en acier.

– Regardez ça, souffla Taylor. C'est notre structure.

Zen l'avait reconnue, elle aussi. L'enchevêtrement d'acier qui leur servait d'espace d'entraînement était une copie presque parfaite de l'un des principaux supports du toit de l'Arena. Les Encloueurs avaient affirmé que la structure se trouvait déjà là lorsqu'ils avaient emménagé. Avait-elle été assemblée peu avant par les soutiens du groupe ? Si tel était le cas, ils avaient clairement un contact à l'intérieur de la CoDeS : un espion, qui leur avait transmis le lieu où l'organisation tiendrait sa convention avec plusieurs semaines d'avance.

– Vous serez tous équipés de gants à glue, afin que nous puissions tous franchir le périmètre de sécurité et grimper sur le toit jusqu'à la tour-support. Nous avons reçu quelques autres gadgets, pour gérer les caméras et les cadenas électroniques.

Elle pianota sur le clavier de l'ordinateur. La vidéo du robot-tunnelier qu'elle avait montrée à Zen à Regent's Park se lança.

– Tu te rappelles ces engins ? Leur dénomination technique est « GD6507-R », mais on les a surnommés les « fossoyeurs ». Ce sont véritablement des engins de mort : ils tueront aussi bien des soldats que des civils en masse. Je peux déjà t'annoncer qu'ils seront présentés à la CoDeS par nos vieux amis : Hardcastle Solutions.

Zen eut du mal à cacher son étonnement. Caleb et Sam avaient fouillé les documents de la branche armement de Hardcastle et n'avaient pas trouvé trace de ces « fossoyeurs ». Ils avaient sous-estimé le superconglomérat, qui avait réussi à garder ce projet top-secret. Même un tandem de hackers aussi doués que Caleb et Sam n'étaient pas parvenus à le découvrir. Pourtant, les Encloueurs avaient réussi à le savoir.

– Hardcastle sont des marchands de mort, éructa Locke. Ils vont présenter ces engins comme des voitures chez des concessionnaires.

Céleste désigna Zen d'un geste.

– Comme vous le savez tous, cette fille est une véritable ennemie de Hardcastle. Le tag qu'elle a dessiné sur le mur de Scuti a été vu par des millions de personnes. Grâce à ses talents, nous allons pouvoir les frapper une nouvelle fois et montrer au monde leur véritable visage.

Une approbation enthousiaste accueillit ses paroles.

– Qu'est-ce qu'on attend ? marmonna l'un d'entre eux. Achevons-les une fois pour toutes !

– Voilà notre plan, reprit Céleste. Nous allons nous répartir en équipes. Chacune devra sécuriser un segment de cet itinéraire, pour que la route soit ouverte pour nous. Vous connaissez la marche à suivre : on surveille les gardiens, on repère d'éventuelles alarmes et on se tient prêt pour tout. Pendant ce temps, Dima, Locke et moi, nous progresserons jusqu'à l'intérieur de la salle, en nous plaçant au-dessus de l'exposition. Ensuite, nous ferons le nécessaire.

Céleste divisa les neuf membres restants de l'équipe entre trois équipes, avant de donner à chacune d'elles les détails précis de leur rôle. Zen attendait de recevoir ses instructions, lorsque Locke s'approcha d'elle.

– Tu as une sacrée droite, hein, Dima, murmura-t-il. Le type déguisé en diable d'hier a fini aux urgences. Je ne t'ai pourtant pas vu faire preuve de la même force pendant les entraînements ici avec nous.

– Ça devait être l'adrénaline, répliqua Zen.

– Ah oui ? C'est l'enthousiasme qui a pris le dessus, c'est ça ? En tout cas, tu ferais mieux de t'assurer que rien de tel n'arrivera pendant notre opération. Parce que je ne te laisserai pas nous gâcher notre chance. Tu vas devoir te contrôler.

Elle sentit une ironie froide dans sa voix.

– Enfin, tu sais… reste *zen*.

La jeune fille se raidit et sentit quelques gouttes de sueur froide rouler le long de son dos. Avant même qu'elle ait pu répliquer, Céleste leur fit signe de s'approcher du comptoir de la cuisine.

– Le pavillon de Hardcastle est situé au sud-est de la salle, expliqua la cheffe des Encloueurs en désignant la carte en 3D sur l'écran. C'est l'un des plus importants du salon. Nous avons appris qu'ils tiendront une réunion capitale en début de matinée, exactement une heure avant l'ouverture au public. Dima, c'est cela que nous voulons que tu enregistres avec ton microrobot. Le directeur opérationnel de la division de l'armement de Hardcastle, Jim Jones, s'adressera à des émissaires du gouvernement du Dotar. Tu en as entendu parler, j'imagine ?

– Une pétromonarchie sous dictature, répondit Zen. Qui s'assoit largement sur les droits humains.

Céleste hocha la tête.

– Ils essaient d'étouffer un mouvement de contestation pacifique qui exige plus de démocratie. Et Hardcastle s'apprête à en faire les premiers clients des « fossoyeurs ». Il semblerait que le Dotar soit prêt à en commander une soixantaine. À quarante-cinq millions de dollars pièce.

– Donc, il s'agirait d'une… négociation sur le prix de vente ?

– La délégation du Dotar comprend des généraux, détailla Céleste. Des stratèges, des conseillers militaires. Ils voudront s'assurer que ces abjects fossoyeurs sont capables de faire tout ce dont ils ont besoin. Jim Jones s'apprête à leur montrer à quel point ces engins peuvent être rentables pour ce qui est des morts.

Zen fit la grimace.

– Je comprends mieux pourquoi tu veux enregistrer cette conversation.

Céleste regarda Dima droit dans les yeux.

– Le monde entier doit l'entendre, Dima. Tout le monde doit connaître le vrai visage de ces entreprises. Ils doivent savoir exactement ce qu'ils financent lorsqu'ils achètent un tee-shirt pas cher ou n'importe quelle autre marchandise sur Scuti. Hardcastle utilise les plus grandes technologies au monde pour générer des millions, des milliards même, de profits sur des massacres. Il faut que ça s'arrête !

Zen se pencha pour mieux observer la carte en 3D et étudier l'itinéraire qui les conduirait jusqu'aux supports du toit et à l'emplacement précis du pavillon de Hardcastle. Sa tâche touchait à sa fin. Il lui fallait simplement découvrir un indice sur la nature de cette « phase deux », puis elle pourrait disparaître. Être exfiltrée. Cesser d'être Dima Kahf.

Pourtant, elle ne pouvait pas le nier : une partie d'elle-même voulait vraiment terminer cette mission. Il lui semblait plus important que jamais de lever le voile sur Hardcastle Solutions et de les empêcher de disséminer dans le monde leurs robots assassins. Soudain, quitter les Encloueurs paraissait moins facile qu'elle ne l'aurait cru.

– Alors, Locke et toi allez m'aider à m'installer au-dessus du pavillon, reprit-elle d'un ton calme. Puis je manœuvrerai Skit pour enregistrer ces salauds et ce qu'ils diront de leurs fossoyeurs. Et ensuite ?

Céleste et Locke échangèrent un bref regard.

– À ton avis ? rétorqua Locke. On va leur chanter une petite chanson, tu penses ? On se tire ! Aussi vite que possible. On se replie vers la rivière et on disparaît dans le soleil couchant.

Zen eut une nette sensation de malaise. Il mentait. Il existait un autre pan de l'opération – la « phase deux » évoquée par Céleste un peu plus tôt et qui devait être parfaitement minutée pour se conformer aux plans de leurs soutiens.

Pourquoi garder cela secret ?

Zen se rappela sa dispute avec Caleb, la veille, devant les images de l'attentat chez Argo en Allemagne et le souvenir des robots hors de contrôle dans les laboratoires de la SolTec. Peu importait la justesse de la cause des Encloueurs : ils étaient capables de commettre des atrocités, eux aussi. Elle devait rester concentrée sur sa mission. Si elle se risquait à poser davantage de questions, Céleste et Locke deviendraient méfiants. Elle avait déjà rassemblé suffisamment d'informations concernant leurs plans. Caleb, Mitch et la professeure Clay attendaient son retour à la planque de Chalk Farm. Sans compter que sa mère et Riyah arrivaient le lendemain à Londres. Il était temps pour elle de se mettre en retrait.

– À quelle heure je devrai être ici, demain ? demanda-t-elle. Je peux sauter le petit-déjeuner et être là vers sept heures.

Un étrange silence suivit.

Céleste se détourna de l'ordinateur et prit la main de Zen dans la sienne.

– Dima, dit-elle doucement, je crois que tu n'as pas compris comment les choses vont se dérouler. Tu n'auras plus besoin de retourner là-bas.

Zen eut soudain du mal à respirer, comme si on l'avait plaquée violemment contre un mur. Elle déglutit péniblement et sentit que la tête lui tournait.

– Mais… si je ne suis pas rentrée pour dîner, dit-elle, ma famille d'accueil va s'inquiéter. Ils risqueraient même d'appeler la police.

– Ça n'a plus d'importance, répondit Céleste. Ils ne te retrouveront pas. Nous allons nous replier dans un nouvel endroit : une base avancée, plus proche de notre cible. À présent, nous devons tous rester ensemble jusqu'à la fin de la mission. C'est la seule façon de nous assurer qu'elle ne sera pas compromise. Mais j'espère que tu nous suivras au-delà de cette mission.

– Tu veux dire que… tu veux que je…

Céleste sourit.

– Je te l'ai dit, Dima, dit-elle en serrant sa main. Tu fais partie des Encloueurs, à présent. Tu es l'une d'entre nous.

ÇA COMMENCE

La maison des Quinn, dans le quartier de Nine Elms, était sombre et vide. Tous ses stores étaient baissés. Caleb contourna l'un des murs et glissa son vélo contre le rack au fond du jardin. Il demanda ensuite à Sam de lui ouvrir la porte la plus proche, de désactiver l'alarme et de commencer à allumer les lumières. Sa mère étant une agente de la CIA, le bâtiment avait été équipé de toute sorte de systèmes de sécurité ultrasophistiqués. Caleb avait réussi à en pirater la plupart et s'en était servi plus d'une fois à son avantage.

Il entra dans la grande cuisine moderne, sortit une bouteille de lait de son sac et la déposa sur le comptoir. La maison était inhabitée depuis plusieurs semaines et il y régnait une atmosphère glaciale et presque hostile. Il ne restait plus une trace de vie quotidienne : ni saladiers avec des fruits, ni fleurs dans des vases, ni papiers aimantés sur le réfrigérateur. Le tableau sur lequel sa mère lui laissait souvent des messages – des instructions, des rappels, des mots d'encouragement ou d'amour – avait été nettoyé. Il poussa un long soupir. Il pensait que revenir ici et vérifier que tout était en ordre lui remonterait le moral, mais c'était tout l'inverse.

– Bon, dit-il à voix haute. Tout à l'air normal, il me semble.

– Le système de quadrillage de sécurité fonctionne normalement, annonça Sam, et j'ai activé la chaudière avec ses réglages habituels.

Caleb rangea le lait dans le réfrigérateur.

– Bon, eh bien voilà. On a fait ce que maman avait demandé.

– Tu sembles dépité, Caleb, fit observer Sam. Je formule l'hypothèse que tu es encore contrarié après ton entrevue avec la professeure Clay.

– Oui, peut-être un peu. Ces dix minutes n'étaient clairement pas les meilleures de mon existence.

Mitch avait raison. Sa venue à la planque de Chalk Farm avait mis Clay dans une colère noire. Elle l'avait fait attendre toute la matinée, puis l'avait fait monter dans son bureau avant de lui passer sans doute le pire savon de sa vie.

– Tu as enfreint le protocole Möbius, avait-elle dit en frappant l'extrémité de sa canne sur le sol. Tu as mis en danger toute l'équipe. Tu as compromis la sécurité de Zen et le succès de sa mission pour laquelle elle a tant donné. Et surtout, tu as fait tout cela derrière mon dos, Caleb. Tu as communiqué des informations capitales concernant notre cible à ton amie avant de me les communiquer, alors que je suis la directrice du programme !

Caleb avait tenté de masquer ses petits tics nerveux, en considérant sérieusement la possibilité de courir jusqu'à la fenêtre pour disparaître.

– Je suis désolé, professeure, marmonna-t-il. Vraiment, je suis navré. C'est juste que… vous avez refusé de m'écouter jusque-là. Vous n'avez pas réellement…

Clay lui avait fait signe de se taire.

– Assez ! Arrête, Caleb. Je n'ai pas à me justifier vis-à-vis de toi. Tout cela ne fait que montrer ton terrible manque de bon sens et de discipline. Je t'exclus officiellement de la mission et tout de suite. À présent, sors de mon bureau.

Après cela, Caleb avait éprouvé un mélange de honte et de culpabilité, mais aussi de colère. Envers Clay, surtout, qui n'avait pas mis fin à cette mission absurde. Envers Zen aussi, qui refusait d'entendre raison – qui lui avait répliqué qu'il ne savait pas de quoi il parlait alors qu'il cherchait seulement à lui venir en aide.

– Superviser ces missions Möbius est extrêmement stressant, reprit Sam. La professeure Clay doit prendre de nombreuses décisions importantes, dans un contexte où certaines situations lui échappent. Si tu agis de façon inattendue, tu dois t'attendre à ce qu'elle...

– Attends un peu, l'interrompit Caleb. Tu prends sa défense, là, Sam ? Je ne peux même pas compter sur toi ?

– Bien sûr que tu peux, Caleb. Cependant, après un conflit, il est généralement convenu qu'une tranquillité d'esprit peut être trouvée en se plaçant du point de vue de l'autre.

Caleb se promena dans le salon, entre les canapés où lui et sa mère s'installaient des heures durant pour regarder des films, lire des livres ou travailler sur leurs différents projets.

– Sans doute, mais est-ce qu'ils n'ont vraiment pas conscience de la suite ? Ils ne voient pas que cette Céleste est capable de tout ? Elle ne se contentera pas de quelque chose de moins violent que leur attaque à la SolTec. C'est comme... C'est comme si Zen était dans un train lancé à pleine vitesse vers une falaise et qu'ils voulaient tous qu'elle y reste jusqu'au dernier moment. Mais ce sera peut-être trop tard.

– C'est une image très frappante, Caleb, et qui correspond sans doute à ses actions passées. Mais tu dois avoir confiance en tes amis et tes camarades, en la longue expérience de la professeure Clay dans ce type de mission et surtout en l'instinct de Zen, qui s'est révélé fiable à plusieurs reprises dans le passé. Elle a prouvé qu'elle était digne de la plus grande confiance. Ne la considères-tu pas comme ta meilleure amie ?

Caleb hésita.

– Si, bien sûr. Je la considère presque comme un membre de ma famille.

Il sourit : l'algorithme Talos semblait avoir métamorphosé son IA en un conseiller relationnel de premier ordre.

– Eh bien, Sam... Tu es vraiment doué pour ça. Et tu as parfaitement raison. Je dois essayer de... de...

Quelque chose s'était affiché sur l'écran du Flex.

– Un message vocal de haute priorité vient d'arriver pour toi sur *Terrorform*, annonça Sam. Il provient de Yuin Choi, élu chef du clan de la Salamandre bleue.

La Salamandre bleue était le clan le plus important du jeu juste après les Anonymes. Les joueurs étaient principalement basés à Séoul et le clan faisait partie de ceux qui avaient mis leur flotte de vaisseaux au service de la cause de Caleb et attendaient les instructions pour livrer bataille contre les envahisseurs.

– Lis-le.

– Salut, euh, Caleb, dit une voix avec un fort accent coréen à travers le haut-parleur du Flex. Tu devrais jeter un coup d'œil à la surface de Kolto. Ton dernier mégamonstre est sur le point de tomber. Les Anonymes se préparent déjà à une opération interplanétaire. C'est le moment de te connecter, mec. Ça commence.

Caleb quitta aussitôt le salon et traversa la cuisine en courant vers la porte de derrière.

– Déverrouille le *Queen Jane*, Sam, lança-t-il. Nous allons faire les choses correctement !

– Bien reçu, Caleb. Je lève le confinement de la péniche. Je réinitialise les systèmes de bord.

Caleb franchit la grille du jardin et longea le bord du fleuve jusqu'au quai de Nine Elms. C'est là, au bout d'un petit appontement, qu'était amarré le *Queen Jane*. C'était une vieille péniche hollandaise que le père de Caleb avait baptisée du nom de sa chanson préférée, et qu'il avait transformée en un laboratoire informatique dernier cri : un endroit où il pouvait travailler sur son intelligence artificielle à visée médicale. Peu après sa mort, Caleb s'y était installé. C'est là qu'il avait retrouvé le programme de Sam et où lui et l'IA avaient construit ensemble *Terrorform*. C'était habituellement le centre névralgique d'où ils supervisaient cet immense monde virtuel. Il adorait cette péniche et, à l'exception de sa mère, c'était ce qui lui avait le plus manqué au cours de ces dernières semaines à l'IARC. Mais il n'avait pas le temps de profiter de ces retrouvailles. Il franchit la porte hermétique en courant, dévala les quelques marches et se glissa dans l'étroite pièce où était déployé son équipement informatique jusqu'au centre, où se trouvait le terminal principal. Sam avait déjà lancé *Terrorform* : le visage argenté de l'IA figurait à l'angle de l'écran le plus grand de la barge, qui affichait la carte du système Cardano.

– Bon, direction Kolto, dit Caleb en se laissant tomber sur le vieux fauteuil en cuir usé du bateau. Voyons un peu ce dont Yuin Choi voulait parler.

Activant le mode démiurge, ils traversèrent l'atmosphère glacée de la planète. Le dernier monstre était facile à repérer.

– Waouh ! s'exclama Caleb. C'est le Crocodémon ! Il continue de botter les fesses des Anonymes après trois jours. Tu parles d'une bête féroce !

La silhouette colossale et couverte d'écailles s'ébrouait à la surface d'un lac gelé, à la couleur mordorée d'un bronze, quelques véhicules des Anonymes à demi calcinés dans son sillage. Le monstre était sévèrement blessé et boitait. Loin au-dessus du Crocodémon se trouvaient des étincelles rougeâtres qui scintillaient, positionnées comme une rangée de pointes de flèches. Il s'agissait de frégates d'artillerie nommées « Rapières » qui bombardaient sans merci la créature avec des missiles antimatière. Des lignes d'un vert acide traversaient le ciel, chacune s'achevant par une implosion qui frappait le monstre comme un marteau-pilon invisible. Il titubait d'un côté, puis de l'autre, moulinant des membres, lançant vainement des derniers piques tout en cherchant une échappatoire.

Avant qu'il ait pu véritablement bouger, les Rapières lancèrent une nouvelle salve de missiles qui s'abattirent sur son dos. La glace sous ses pattes se fendit brutalement et la créature s'enfonça dans les eaux noires et gelées. Le Crocodémon lutta, gronda et se débattit une dernière fois, avant de se figer. Quelques secondes plus tard, la créature se désintégra en rayons lumineux.

– Ouais, marmonna Caleb. Bon, ben, ça, c'est fait.

– Les Anonymes se déplacent, annonça Sam. Ces Rapières vont rejoindre leur flotte massée derrière la lune de Comus. Si Yuin Choi a raison, ils vont...

– Oui, je sais. C'est le moment de contre-attaquer.

Caleb jeta un regard à son terminal principal : la table était jonchée de manettes, de claviers et de composants informatiques de toute sorte. Il choisit son meilleur casque VR, auquel il avait lui-même apporté quelques améliorations, puis se connecta en tant que joueur, en choisissant son Navigateur à l'armure bleu nuit, avec des loups peints sur ses épaulières. Il afficha ensuite la carte du jeu pour atteindre un point d'entrée au milieu d'un vaste champ d'astéroïdes entre Kolto et la planète-jungle de Fraxis Prime. C'était là que les joueurs de *Terrorform* avaient décidé de se rassembler afin de constituer une ligne défensive et frapper les Anonymes.

Un instant plus tard, le Navigateur de Caleb se matérialisa à la surface d'un cratère d'astéroïde. Des rochers de toutes les formes et de toutes les tailles flottaient autour de lui. Certains étaient déserts, d'autres étaient couverts d'abris, d'autres de capteurs et de plateformes pour armement et, positionnés à intervalles réguliers, se trouvaient des centaines et des centaines d'avatars de joueurs. Un croiseur-marteau, lourdement équipé d'éléments personnalisables, passa au-dessus d'eux et le grondement de ses moteurs résonna dans les haut-parleurs installés dans la cabine du *Queen Jane*. Caleb compta un total de vingt-deux vaisseaux, appartenant à la Salamandre bleue et quelques autres clans. Il s'agissait d'une armée gigantesque, mais il allait avoir besoin de tous les joueurs possibles. Les Anonymes comptaient désormais plus de cinq mille avatars, dont nombre atteignaient le niveau maximal de quarante, avec une impressionnante flotte de vaisseaux qui comprenaient tous les modèles conçus par Caleb et Sam. Ils allaient certainement combattre avec une coordination et une efficacité que les joueurs coalisés et leurs équipements bigarrés seraient incapables de reproduire.

– Je crois que le moment est venu, Caleb, dit Sam. Tu devrais peut-être adresser quelques mots aux joueurs rassemblés avec toi, pour les motiver.

– Bonne idée, répondit Caleb.

Il se tourna vers l'étendue de Kolto. La lune de Comus était à peine visible, comme posée sur sa surface luisante, telle une tache d'encre dans la neige.

– Laisse-moi seulement...

– Si tu le souhaites, je peux générer un script en utilisant un modèle que j'ai intégré à partir des grands discours de l'histoire de l'humanité, dont ceux de Winston Churchill, Abraham Lincoln, la reine...

– Euh, non merci, Sam. Ne fais pas ça. Je m'en charge.

Caleb pressa quelques commandes du jeu pour ouvrir un canal audio accessible à tous les joueurs présents.

– Salut, tout le monde, commença-t-il un peu maladroitement. Ici, Caleb Quinn.

Presque aussitôt des milliers de voix se firent entendre, pour l'encourager ou poser des questions. Sam ajusta les réglages audio pour que la voix de Caleb ne soit pas en tout point couverte. Un mélange d'appréhension et d'enthousiasme le mettait en effervescence. C'était peut-être l'événement le plus excitant qui se soit produit dans *Terrorform* : une véritable aventure, qui impliquait un danger intérieur au jeu, mais bien réel.

– Vous connaissez tous la situation, continua-t-il en élevant la voix. Les Anonymes sont sur le point de migrer de Kolto et nous devons les arrêter. Ils veulent coloniser le système Cardano, s'emparer de *Terrorform* et rendre son univers injouable. Ils veulent le détruire.

L'assemblée des joueurs poussa des cris hostiles : un son grave, long qui résonnait comme un grondement de tonnerre.

– Je ne sais pas vraiment qui sont ces gens, continua Caleb. Et je ne veux pas porter d'accusations.

– C'est Lodestar ! cria quelqu'un, suivi par un murmure d'assentiment général. C'est forcément eux !

– Jared West s'en est vanté, ajouta un autre. Certains hackers à Turin viennent de pirater un groupe de discussion privé de Lodestar. West disait qu'il n'avait jamais rien vu d'aussi cool !

– Pour l'instant, ça n'a pas d'importance, répondit Caleb. Nous devons nous mettre en ordre de bataille pour les affronter tous ensemble. Si on fait ça, on pourra sauver le jeu. *Terrorform* nous appartient. Nous n'allons pas laisser ces types s'installer et nous le prendre. Pas question ! Nous ne les laisserons pas faire !

Une nouvelle salve de cris enthousiastes monta sur le canal audio, couverts par des applaudissements. Caleb s'apprêtait à reprendre la parole, pour tenter d'organiser un semblant de stratégie, mais des hurlements retentirent alors.

– Les voilà !

– Là ! Ils sont là !

– Ce sont eux ! Les Anonymes ! En position de tir, tout le monde !

Des vaisseaux spatiaux surgissaient derrière Comus et fonçaient droit vers le champ d'astéroïdes dans une formation géométrique parfaite. Le jeu n'avait encore jamais rien vu de tel. L'enthousiasme des joueurs sembla se figer : la plupart d'entre eux demeuraient là, complètement subjugués. Les formes qui se profilaient se mirent peu à peu à scintiller dans le néant : des étincelles et des reflets dansaient à l'extrémité de leurs carlingues. C'était étrangement beau.

– Caleb, intervint Sam, tu devrais peut-être...

Les premières frappes retentirent et balayèrent les astéroïdes : des avatars se désintégrèrent, des vaisseaux furent projetés loin de leurs positions et des rochers entiers furent pulvérisés. Les explosions étaient assourdissantes, à tel point que le sol de la péniche tremblait sous les baskets de Caleb. Les survivants de la première salve se dispersèrent en laissant échapper des jurons tandis que leurs avatars tentaient désespérément de se mettre à couvert.

– Ripostez, tout le monde ! hurla Caleb tandis qu'un autre rayon d'énergie s'écrasait non loin de son Navigateur. Ripostez !

UN RACCOURCI

Les Encloueurs se préparaient à quitter l'entrepôt. Ils abandonneraient presque tout derrière eux. Après un quart d'heure à rassembler les affaires indispensables, ils se rassemblèrent près d'une grille d'aération, dans une salle de stockage du rez-de-chaussée. Chacun des membres de l'équipe avait un grand sac à dos noir, tandis que Locke portait également un grand cabas dans chaque main.

Zen avait reçu son propre sac à dos, qui contenait une tenue de rechange, une trousse de toilette et plusieurs paires de bottes et de baskets. Sa brosse à dents était neuve, mais le reste semblait avoir déjà été utilisé. Elle ne put s'empêcher de se demander si ces affaires avaient appartenu à un Encloueur qui n'avait finalement pas été retenu.

Sa peur grandissait à chaque minute qui passait. Elle se sentait prise au piège, prisonnière d'une situation dont elle ne pouvait s'échapper. Elle allait devoir participer à leurs plans fous : infiltrer un salon de l'armement en plein jour. Sa mère et sa petite sœur devaient arriver à Londres le lendemain après-midi, mais d'ici là, elle serait peut-être dans la cellule d'un commissariat – voire pire. Tout l'enthousiasme qu'elle avait pu ressentir à l'idée d'exposer au grand jour la duplicité de Hardcastle était occulté par la crainte de ce que pouvait cacher cette « phase deux ». Mentalement, elle se repassait chacune de ses conversations avec Céleste pour tenter de découvrir un indice. Elle s'apercevait néanmoins que la cheffe des Encloueurs s'était en fin de compte montrée extrêmement vague : révéler au monde le véritable visage de Hardcastle pouvait signifier un grand nombre de choses, dont certaines extrêmement dangereuses.

Il devenait impératif pour elle de trouver le moyen de transmettre un message à l'équipe Möbius pour leur communiquer les informations qu'elle détenait. Elle ne disposait cependant d'aucun moyen concret. On lui avait confisqué son téléphone, ce matin-là, comme d'habitude. Celui dont elle s'était servie pour fabriquer une télécommande avait lui aussi été saisi, avec le robot, car Céleste avait annoncé avoir « rassemblé le matériel de mission ».

Locke posa ses deux cabas. Il souleva la grille à deux mains pour la déplacer. Il révéla ainsi un escalier en colimaçon qui se perdait dans l'obscurité. Céleste sortit une lampe torche et commença à descendre, en faisant signe à Zen de la suivre.

– C'est un ancien chemin de contrebande, expliqua-t-elle d'une voix qui résonna dans le tunnel humide. Il passe sous le canal. Les gens qui ont construit cet entrepôt avaient clairement besoin de garder certaines choses secrètes.

Le passage ne dépassait pas les deux mètres de large avec des parois carrelées et recouvertes de moisissures. Le béton du sol était lézardé. L'escalier ne menait pas directement sous le tunnel mais formait une boucle, presque comme pour suivre le tracé du cours d'eau. Après une centaine de mètres, ils atteignirent un second escalier, au sommet duquel se trouvait une porte en métal. Céleste tira un épais verrou, ouvrit le battant sur quelques centimètres pour vérifier que la voie était libre, puis sortit.

Zen franchit le seuil et se retrouva sur le chemin de halage du canal. L'endroit était plongé dans l'obscurité et les flots immobiles semblaient presque noirs. Elle s'aperçut qu'ils se trouvaient sous un pont, non loin de l'entrepôt. Un petit bateau était amarré tout près. Céleste braqua sa torche sur l'embarcation, révélant une cabine sous un toit en fibre de verre rayé. Elle s'avança et grimpa à bord.

– Allez, lui dit-elle.

La jeune fille ne bougea pas. Cet itinéraire avait évidemment été choisi pour éviter toute surveillance satellite. L'équipe Möbius ne saurait donc même pas que les Encloueurs avaient quitté l'entrepôt, ou qu'ils avaient embarqué sur un bateau. Elle serait perdue. Complètement indétectable. Les autres Encloueurs sortaient du passage et se dirigeaient vers Céleste pour grimper à bord du horsbord. Zen songea à s'enfuir. Ce serait peut-être sa seule chance de s'en sortir. Aurait-elle le temps d'attendre une avenue, d'arrêter une voiture de police ou de sauter dans un bus ?

Non – c'était perdu d'avance. Locke était là, juste derrière elle, et refermait derrière lui la porte sous le pont. Il se lancerait aussitôt à sa poursuite, suivi par les autres. Zen se rappela leur course, le long des réservoirs de gaz, lorsqu'ils l'avaient entraînée au beau milieu de Regent's Park. Elle n'avait pas une chance de leur échapper.

Elle monta donc à bord. Une étrange odeur régnait dans la cabine, pareille à celle de vieux tapis ou de déjections de souris. Les hublots avaient été badigeonnés de peinture pour que personne ne puisse voir à l'intérieur ni à l'extérieur. Les neuf Encloueurs s'étaient assis sur les banquettes qui se faisaient face et avaient posé leurs sacs à dos par terre. Taylor avait sorti un vieux livre de poche et reprit sa lecture. Les autres discutaient à voix basse de la mission imminente ou essayaient de dormir. Céleste et Locke demeurèrent sur le pont, aux commandes, supposait Zen. Très vite, le moteur se mit en marche et l'embarcation se mit à bouger.

Difficile de dire combien de temps dura leur trajet. Ils s'arrêtèrent deux fois pour franchir des écluses. Il y eut de longues portions rectilignes et des segments plus sinueux. C'était tout ce que Zen pouvait en dire. Elle ne cessait de songer à la « phase deux ». Aux robots tueurs de la SolTec et à l'enfer qui avait suivi. À la vidéo de ce tank qui s'était insinué dans la circulation en fracassant les véhicules.

Enfin, Céleste passa la tête à l'intérieur de la cabine.

– Nous sommes arrivés.

Ils s'amarrèrent à un quai d'allure moderne. Ici, les bâtiments étaient nettement plus hauts que ceux de Camden. La plupart semblaient être des immeubles résidentiels. Au canal succédait un large affluent, dont la rive la plus éloignée était bordée par une autoroute, derrière un écran d'arbres. Ils devaient se trouver dans l'est de Londres, pensa Zen, tout près de la Tamise. La salle O2 Arena devait être toute proche, de l'autre côté du fleuve.

Dès qu'ils eurent débarqué, Locke repartit seul à bord du bateau tandis que Céleste les conduisait jusqu'à l'un des immeubles résidentiels. Elle ouvrit la porte de ce qui ressemblait à un local de ménage au rez-de-chaussée. À l'intérieur, elle aperçut des sacs de couchage, un four à micro-ondes sur une table et une pile de plats préparés. Zen essayait de garder son calme : elle prit un sac de couchage et choisit un coin où s'installer, mais elle sentait sa poitrine comprimée par une angoisse désespérée. Elle devait absolument prévenir quelqu'un. Il fallait qu'elle arrête cette mission.

– Dima, l'appela Céleste. Ça va ?

Zen acquiesça.

– Super ! dit-elle, avant d'hésiter. Juste un peu nerveuse.

Céleste se rapprocha.

– Ce n'est pas un simple coup porté à Hardcastle, tu sais. C'est un coup porté à toute l'industrie de l'armement, y compris les entreprises qui sont responsables de la mort de ta mère.

Elle posa la main sur son épaule.

– Après toutes ces années, tu vas finalement avoir la chance d'obtenir justice.

Zen ne savait pas quoi répondre. Elle hocha de nouveau la tête, sentant son angoisse resserrer encore l'étau dans sa poitrine.

– Essaie de te détendre, dit Céleste. Tu devras être complètement concentrée, demain.

Certains membres de l'équipe faisaient réchauffer leurs plats aux micro-ondes et tapotaient sur les plateaux en plastique avec leurs couverts jetables. Céleste discuta avec certains d'entre eux. D'autres sortaient leurs ordinateurs portables de leurs sacs : l'une des seules choses, en dehors de leurs vêtements, qu'ils n'avaient pas abandonnées à l'entrepôt. Ils s'installèrent le long du mur.

Elle tenait sa chance. Elle s'approcha en prenant garde à ne pas se montrer trop empressée. Comme elle l'avait deviné, ils étaient tous sur *Terrorform*, comme ils le faisaient à Camden, mais aucun ne jouait encore vraiment. Ils regardaient tous la carte du système Cardano étouffant des jurons et en secouant la tête, incrédules. Elle demanda si elle pouvait se joindre à eux.

Taylor désigna d'un signe de tête un ordinateur inutilisé.

– Fais-toi plaisir, dit-elle. Mais je dois te prévenir : ce soir, le jeu est en PLS.

Elle n'avait pas le temps de demander plus de détails. La jeune fille s'installa, ouvrit le portable et l'alluma. Le fond d'écran représentait une photo de presse de l'usine de la SolTec : les bâtiments semblaient minuscules à côté du nuage de fumée noir qui s'en échappait. L'icône du raccourci vers *Terrorform*, un petit T argenté, se trouvait dans le coin supérieur droit de l'écran.

Zen double-cliqua dessus aussi vite qu'elle le put.

L'ORBE DE STASE

Les Anonymes avaient percé les défenses des joueurs de *Terrorform* en quelques minutes. Comme toujours, ils n'avaient fait aucun effort pour se préserver eux-mêmes et avaient attaqué avec une concentration et une détermination farouche, implacable. Caleb se défendit comme un lion : il filait d'astéroïde en astéroïde, pour tirer sur tous les avatars portant les couleurs des Anonymes qu'il croisait, mais son armée semblait déjà sur le point d'être vaincue. Sam avait envoyé le fichier audio de son discours sur le compte de chaque membre et des centaines de joueurs se connectaient pour s'engager dans la bataille. Les pertes étaient cependant immenses : nombre d'avatars ne tenaient pas plus de quelques secondes avant d'être abattus par les Anonymes. La confiance commençait à s'éroder.

Sa propre euphorie l'abandonnait peu à peu. Il adorait les défis, mais celui-ci le dépassait clairement. Il leur fallait quelque chose de spectaculaire : une victoire qui aurait pu renverser la donne de la bataille. Il repéra rapidement une occasion. Un croiseur-marteau des Anonymes, équipé avec le meilleur armement et les meilleures mises à niveau moteur disponibles, approchait de l'un des plus grands astéroïdes. Il échangeait des tirs nourris avec un escadron de Sentinelles de la Salamandre bleue à sa surface. Pendant ce temps, des avatars d'autres types se battaient, illuminant les ténèbres par des répliques incessantes d'armes énergétiques.

– Je vais aborder ce croiseur, annonça-t-il sur le canal audio. On grimpe, on sécurise et on prend possession. Quelqu'un est motivé ?

– Ici, Art ! intervint une voix familière au-dessus des bavardages incessants des joueurs dans la bataille. Je viens avec toi, Caleb. Si nous avançons assez vite sans nous faire toucher, nous devrions réussir à accéder à la passerelle.

Caleb se retourna et aperçut un avatar Oracle de niveau vingt-quatre qui approchait. Il parvenait à naviguer dans l'espace sans difficulté malgré l'absence de gravité grâce à un psi-amplificateur, un équipement à la technologie complexe ajusté sur le col de son armure qui permettait au personnage d'envoyer des rayons d'énergie-psi au travers de ses gants. Son armure était peinte d'un vert émeraude et elle était couverte d'un motif isotope élaboré. Son pseudonyme, Captainglue_07, apparut brièvement près de son casque.

– Salut, Art, lui lança Caleb. Tu es prêt ?

– Absolument ! J'ai entendu ton appel sur le canal audio et je me suis aussitôt connecté. C'est dingue, ce qui se passe, non ? Enfin, si on omet le fait que ton jeu est sur le point de...

– Art, pas maintenant, l'interrompit Caleb en actionnant son réacteur dorsal. Allez, dépêchons-nous.

Il décolla comme une fusée, tout en chargeant ses boucliers à champ énergétique pour se préparer à l'assaut du croiseur aux couleurs rouge sang des Anonymes. Lorsqu'enfin il atteignit le vaisseau, il avait pris tant de vitesse qu'il percuta la mêlée de combattants : les avatars furent projetés dans tous les sens.

L'un des sas du croiseur était à proximité : la porte extérieure était ouverte. Trois Infernaux Anonymes se tenaient à l'intérieur prêts à se lancer dans la bataille. Alors qu'il se précipitait vers eux, Caleb réussit à en abattre deux avec des frappes directes de sa lance ionique avant de se jeter sur le troisième en le plaquant avec une violence inouïe contre la paroi. L'avatar tenta de se redresser, avant d'être éjecté purement et simplement du sas par un éclair d'énergie lancé par Art, qui flottait derrière lui.

– Mes capteurs psi détectent une quinzaine... oui, quinze signaux Anonymes à bord de ce vaisseau, dit-il en se posant sur le pont. Tu es certain que c'est faisable ?

– Nous n'avons pas le choix, répondit Caleb en piratant le système d'ouverture grâce à l'outil numérique multifonction intégré dans le bras de son armure. On ne peut pas les laisser gagner.

Art soupira.

– Bon, très bien. J'imagine que je pourrai toujours recommencer depuis le début si mon Oracle se fait... enfin, tu vois...

– Ils essaient de nous prendre *Terrorform*, Art, s'agaça Caleb. Si on ne les arrête pas, nous n'aurons plus la possibilité de recommencer quoi que ce soit.

La porte extérieure du sas se referma et la porte intérieure s'ouvrit. Une tempête d'éclairs plasma se déchaîna sur eux et les obligea à se mettre à couvert.

– Tu as choisi quelles compétences pour ton Oracle ? cria Caleb à Art. Est-ce que tu as pris l'orbe de stase ? Elle est acquise avec le niveau vingt, c'est bien ça, Sam ?

– En effet, Caleb. Art semble avoir sélectionné cette compétence. Je peux la développer au maximum, si tu le souhaites, pour augmenter la portée de l'orbe et sa durée.

– Salut, Sam, lança Art. Comment vas-tu ?

– Je fonctionne à merveille, Art. Je te remercie de t'en inquiéter. Je fais actuellement l'expérience d'appréhension, cependant, devant la situation qui se développe au sein de l'univers de *Terrorform*.

– Alors ça, c'est très intrigant, répondit Art, qui semblait avoir complètement oublié le danger dans lequel lui-même se trouvait. Est-ce que tu peux m'en dire plus sur cette... euh, appréhension ? Qu'est-ce que tu imagines, comme issue ?

Le rideau d'éclairs plasma foudroyants s'intensifia : il carbonisait les parois et le sol du sas.

– Sans vouloir interrompre votre petite conversation, hurla Caleb, je crois qu'on est à deux doigts de se faire incinérer vivant, là ! Est-ce qu'on pourrait plutôt se concentrer sur le moyen de prendre ce fichu vaisseau ?

– Oui, oui, bien sûr, reprit Art. Pardon. Et oui, je suis ceinture noire d'orbe de stase. C'est ma spécialité, à vrai dire.

– OK, alors voilà ce qu'on va faire. Sam : augmente la puissance de l'orbe d'Art au maximum. Art, tu vas lancer ton orbe droit devant toi lorsque je te le dirai. Prêts ?

Caleb prit une grande inspiration en agrippant plus fermement le rebord de son casque VR.

– Maintenant !

Il sortit de son coin à couvert pour servir d'appât : son bouclier à champ énergétique se mit à crépiter tandis que les éclairs plasma s'y écrasaient. Pendant ce temps, Art ramena ses mains gantées l'une contre l'autre pour lancer une sphère scintillante et argentée dans le couloir, droit devant eux. Elle atterrit à mi-chemin des défenseurs Anonymes avant de se développer jusqu'à occuper la totalité du passage.

Le barrage ennemi disparut aussitôt. Caleb s'élança droit devant lui jusqu'à l'extrémité de l'orbe. À l'intérieur de la sphère, le temps s'était figé : les Infernaux aux armures écarlates demeuraient immobiles, sans réagir à sa présence, tandis que leurs rayons plasma demeuraient suspendus au-dessus d'eux comme des signaux morses lumineux. Il pénétra dans la sphère, mais... rien ne se produisit. Les sorts jetés par les Oracles n'affectaient pas leurs alliés. Les Anonymes, à l'autre extrémité du couloir, continuaient de faire feu dans sa direction, mais la surface de l'orbe absorbait les tirs, qui se concentraient sur l'objet, sans réussir à faire de dégâts. Caleb se mit à répliquer, grâce au système avancé de ciblage du Navigateur qui permit de viser les points faibles de leurs armures. En quelques instants, il avait réussi à libérer la voie vers la passerelle.

– Bon, dit-il en s'élançant vers les escaliers. Je crois qu'on va finir par y arriver.

Le gameplay de *Terrorform* permettait que des avatars réussissant à atteindre la passerelle d'un vaisseau, à en prendre les commandes et à le contrôler pendant trente secondes, puissent les transférer à leur arsenal. Caleb avait ajouté cette condition comme une sorte de coup de théâtre dans la logique du jeu, pour le rendre plus excitant. Si les vaisseaux – si coûteux, si difficiles à construire – étaient si faciles à perdre, les clans auraient d'autant plus de motivation à les défendre. Il traversa la passerelle jusqu'à la console des commandes et commença le processus de transfert du vaisseau. Le changement imminent de statut du vaisseau, visible par tous, fut rapidement remarqué et les joueurs s'en réjouirent aussitôt.

L'Oracle d'Art arriva peu après lui.

– C'était dingue ! s'exclama-t-il. Absolument génial ! Combien de temps avant que tu ne prennes officiellement le contrôle ?

– Encore quelques secondes. Ensuite, on va retourner cette bataille.

– Compris, compris ! s'esclaffa Art. Je dois dire, Caleb, que c'est la partie de *Terrorform* la plus géniale que j'aie jamais…

Les tirs déchirèrent l'atmosphère de la passerelle, venant d'au moins trois directions différentes. L'armure d'Art fut percutée quatre, cinq fois et la violence des impacts le fit tourner sur lui-même plusieurs fois.

– Oh non, gémit-il tout en essayant de faire retrouver l'équilibre à son avatar. C'est vraiment… Je ne… Attends un peu, qu'est-ce qui…

Les Oracles n'étaient pas équipés pour essuyer d'attaques trop violentes. Deux autres éclairs de plasma le frappèrent et le retour audio d'Art se coupa brutalement. L'armure vert émeraude fut projetée au sol, et l'avatar se désagrégea en rayons de lumière.

Caleb plongea derrière la console en lâchant un juron. L'effet de l'orbe avait dû s'amenuiser et libérer les Anonymes qui en étaient prisonniers. Pourtant, quelque chose clochait : il s'était clairement écoulé plus de trente secondes. Le piratage de vaisseau aurait dû avoir lieu. Mais aucun transfert n'avait été officialisé.

– Sam, qu'est-ce qui se passe ? Pourquoi le processus ne fonctionne pas ?

– Je ne saurais le dire, Caleb.

– Comment ça, « tu ne saurais le dire » ?

Caleb hésita et fronça les sourcils.

– Une seconde... est-ce que *Terrorform* a été piraté ? Est-ce que ces ordures d'Anonymes ont véritablement réussi à nous pirater ?

– Non concluant. Il faudrait que tu me donnes la permission d'effectuer un diagnostic complet. Mais le processus de piratage du vaisseau est terminé et le vaisseau reste sous domination Anonyme. Tu dois également savoir que plus d'une centaine de leurs avatars convergent actuellement vers ce point.

Caleb jeta un regard par la vitre de la passerelle : des soldats en armure rouge abandonnaient leurs combats et se dirigeaient en masse vers le croiseur. Il était fait comme un rat. Cerné.

– Sam, dit-il. Tout ça commence à ressembler à un piège.

GAME OVER

La Sentinelle des Anonymes émergea de la coursive qui menait aux canons avant.

Elle franchit avec difficulté l'étroite porte, puis se dirigea lourdement vers la passerelle avant de se planter, ses bottes métalliques bien écartées, sur le pont avec un claquement déterminé. Elle leva le bazooka intégré au bras de son armure et le pointa en direction de Caleb. Celui-ci avait déjà assez de mal à repousser les vagues d'avatars ennemis qui se dirigeaient vers lui depuis le couloir principal. Il eut à peine le temps de se tourner vers elle.

– Ça y est, pensa-t-il, je suis mort.

Mais l'énorme personnage mécatronique ne tira pas. D'ailleurs, il semblait s'être figé. Ses bras retombèrent le long de ses jambes, la section de la poitrine bascula en avant et il sembla se liquéfier avant de disparaître. Un Éclaireur solaire l'avait attaqué par-derrière en plantant son sabre katana en graphite dans le point vulnérable de la Sentinelle, une petite grille respiratoire à la base du cou. C'était une manœuvre incroyablement difficile à maîtriser et une manière de tuer d'un seul coup de maître l'un des avatars les plus coriaces du jeu.

L'Éclaireur, un poids plume en comparaison, se glissa aux côtés de Caleb, en évitant avec adresse les gerbes de tirs pour se mettre à l'abri derrière la console. Caleb n'avait même pas encore eu le temps de détailler l'avatar. Il avait seulement remarqué son faible niveau, son manque d'équipement de qualité et de personnalisation de réglages et son armure décorée d'un simple treillis.

– Bien joué, lança-t-il. Mais par pitié, ne me dis pas que tu es seul. Nous n'arriverons jamais à nous en sortir à nous deux.

Il n'y eut aucune réponse.

Sam intervint :

– Le joueur « Polar_X » n'a pas activé son canal audio. Seule la communication par message textuel est activée.

Caleb cessa de tirer sur ses adversaires et se tourna vers l'Éclaireur, sidéré. À présent, il voyait la bulle indiquant son nom flotter au-dessus de sa tête. Caleb désactiva les écouteurs et le micro de son casque pour que seul Sam puisse l'entendre.

– Sam… ça ne peut pas être une coïncidence. C'est forcément Zen. Elle disait que les Encloueurs jouaient à *Terrorform* dans leur entrepôt, non ? Elle doit être… Elle a dû…

Une bulle de texte clignota au-dessus du casque profilé, fuselé de l'Éclaireur.

G peu 2 temps. Attaque Encloueurs 2main.

Caleb lutta pour faire apparaître un clavier virtuel grâce à sa manette.

– Attends, laisse-moi juste le temps, de…

La cible è salon armement. O2 Arena. HardKstle 9 h.

T sortie ? Rapace t'a Xtraite ?

On a bouG. Près du fleuve, mais je C pas où.

Il y eut une pause, car le curseur clignota quelques secondes.

Sois prêt. 1 truc grave.

Le feu ennemi se fit plus intense. Les Anonymes prenaient avantage de l'inattention de Caleb. Leurs avatars étaient dans tous les coins de la passerelle, toujours plus nombreux, avec des masses de figures rouges qui bloquaient toutes les issues. Avant qu'il ait pu réaliser ce qu'il se passait, l'Éclaireur sortit de sa cachette, sabre baissé, cherchant clairement à se faire massacrer. Il fut aussitôt pulvérisé. Zen avait transmis son message.

– Appelle la professeure Clay, Sam. Nous devons lui transmettre cette information immédiatement.

De nouveau, il se mit à tirer, réussissant à toucher quelques cibles, mais son combat semblait perdu d'avance.

– Sa ligne directe est occupée, Caleb. Dois-je envoyer un message sur l'intranet de l'IARC ?

– Pourquoi pas, répliqua Caleb. Mais elle ne les consulte que rarement.

Après une courte pause, il reprit :

– Je dois absolument m'assurer qu'elle sache tout cela le plus vite possible, Sam. Zen est en danger. Je dois retourner à l'institut.

– Fort bien, Caleb. Tu comprends les conséquences ?

– Oui. Mon Navigateur est cuit.

Dans *Terrorform*, comme dans la plupart des jeux, lorsqu'on laissait l'action en dehors d'un point de sauvegarde se poursuivre, l'avatar demeurait dans le monde du jeu – qui continuait de se dérouler autour de lui. Même en fermant correctement l'application, il restait quelques secondes vulnérable. Là, sur la passerelle du croiseur-marteau, son Navigateur périrait aussitôt.

Caleb n'avait pas l'intention d'en finir comme ça – pas après tout ce que lui et son avatar avaient vécu ensemble. Il rechargea sa lance ionique. Les Anonymes commençaient à avancer, se resserrant autour de lui, leurs armes au poing. En poussant son cri de guerre le plus féroce, il surgit de derrière la console et chargea un groupe d'avatars écarlates rassemblés en demi-cercle. Il fit feu dans toutes les directions et vida le magasin de sa lance pour abattre le plus d'ennemis possible.

Comme un seul homme, les Anonymes ripostèrent : ils ouvrirent un feu nourri qui sembla faire tanguer la péniche. L'armure bleu nuit du Navigateur fut instantanément atomisée. Les formes du jeu autour de lui se désintégrèrent dans un flou total, laissant Caleb dans le néant blafard et immobile. Les mots « *game over* », en noir, apparurent lentement dans l'air face à lui.

Deux minutes plus tard, il filait sur son vélo le long du chemin qui bordait la Tamise, pédalant comme jamais. Il ne songeait qu'à la distance qui le séparait de la tour de l'IARC. Il vira vers la rive sud, traversa Blackfriars Bridge à fond de train et zigzagua entre les lumières et le brouhaha de Londres. Sam tentait continuellement de contacter la professeure Clay par téléphone ou par message, mais en vain. Évitait-elle ses appels ? Était-il encore *persona non grata* après la soirée précédente ?

Caleb sauta de son vélo à l'entrée de l'institut sans prendre la peine de l'accrocher et se rua dans le hall, oubliant presque de faire signe à Rufus, l'agent de sécurité qui lui disait bonjour. Il s'acharna sur le bouton de l'ascenseur. Les secondes passaient, mais rien ne semblait se produire. De nouveau, il pressa le bouton.

– Tout va bien, monsieur Quinn ? lui lança Rufus depuis son comptoir ?

– Euh, oui, répondit Caleb. C'est euh… enfin, vous savez… les devoirs…

L'ascenseur arriva enfin et il se précipita à l'intérieur en écrasant le pouce sur le bouton du trente-quatrième étage. L'étroite cage de métal sembla alors s'élever si lentement dans la tour qu'elle paraissait presque faire du sur-place. Caleb se jeta hors de l'ascenseur dès que les portes s'entrouvrirent. Il détala le long du couloir avant de tambouriner à la porte du bureau de Clay en hurlant son nom.

La porte s'ouvrit presque instantanément. Clay portait un casque audio par-dessus ses pansements et le fusilla du regard avec une intensité terrifiante.

– Je sais que vous n'avez sans doute pas envie de m'écouter pour l'instant, lâcha Caleb, hors d'haleine, mais j'ai des informations vitales que…

Clay pressa son index sur ses lèvres en désignant d'un signe de tête son bureau. Un streaming live était projeté sur l'écran : c'était une caméra embarquée sur une personne qui se trouvait à l'intérieur d'un édifice obscur, caverneux et qui promenait sa torche le long d'une structure suspendue au plafond. Caleb se tut aussitôt. Clay lui fit signe d'entrer avant de refermer la porte derrière lui. Il s'avança vers l'écran les yeux rivés sur l'image. Dans l'angle inférieur se trouvait un chronomètre qui indiquait un peu plus de quatre minutes écoulées et juste à côté, le nom « Rapace ».

– Vous voyez cela, Chardonneret ? demanda la voix de Mitch. C'est exactement ce dont parlait Faucon : ce qu'elle a dessiné pour nous.

– L'O2, s'exclama Caleb. C'était un élément de l'O2 !

Clay se retourna vers lui d'un mouvement brusque :

– Pardon ?

– C'est Salangane ? demanda Mitch. Il est avec vous ?

– Faucon vient de me contacter via le jeu vidéo, continua Caleb. Vous vous souvenez : elle disait que les Encloueurs y jouaient. Elle est venue me communiquer un message : ils vont s'attaquer à un salon de l'armement à l'O2 et plus particulièrement à Hardcastle.

Clay s'appuya contre une chaise, visiblement choquée.

– Mon Dieu.

Sam prit la parole via le haut-parleur du Flex.

– J'ai collationné toutes les données disponibles concernant l'événement durant le trajet depuis Nine Elms. Il s'agit de la convention annuelle de la Coalition de défense et de sécurité. Nombre de gouvernements y participent, dont ceux du Royaume-Uni et des États-Unis. Il semblait qu'il soit mené sous un certain degré de discrétion approuvé par les autorités, mais Hardcastle est identifiable comme l'un des principaux exposants. Selon un chat de discussion concernant l'industrie de l'armement, ils s'attendent à y réaliser un chiffre d'affaires de plus de trois milliards.

Clay pressa si fort les lèvres qu'elles ne décrivaient plus qu'une mince ligne.

– Nous aurions dû anticiper tout cela. Nous aurions vraiment dû le voir venir.

– Les Encloueurs ont changé de position, ajouta Caleb en regardant l'écran. Mais j'imagine que vous le saviez déjà.

– Rapace est entré lorsque Faucon n'est pas revenue à l'heure prévue. L'entrepôt ressemble à un vaisseau fantôme.

– Nous ne les avons pas vus partir sur les images satellites, expliqua Mitch. Il doit sans doute y avoir une sortie dissimulée. Donnez-moi encore une ou deux minutes, Chardonneret, et je vais la trouver.

– Négatif, Rapace, répondit Clay. Ils n'auront sans doute laissé aucune piste que vous puissiez suivre. Regagnez Chalk Farm et commencez à rassembler vos affaires. Rappelez tous les agents Möbius ici et faites-moi ensuite votre rapport.

– Bien reçu, dit Mitch. Rapace, terminé.

L'image vidéo se coupa aussitôt.

– Et pour Zen ? demanda alors Caleb d'un ton rageur. Qu'allons-nous faire ?

– Ils ont besoin d'elle pour leur opération, répondit Clay, elle ne risque rien. Du moins, pour l'instant.

– Mais elle est trop impliquée, maintenant. Et elle a peur, professeure. Elle m'a dit qu'il allait se produire quelque chose de grave. Exactement comme je vous l'avais dit. Comme j'ai essayé de vous le dire.

Caleb s'attendait presque à essuyer une réaction de colère, voire à ce que Clay lui passe un nouveau savon, en lui rappelant sèchement sa jeunesse et son manque d'expérience. Au lieu de cela, elle se contenta de soupirer, de croiser les bras et, l'espace d'un instant, elle sembla vraiment, vraiment épuisée.

– Écoute Caleb, tu apprendras que le métier d'espion tourne plus souvent mal que bien. Les reproches ne servent à rien. Ils ne sont qu'une perte d'énergie. Le plus important, à présent, c'est que nous ayons une idée claire de ce qui se prépare.

Elle glissa son téléphone dans la poche de son gilet.

– Et nous avons encore le temps d'y mettre un terme.

DANS L'ARÈNE

Les Encloueurs quittèrent la salle de maintenance à huit heures trente du matin exactement et retournèrent au bord de la Tamise. Les douze membres de l'équipe étaient tous entièrement vêtus de noir et portaient des lunettes de ski que Céleste leur avait remis environ une heure plus tôt. C'était un type de bateau nettement différent qui était amarré sur le dock : un zodiac gris, à coque rigide gonflable, un peu comme ceux utilisés par l'armée. L'un des Encloueurs les plus âgés avait été désigné comme pilote et il se dirigeait à présent vers le gouvernail. On leur avait dit qu'il les déposerait devant le lieu cible, qu'il se tiendrait bien à l'écart durant l'opération et reviendrait les chercher aussitôt la mission terminée.

Céleste les fit tous grimper sur l'embarcation et se placer, tête baissée, les uns derrière les autres en deux files.

– Reste à l'arrière, Dima, dit-elle à Zen. Avec Locke.

Elles échangèrent un regard et Zen vit aussitôt que quelque chose avait changé. L'hétérochromie singulière de Céleste avait disparu. Ses deux iris étaient à présent d'un brun sombre, à peine plus clair que noir : la couleur des yeux de Mariella Bachmann. Céleste avait enfilé son costume d'action.

– J'ai des lentilles, dit-elle en comprenant que Zen l'avait remarqué. C'est une précaution nécessaire.

Locke ne dit pas un mot lorsque Zen s'installa près de lui et ne risqua aucun de ses habituels commentaires mordants. C'était presque comme s'il était inquiet. Zen se sentait comme écrasée par sa propre peur. Elle se répétait qu'elle avait réussi à passer le mot, qu'elle pouvait faire confiance à Caleb pour sonner l'alarme. Le programme Möbius et les services secrets empêcheraient que le pire se produise. Mais elle ne parvenait pas tout à fait à y croire.

Elle baissa les yeux et regarda ses gants, que Céleste avait distribués avec les lunettes de ski. Ils avaient à peu près l'apparence que Zen avait imaginée : d'une conception ultralégère, avec des renforts au niveau des doigts et des paumes et des tubes cousus à l'intérieur du tissu. Ces tubes étaient reliés à une petite ampoule en caoutchouc située vers le poignet, rempli d'un fluide : la colle intelligente qui avait tant enthousiasmé Art à l'IARC. Céleste lui avait brièvement montré comment s'en servir pour gravir un mur, dans la pièce de leur planque. Zen n'avait jamais rien touché d'aussi bizarre. À la moindre pression, on restait totalement, fermement attaché, mais il suffisait de bouger le gant pour qu'il se détache tout aussi facilement.

– Le secret, c'est la vitesse, avait dit Céleste. Lorsque tu grimpes, bouge les mains en une séquence de mouvements très rapides.

Elle s'était mise à sourire.

– Et surtout, ne réfléchis pas trop à ce que tu fais.

La cheffe des Encloueurs avait également équipé les autres avec des appareils blancs, qui ressemblaient à des tasers. Zen l'avait entendue recommander de l'utiliser sur les caméras, les serrures électroniques et même les personnes, si nécessaire.

Leur mission était soigneusement minutée. Céleste portait une montre connectée et une oreillette, grâce à laquelle elle semblait recevoir des informations et des instructions. Zen l'observait avec attention, convaincue que les mystérieux soutiens des Encloueurs se trouvaient à l'autre bout du fil. Une fois de plus, elle se demanda qui ils pouvaient bien être. Il semblait peu probable qu'une entreprise concurrente décide de prendre la CoDeS pour cible : cela ne pouvait être bon pour les affaires. La théorie de la professeure Clay concernait les espions : ces soutiens étaient peut-être les agents d'un gouvernement étranger antagoniste, cherchant à créer un déséquilibre dans la région.

Ils restèrent assis quelques minutes sur le zodiac, qui tanguait légèrement d'un côté. Puis une alarme retentit sur le téléphone de Céleste et elle donna le signal pour faire démarrer le moteur. Le zodiac glissa sur les flots, décrivit un large virage vers la Tamise. C'était un matin pluvieux de novembre et le ciel était couvert de nuages menaçants. Il n'y avait presque pas de circulation sur le fleuve, et le secteur semblait désert. Zen jeta un regard par-dessus l'épaule de Taylor, juste devant elle. La salle de l'O2 Arena se dressait au-devant d'eux, à environ deux cents mètres. L'édifice ressemblait à une énorme tente coiffée d'un dôme, d'un blanc étincelant dans la grisaille environnante. Douze hautes tours de soutènement ponctuaient sa surface telle une couronne. Le zodiac prit de l'allure et fonça vers le bâtiment.

Ils avaient répété plusieurs fois le plan. La première phase consistait à accéder au toit de la salle. Céleste passerait la première. Elle avait annoncé avoir trouvé un petit « trou » dans le dispositif de sécurité. Il leur suffirait de désactiver deux caméras et de se déplacer furtivement.

Le zodiac atteignit le mur qui bordait la rive à l'autre bout du fleuve et, sans la moindre hésitation, Céleste se leva et bondit pour s'y agripper. Ses mains s'accrochèrent fermement au béton mais s'en décrochèrent sans difficulté lorsqu'elle se mit à grimper. Le reste des Encloueurs la suivit. Tous semblaient avoir une bonne pratique de ces gants et ils se déplaçaient presque aussi vite que Céleste.

Lorsque son tour arriva, Zen déglutit péniblement, puis bondit du rebord du zodiac en plaquant les deux mains sur le mur. Elles s'y attachèrent instantanément si bien que Zen se retrouva suspendue dans le vide telle une veste sur un porte-manteau. Pendant quelques secondes, elle n'osa pas remuer, craignant de mal calibrer ses mouvements et de plonger directement dans les eaux grises et boueuses du fleuve.

Locke bondit juste à côté d'elle.

– Tu comptes rester pendue là toute la journée ?

– Je... je ne sais pas si...

– Grimpe, Dima Kahf ! Le chronomètre tourne.

Zen ferma les yeux. *La vitesse*, se répéta-t-elle. Elle se hissa à la force de ses bras, puis retira la main gauche du mur pour la plaquer à une quarantaine de centimètres au-dessus de sa tête. Elle fit de même avec la droite, puis de nouveau la gauche, en prenant autant d'appui que possible sur le mur du bout de ses baskets. Heureusement, le mur ne dépassait pas trois mètres de haut. Sous le regard impatient de Locke, elle rejoignit le sommet en moins d'une minute.

Les autres ne les avaient pas attendus : ils escaladaient une grille pour se diriger vers l'endroit où le toit en forme de chapiteau de l'Arena était ancré au sol par d'imposantes fondations de béton et d'épais câbles en acier. Elle s'arrêta pour reprendre son souffle. Plus bas, le bruit du moteur du zodiac reprit et s'éloigna.

– Allez, viens, dit Locke, en la tirant par la manche.

Zen courut avec lui jusqu'au grillage. Grâce aux gants, ils le franchirent en quelques secondes. Une cinquantaine de mètres les séparaient à présent de la salle de spectacle. Une rangée de camions étaient garés devant eux, ainsi que quelques cabines modulaires. Ils continuèrent à avancer en suivant Céleste et les autres et en se servant des véhicules pour se mettre à couvert. Elle aperçut une paire de bottes près de roues. En se baissant pour mieux voir, elle découvrit un agent de sécurité gisant à terre, visiblement inconscient, dissimulé derrière les roues.

Locke se mit à courir pour passer devant, en direction du point d'ancrage en béton du chapiteau. Il bondit pour s'agripper au câble en acier et s'y hissa jusqu'à ce qu'il puisse sauter sur le toit. Zen l'imita, tout en gardant un œil sur le périmètre de sécurité qui courait sur le pourtour du bâtiment à environ vingt mètres sous le rebord du chapiteau. Leur point d'entrée avait été soigneusement sélectionné : elle se situait dans la partie la plus tranquille et la moins fréquentée de l'Arena, loin de toute porte d'entrée ou de point de fouille.

Le chapiteau blanc ressemblait à un gigantesque toboggan, parfaitement lisse et glissant de surcroît, après une récente averse. Sans les gants spéciaux, Zen aurait glissé droit vers le vide. Avec Locke, elle se hissa jusqu'à l'endroit où la tour de soutènement croisait le chapiteau. Céleste et l'un des membres de l'équipe s'étaient déjà accroupis près de la tour. En approchant, Zen s'aperçut qu'ils manipulaient une sorte de disqueuse compacte, réduite à un bloc entre deux poignées, et presque silencieuse. Au bout de quelques secondes, ils l'éteignirent et soulevèrent au prix d'un gros effort un morceau d'acier large comme une plaque d'égout qu'ils déposèrent sur le côté. Six des Encloueurs – soit les deux tiers de leur escadron – se glissèrent aussitôt par le trou. La troisième équipe, qui ne comptait plus que deux membres, avec le départ du pilote du zodiac, devait rester sur le chapiteau pour garder leur entrée de fortune.

Céleste se tourna vers Zen :

– Prête ?

Les interrogations et l'angoisse se bousculaient dans l'esprit de Zen, bien plus vite qu'elle ne pouvait le tolérer. Elle jeta un bref coup d'œil au fleuve, où les tours d'argent de l'île aux Chiens se dressaient, enveloppées par la brume. Enfin, elle acquiesça.

Leur point d'entrée de fortune donnait sur une plateforme étroite, reliée à la tour de support. Bien plus bas, des galeries commerciales flambant neuves, réparties sur plusieurs niveaux, avec des magasins et des restaurants enveloppaient la salle. Les lumières scintillantes tranchaient avec le temps maussade de novembre. Partout, le logo de la CoDeS était présent : sur des bannières tendues le long des murs ou sous les écrans interactifs dans les galeries. Les lieux étaient accessibles depuis huit heures et un certain nombre de personnes étaient déjà présentes : des exposants accrédités, en costumes et tailleurs, avec leurs badges bien en vue. Une véritable petite armée d'agents de sécurité privée étaient également visibles, postés près de chaque porte, chaque ascenseur, chaque escalator et patrouillant par deux.

Les deux équipes des Encloueurs s'étaient déjà dispersées dans des directions opposées et commençaient à prendre position autour de la superstructure de la salle. C'était le moment pour lequel ils s'étaient entraînés grâce à la structure installée à l'entrepôt. Zen s'était demandé pourquoi cette mission nécessitait autant de personnes et elle venait finalement de comprendre. Céleste avait construit son propre escadron de soldats furtifs. S'ils étaient repérés, si l'alerte était donnée et qu'il leur fallait fuir, ces Encloueurs seraient capables de se défendre.

Zen guetta les alentours, à la recherche d'un policier, d'un agent de sécurité... elle espérait voir un signe que Caleb avait transmis son message et que Clay était prête à passer à l'action. Mais elle ne vit rien.

Céleste pressa son index sur son oreillette.

– La délégation du Dotar vient d'arriver à l'extérieur, murmura-t-elle. Nous devons nous mettre en place.

Elle conduisit Zen le long d'un étai du plafond et força une grille de ventilation pour qu'elles puissent s'y glisser et pénétrer à l'intérieur du chapiteau. Des bruits de conversations – des transactions – montaient vers elles. Les sièges de l'énorme salle avaient été retirés pour en faire un gigantesque espace ouvert, rempli de stands, de pavillons, tous estampillés du logo des entreprises d'armement. Les engins et équipements militaires étincelants avaient été installés sur des podiums : d'énormes armes automatiques, des plateformes de tir et même des tanks. De gigantesques écrans diffusaient des vidéos promotionnelles semblables à celle du « fossoyeur » que Céleste avait montrée à Zen. D'ailleurs, cette même vidéo était projetée à l'autre extrémité du hall. Sur l'écran, la terrible machine était sur le point de déclencher son explosion, dont le terrible écho résonna dans toute la salle.

Le pavillon de Hardcastle se trouvait juste en dessous. Le stand était immense, tentaculaire et ouvert sur tous les côtés, assemblé avec des panneaux de métal sombre. L'intérieur ressemblait à un studio de télé flambant neuf, où un même symbole se retrouvait sur tous les écrans : un H noir stylisé qui évoquait la silhouette d'une forteresse imprenable.

Locke rejoignit Zen et Céleste et, ensemble, ils se dirigèrent vers l'énorme structure qui avait été installée sous le plafond : elle comportait plusieurs niveaux qui comprenaient un système complexe d'éclairages sur rails, plusieurs rangées de haut-parleurs, des dizaines de bannières et d'affiches ainsi que quelques hélicoptères d'attaque légers et un genre de planeur ultrasophistiqué. Ils se tapirent dans l'ombre derrière les éclairages avant de traverser le plafond jusqu'à se retrouver au-dessus du pavillon de Hardcastle. Zen distinguait à présent la pièce maîtresse de leur exposition. Six fossoyeurs avaient été installés en formation d'escadron sur une estrade. Chacune de ces affreuses machines-crabes avait reçu une finition « camouflage » de teinte différente, du désert à l'arctique.

Céleste consulta sa montre connectée. Elle semblait d'un calme à toute épreuve. Locke, en revanche, semblait encore plus nerveux qu'à l'ordinaire : il faisait craquer ses poings, pliait et dépliait les bras comme s'il s'apprêtait à bondir.

– C'est lui, souffla soudain Céleste. C'est Jim Jones.

Zen plissa les yeux. Cinq ou six personnes en costumes impeccables, sans doute des cadres de l'entreprise, venaient de pénétrer dans le pavillon et échangeaient quelques mots à voix basse. L'un d'eux semblait plus âgé que les autres : un homme trapu, aux cheveux grisonnants plaqués en arrière. Alors qu'il rajustait sa cravate, ses subordonnés vérifièrent le plan de table pour la réunion, les boissons disponibles et le bon fonctionnement des écrans. Ils se préparaient à l'arrivée d'invités de marque.

– La délégation du Dotar arrivera d'une minute à l'autre, dit Céleste.

Elle ouvrit la poche de sa banane et tendit à Zen le smartphone et les écouteurs. Skit était attaché au dos du téléphone.

– Allons-y.

Zen n'avait maintenant plus de doute : il s'était produit quelque chose. Pour une raison qu'elle ignorait, Caleb n'avait pas transmis son message à Clay. Personne ne viendrait la secourir. Elle était seule et sur le point d'être mêlée aux exactions des Encloueurs, dans la « phase deux » de Céleste et Locke. S'ils en venaient à menacer d'innocentes personnes, Zen savait qu'elle devrait trahir sa couverture et tenter de les arrêter. Mais qu'arriverait-il ensuite ?

Zen alluma le téléphone et ouvrit l'application de pilotage basique qu'elle avait programmée. Skit se connecta aussitôt au réseau et ses capteurs transmirent leurs informations au cloud. Elle s'apprêtait à faire démarrer le rotor et préparer Skit pour son vol lorsqu'elle remarqua que l'application de pilotage se connectait automatiquement à un autre appareil – qui se situait beaucoup plus loin. Un instant plus tard, le deuxième appareil clignota automatiquement sur l'écran, activé et prêt à voler.

Zen étouffa un cri de surprise. Coccipuce ! Cela ne pouvait signifier qu'une chose : ses amis étaient tout près. Il y avait encore un peu d'espoir, mais elle devait à tout prix continuer à jouer son rôle. Elle jeta un rapide coup d'œil en direction de Céleste, mais la cheffe des Encloueurs était occupée à surveiller le pavillon et ne s'était aperçue de rien. Zen s'obligea à rester concentrer et fit décoller Skit en direction du stand de Hardcastle. Elle le dissimula sous l'un des fossoyeurs où il attendit que la réunion commence.

LA FAUCHEUSE

La délégation du Dotar ne se fit pas attendre très longtemps. Les deux parties échangèrent des poignées de mains, des banalités sur leurs voyages et les palaces londoniens où ils étaient descendus. Rapidement, cependant, ils en vinrent au fait. Le représentant de la délégation se présenta comme le ministre de la Défense. Il était aussi élégamment vêtu que les cadres de Hardcastle, avec des manières affables, une moustache ciselée et un accent anglais impeccable.

– Vous comprenez la nature de nos difficultés, monsieur Jones. Nous sommes attaqués par un ennemi invisible, qui cherche à se cacher. Ils trouvent refuge dans les collines et dans certaines petites villes qui adhèrent à leurs causes méprisables. Ce sont leurs bastions, d'où ils coordonnent leurs attaques terroristes, d'où ils répandent leurs idéologies fielleuses. Notre président est réticent à recourir aux bombardements ou à toute opération militaire d'envergure, car cela infligerait des dommages catastrophiques à notre patrimoine naturel millénaire. Le patrimoine architectural ne peut pas davantage être mis en danger : certains édifices, religieux ou civils, ont parfois plus de mille ans.

– Je comprends parfaitement, assura Jones.

Il parlait d'une voix douce avec un léger accent texan. Lorsque Zen rajusta la mise au point de la caméra, elle distingua nettement le pin's du drapeau américain épinglé au revers de sa veste.

– Croyez-moi, monsieur le ministre, je comprends. L'asymétrie n'apporte rien de bon. Mais laissez-moi vous l'assurer : le GD6507-R a été conçu précisément pour répondre à ces questions. Nous ne le surnommons pas « le pacificateur ultime » par fanfaronnade. Cet engin mène des attaques d'une précision chirurgicale. Et aucune alerte ne peut être donnée à l'avance – un inconvénient qui réduit parfois substantiellement l'efficacité des frappes aériennes. Le GD6507-R emploie des armes à sous-munitions afin d'éradiquer totalement la cible, avec un minimum de dommages collatéraux.

Il marqua une pause, puis s'esclaffa :

– C'est une arme qui marquera à jamais ceux qui l'auront vue de près.

Céleste avait pris l'un des écouteurs à Zen afin de suivre la conversation. Son expression se durcissait à chacun des mots que ces hommes prononçaient.

– Ces monstres parlent de villages, souffla-t-elle. De civils impuissants. De familles.

Zen acquiesçait et une colère sourde occultait soudain sa peur. L'espace d'un instant, elle fut presque heureuse d'être arrivée jusque-là, accroupie sous ce plafond de l'Arena, et de faciliter cet enregistrement pour les Encloueurs.

– Ne t'en fais pas, murmura-t-elle. Nous enregistrons le moindre mot.

– Et quel est le potentiel létal de ces… sous-munitions ? demanda le ministre de la Défense.

– Cela dépend... Il faudrait savoir s'ils se tiennent très proches les uns des autres, répondit Jones, déclenchant une vague de rires insupportables. Le GD6507-R transporte cinq cents microbombes, contenant chacune assez de gel d'explosif lourd pour détruire un tank. Il peut les déclencher individuellement ou par multiple de dix, jusqu'à la totalité en un tir. Cet engin est à la fois l'assassin, qui se charge de frapper un seul ennemi, et à la fois la Faucheuse, qui décime des armées entières d'un battement de cils.

Il se tourna pour tapoter le châssis d'une de ses machines.

– Si vous équipez votre belle nation avec quelques-unes de ces œuvres d'art, monsieur, je vous assure que vos révolutionnaires ne seront plus un problème. C'est une garantie de Hardcastle.

Le ministre laissa échapper un son dédaigneux.

– Nos ennemis sont des terroristes, monsieur Jones.

– Bien entendu, répondit Jones en inclinant la tête. Des terroristes.

La conversation continua sur le même mode affable et les deux hommes abordèrent les sujets des logiciels, des systèmes de surveillance et d'un test en temps réel que Hardcastle avait prévu un peu plus tard ce jour-là, sur un terrain d'atterrissage isolé. Céleste en avait assez entendu. Elle rendit l'écouteur à Zen et s'approcha de Locke, perché sur une poutre métallique. Zen feignit de glisser l'écouteur dans son oreille et pencha très légèrement la tête pour que les Encloueurs ne s'aperçoivent pas qu'elle les écoutait.

– On a ce qu'il nous faut, dit Céleste. C'est le moment de passer à la phase deux.

Zen se raidit et revint à la réalité de sa situation. Elle sentit un frisson glisser le long de ses bras. C'était le moment.

– Qu'est-ce que je fais ? demanda Locke.

– Mets ça sur ta ceinture, lui dit Céleste en ouvrant son sac pour lui tendre quelque chose. Il sera opérationnel d'ici deux minutes. Ça, c'est le boîtier de contrôle.

– Comme à la SolTec ?

– Non. Ils trouvent qu'un virus est trop lent. Trop incertain. C'est... quelque chose de nouveau. Qu'ils ne pourront pas arrêter. Ils disent que ça renouvellera les machines de l'intérieur.

– Hein ? Je ne suis pas.

– Contente-toi de le poser sous le châssis de l'un d'eux. Il s'enclenchera automatiquement. Alors Hardcastle goûtera un peu à la véritable justice.

Zen tâcha de digérer ce qu'elle venait d'entendre. Elle lança un regard prudent en direction des deux Encloueurs. Locke s'apprêtait à descendre. Elle distingua les objets que Céleste lui avait remis : un tube métallique qui ressemblait un peu à une seringue et un petit disque argenté.

– Il est presque neuf heures, dit-il. Mieux vaut envoyer le signal.

Céleste remit son oreillette et pianota quelques instants sur l'écran de sa montre connectée. Zen devina qu'elle avertissait les soutiens des Encloueurs pour leur permettre de se coordonner, comme elle l'avait mentionné à l'entrepôt. Mais presque aussitôt, elle se figea, son index demeura suspendu au-dessus de l'écran lumineux, fixant le message qui venait sûrement d'arriver.

Quelques secondes s'écoulèrent. Très lentement, Céleste baissa la main et s'écarta de Locke. Zen aperçut alors nettement l'écran de la montre. Elle distingua ce qui ressemblait à un fichier personnel, avec une photo d'une fille aux longs cheveux noirs...

C'était Zen.

La photo était relativement récente : manifestement prise durant l'été. Elle comprit aussitôt que sa couverture venait de sauter. Céleste connaissait maintenant son identité. Le cauchemar devenait réel. Elle tangua légèrement sur la poutre, presque déséquilibrée par l'angoisse.

Céleste fixait l'espace d'exposition en bas de la salle.

– J'aurais dû m'en rendre compte, dit-elle d'une voix blanche. Tu étais trop parfaite pour le rôle. C'était comme si tu étais faite pour cette cause. C'était sûrement le cas, d'ailleurs.

Elle secoua la tête.

– Tu m'as bien bernée. Je pensais que tu avais souffert autant que moi. Je pensais sincèrement que tu comprenais.

Il était inutile de nier. Zen se redressa et s'efforça de ravaler sa peur. Elle devait affronter la situation.

– Je comprends, oui, Céleste. Je comprends vraiment. Tu disais des choses très vraies. Mais qu'est-ce que tu t'apprêtes à faire, maintenant ? Qu'est-ce que c'est que la phase deux ?

Céleste se retourna vers elle et lui lança un regard froid, terrifiant, derrière ses lentilles marron.

– Comment oses-tu me parler de vérité, Dima ? Ça n'est même pas ton véritable nom ?

Locke les dévisageait.

– Attends, tu veux dire que… C'est une balance ? demanda-t-il à Céleste. Est-ce qu'on… est-ce qu'on a un sérieux problème, là ? Et si elle avait des gens dans…

– On continue comme prévu, l'interrompit Céleste. Je me charge du reste.

Zen fit un pas vers elle.

– Qu'est-ce que tu viens de donner à Locke ? Vous comptez vous en prendre à quelqu'un ? Qu'est-ce que tu voulais dire par « véritable justice » ? ajouta-t-elle après un silence.

Céleste pivota légèrement, pour se placer entre Zen et Locke. Il attacha le disque à sa ceinture, comme elle le lui avait demandé. Le disque s'illuminait peu à peu, d'une lumière blanche qui scintillait sur le côté comme un indicateur de charge.

– Tu ne pourras pas nous arrêter, l'avertit Céleste. Personne ne le pourra. Ces gens qui créent un marché du sang vont voir le leur couler un peu.

Zen cligna des yeux, car elle venait de comprendre.

– Tu vas activer les fossoyeurs, dit-elle. Activer leur armement, c'est ça ?

Céleste arracha ses lunettes de ski et les jeta dans le vide. Ses cheveux blond platine semblaient créer un halo autour de son visage et ses joues avaient rosi. Elle semblait bouleversée et surtout, dans une colère noire.

– Je pensais que tu étais l'une d'entre nous, cracha-t-elle. J'ai cru à tes histoires au sujet de ta mère – de ta vie si tragique, si vide. Mais tu es une menteuse. Tu fais partie des ennemis. Tu es l'une d'entre *eux*.

Zen imaginait le carnage qu'un seul de ces fossoyeurs pourrait causer. La totalité de la salle d'exposition serait décimée. Il y aurait des centaines de victimes. Une sensation de panique terrible, presque insupportable, la gagna.

– Céleste, je t'en prie. Tu n'as pas besoin de faire ça. Nous avons la vidéo. Nous pouvons toujours la publier en ligne. Si assez de gens la voient…

Céleste refusait de l'écouter.

– Ça ne suffit pas. Ça ne suffira jamais ! La vidéo sert à justifier notre action, à impliquer les médias et à faire tourner l'information. Mais ça n'arrêtera pas les fabricants d'armes. Ils se contenteront de devenir invisibles, de continuer leur commerce de façon qu'ils ne soient ni pistés ni perturbés.

D'un geste rageur, elle désigna l'exposition d'armes plus bas.

– Non, la seule façon d'arrêter ces horreurs c'est de les détruire. Si nous ne le faisons pas, ce sont elles qui nous détruiront.

Locke avait accroché le disque à sa ceinture. Il brillait plus fortement et un deuxième voyant blanc était apparu sur le côté. Locke fixa alors le tube métallique qu'il sangla avec soin sur le haut de son bras.

– C'est complètement fou, reprit Zen. Ça n'est pas en tuant des gens qu'on arrête des massacres, Céleste. En faisant cela, tu ne vaux pas mieux qu'eux. Qu'est-ce que tu fais du personnel de l'Arena ? Des agents de sécurité ? Des…

– Tout le monde ici est coupable, la coupa-t-elle rudement. Ils font tous partie du système. Et toi aussi, Zenobia Rafiq, membre du programme Möbius.

Ces mots semblèrent alimenter sa rage. Elle prit une position de combat et leva les bras. Zen aperçut de nouveau l'écran de sa montre – le fichier la concernant avec sa photo en tête. Elle comprenait peu à peu la gravité de la situation. Des informations top-secret avaient fuité – et étaient tombées entre les mauvaises mains, au pire moment.

– Qui t'a communiqué ce dossier ? demanda-t-elle. Tes « soutiens », c'est ça ? Qui sont-ils ?

– Des amis, répliqua Céleste. Ils nous fournissent de l'équipement. Ils nous ont donné l'entrepôt. Et ils nous donnent les meilleures cibles à frapper.

– Donc ces... « amis » s'arrangent pour te faire prendre d'énormes risques, reprit Zen. Ils te font commettre des atrocités sur commande. Tandis qu'eux restent complètement dans l'ombre. Désolée, Céleste, ajouta-t-elle avec une exclamation sidérée, mais j'ai comme l'impression qu'ils se servent de toi. Tu ne t'es jamais demandé ce qui les motive ?

Céleste répondit par un éclat de rire bref, amer.

– Ça m'est égal. Ils nous permettent de mener des actions concrètes – de conduire un véritable changement. Ils nous ont aidés de toutes les manières possibles, ajouta-t-elle avec un horrible rictus. Comme... nous avertir lorsqu'on nous trahit.

Là-dessus, elle se rua sur Zen en tentant de lui décocher un coup de poing le plus violent possible. Zen l'évita de justesse en faisant un pas de côté sur la poutre métallique. Large d'à peine plus d'un mètre, elle donnait directement sur le vide béant. Zen essayait de ne pas regarder en bas et braqua les yeux vers Locke qui ajustait ses gants à glue. Une troisième diode blanche s'alluma sur le disque.

Elle cherchait désespérément quoi faire. Elle devait absolument contourner Céleste et empêcher Locke d'activer ce mystérieux dispositif. Il fallait qu'elle envoie un signal, d'une façon ou d'une autre. Qu'elle sonne l'alarme et appelle des renforts.

Son regard se posa sur le téléphone dans sa main et l'icône de Coccipuce dans un coin de l'écran. Cela signifiait forcément que Caleb se trouvait quelque part dans l'Arena. Elle n'avait pas son pointeur laser avec elle, mais elle pouvait envoyer une commande basique. Avec un peu de chance, lorsque le robot le recevrait, Caleb comprendrait le message : un feu de détresse dans la nuit, pour une demande d'aide immédiate.

À peine eut-elle effleuré l'écran que Céleste revint à la charge. Elle pivota sur ses talons pour lui assener un coup de pied ramassé, mais bien calibré. Zen le para avec l'avant-bras, avant de bondir sur la poutre la plus proche. Sa surprise et sa consternation se dissipaient, laissant place à une certaine forme de soulagement. Enfin, tout était dit. Elle pouvait cesser de faire semblant. Elle glissa le téléphone dans sa poche pour se concentrer sur le combat.

Céleste sauta pour la suivre, déchaînant une pluie de coups que Zen contra au prix de toute sa technique. Zen se remémora leur affrontement à l'entrepôt. Céleste optait pour un style de combat agressif et, trop sûre d'elle, elle laissait sa garde ouverte. Zen recula, feignant de fléchir et sauta sur une troisième poutre. Céleste la suivit aussitôt, mais la jeune fille l'attendait. Elle fléchit les genoux et décocha un violent croche-pied aux deux jambes. Céleste chuta lourdement sur la poutre et manqua de basculer dans le vide. Zen la rattrapa par le bras et l'attira en arrière, puis se planta au-dessus d'elle, prête à frapper si Céleste s'avisait de se redresser.

Une imperceptible vibration avec un son étouffé retentit.

– Trop tard, lâcha Céleste à bout de souffle. C'est chargé.

Zen lança un regard en direction du petit bruit. Locke se tenait sur le rebord de la poutre. Quatre diodes blanches étaient maintenant allumées sur le pourtour du disque, qui clignotaient toutes en même temps. Il pressa le centre du disque avec son index et… il disparut. Il s'était volatilisé. C'était comme s'il avait quitté ce monde d'un seul coup.

Sidérée, la jeune fille demeura bouche bée et baissa sa garde. Céleste en profita pour se redresser d'un bond. Elle fit pivoter Zen pour lui tordre les bras dans le dos. Avant même qu'elle ait pu réagir, Céleste pressa ses paumes l'une contre l'autre pour activer la glue intelligente. Elle tenta de les séparer, mais les gants semblaient avoir fusionné et perdre leur capacité de se détacher d'un geste. Elle était aussi impuissante que si on lui avait passé des menottes.

– Qu'est-ce… qu'est-ce qui s'est passé ? balbutia-t-elle. Comment est-ce qu'il a fait ça ?

Céleste ne répondit pas.

– Tu ne t'en sortiras pas, murmura-t-elle enfin à l'oreille de Zen. Je ne peux pas le permettre. Adieu, Zenobia.

Là-dessus, elle la saisit par les épaules. Elle la retint un bref instant, comme à contrecœur, avant de la pousser dans le vide.

L'ODEUR DU SANG

L'e-mail arriva à huit heures quarante-quatre du matin. Il provenait de JaredWest@lodestar.com, avec pour sujet : « Les boss se serrent les coudes ». Caleb était appuyé contre une camionnette de surveillance à l'entrée ouest de l'O2 Arena, enveloppé dans son épais manteau. Il l'ouvrit aussitôt. Malgré la tonalité amicale du sujet, la manière dont il était tourné lui faisait suspecter qu'un avocat avait supervisé sa rédaction.

« Depuis quelques jours, disait le texte, des rumeurs et des théories complotistes ont circulé de façon exponentielle concernant le rôle de Lodestar dans l'invasion de *Terrorform* par les personnages surnommés « Anonymes ». Je voulais t'assurer que ces accusations sont absolument infondées. Lodestar n'emploierait jamais de telles méthodes et, comme le reste de la communauté des *gamers*, nous sommes navrés de voir ton jeu ciblé par cette attaque. Nous souhaitons le meilleur à *Terrorform* et à toi, et nous serions ouverts à une discussion à cœur ouvert concernant son avenir quand tu le souhaiteras. »

Caleb ricana.

– On sait tous les deux ce que ça veut dire, hein, Sam ?

– En effet, Caleb. Il semble que Jared West pense toujours pouvoir te convaincre de vendre *Terrorform* à Lodestar.

Même s'il n'est pas responsable de l'invasion des Anonymes, il espère clairement que nos présentes difficultés opérationnelles pourraient te faire revenir sur ta décision. Je crois que l'expression appropriée est : « il flaire l'odeur du sang ».

– Tu penses qu'il est sincère ?

– Impossible de le dire. Mais il a raison de rappeler que les accusations envers Lodestar se basent uniquement sur des rumeurs. Il n'y a aucune preuve permettant de le relier aux Anonymes.

– Si Lodestar n'est pas à l'origine de cette attaque, murmura Caleb, alors qui pourrait bien l'être ?

Il jeta un regard au ciel maussade.

– Quelle est l'étendue des dégâts à présent ?

– Les Anonymes contrôlent Fraxis Prime et semblent préparer des attaques simultanées sur Kursk et Quaari. Leur nombre continue de grandir à la même vitesse. Parallèlement, les non-Anonymes ont chuté de 54 % sur les nombres mensuels. Plus de trente-six mille comptes ont été suspendus.

– Et concernant cette étrange perte de logique du jeu, lors de la bataille sur le champ d'astéroïdes ? Lorsque les commandes du croiseur n'ont pas été transférées à mon Navigateur ?

– Encore de mauvaises nouvelles. Es-tu certain de vouloir les entendre ? Notre situation actuelle est plutôt…

– Dis-moi tout, Sam. La seule façon de trouver une solution est de s'y confronter pleinement.

– Tu fais preuve d'une grande honnêteté intellectuelle, Caleb. C'est une qualité admirable. Fort bien : presque

10 % des commandes internes à *Terrorform* ont cessé de fonctionner.

– Que donne ce diagnostic que nous avons lancé plus tôt ?

– Rien. Je ne peux pas identifier une raison expliquant notre perte de contrôle. Le système ne semble pas avoir été piraté ni infecté par un virus.

Caleb poussa un soupir agacé.

– Je... je n'y comprends rien, Sam. Je ne comprends pas ce qui se passe.

– Comme je te l'ai dit lorsque nous étions à l'institut, si tu désactivais les restrictions sur mes protocoles de volonté, je serais en mesure d'altérer la structure du code source et de purger les Anonymes du programme. Ce serait à présent plus compliqué, mais je pourrais encore y arriver.

– Tu sais que je ne peux pas, Sam, répondit Caleb. Je peux autoriser des actions ponctuelles, supervisées, mais je ne peux pas complètement te laisser la bride sur le cou. Il y a trop de choses qui pourraient mal tourner. Il faut penser de manière transversale et essayer de... de...

Quelque chose remuait dans la poche de son manteau. En baissant les yeux, il vit Coccipuce en sortir et grimper lentement le long de sa manche jusqu'à son épaule. Il avait emporté le microrobot sur un coup de tête, pensant qu'il pourrait être utile, et que Zen, une fois exfiltrée, serait heureuse de le retrouver. Il leva la main et le robot se glissa dessus en redressant légèrement la tête pour agiter ses antennes et analyser l'air. Les diodes sur leurs extrémités étaient vertes, ce qui signifiait que Coccipuce venait de se remettre en alerte. Il s'était automatiquement connecté à une manette de pilotage quelconque.

Caleb comprit rapidement ce qui se produisait. Zen avait certainement lancé l'appareil d'écoute qu'elle avait élaboré pour les Encloueurs et, du même coup, l'application avait sorti Coccipuce de son sommeil. Elle allait aussitôt comprendre qu'ils étaient à proximité.

La professeure Clay avait autorisé Caleb à accompagner l'équipe d'exfiltration jusqu'à l'Arena, au cas où Zen lui enverrait un message, via *Terrorform* ou tout autre canal. Elle lui avait cependant clairement signifié qu'il avait encore à répondre de son attitude de la veille. Il avait l'interdiction d'entrer dans la camionnette de surveillance. Clay et Mitch s'y trouvaient, avec certains de leurs contacts à la surveillance des systèmes de communication. Caleb n'avait pas non plus le droit de prendre une part active à la mission.

– Tu es présent uniquement en tant qu'observateur, lui avait-elle dit rudement. Rien de plus.

C'était déjà énorme. Caleb s'approcha de la porte arrière du véhicule et frappa lourdement contre la carrosserie en appelant Clay.

Mitch ouvrit presque instantanément. Mal rasé, il avait l'air fatigué. Une partie de l'équipe Möbius avait veillé toute la nuit. Il sortit du van.

– Caleb, tu connais les consignes de la professeure. Tu ne peux pas…

Caleb lui montra Coccipuce, en expliquant à la hâte ce que son réveil signifiait.

– L'opération des Encloueurs va commencer, Mitch. Zen essaie peut-être de nous contacter. De nous envoyer un nouveau message.

Ils observèrent tous deux le minuscule robot. Il demeurait en alerte, s'agitant selon une routine programmée pour imiter le comportement d'un insecte, en se déplaçant dans un sens, puis dans l'autre, avant de se diriger vers la doublure en fourrure de la capuche de Caleb.

Mitch ne semblait pas aussi convaincu que Caleb l'eut espéré.

– OK, dit-il. Surveille ça de près. Et tiens-moi au courant s'il… fait quelque chose.

– Et si le…

– Voilà où nous en sommes, le coupa Mitch. Les Encloueurs sont arrivés un peu plus tôt avec un zodiac. Ils ont pris leurs positions tactiques aux quatre coins de l'Arena.

– Mais… vous allez les arrêter, non ? Où est Zen ? Est-ce qu'elle va bien ?

Mitch secoua la tête.

– Nous devons attendre de voir comment les choses se déroulent. Il est particulièrement important de ne pas déclencher notre piège trop vite. Les Encloueurs semblent attendre quelque chose – sans doute une occasion d'enregistrer cette conversation qu'ils veulent à tout prix. Mais jusqu'à ce qu'on soit sûr, nous devons attendre. Ne pas agir trop vite.

Caleb enfonça les mains dans ces poches.

– C'est nul, Mitch, dit-il. Je me sens tellement inutile, ici.

Le chef de la sécurité de l'IARC lui lança un regard empathique, puis il sortit son téléphone.

– Il y a une chose pour laquelle tu pourrais m'aider. Jette un coup d'œil à ça.

Sur l'écran s'affichait une notification urgente des pompiers de Cambridge. Après avoir couvé pendant près d'une semaine, l'incendie de la SolTec était enfin éteint et les enquêteurs s'apprêtaient à commencer leurs investigations. Une vidéo se lança : il s'agissait d'images des décombres de l'usine prises depuis un drone. La plupart des bâtiments avaient disparu dans le brasier. Derrière les façades pulvérisées ou calcinées se trouvait un trou béant, plongeant sous terre sur plusieurs niveaux. Les niveaux en sous-sol de la SolTec s'étaient effondrés ou avaient explosé, ouvrant le complexe du laboratoire de recherche situé en dessous.

La caméra s'approcha, plongeant vers le trou à travers le labyrinthe de fumée grisâtre, elle passa devant les niveaux où Mitch et Caleb avaient vécu l'incendie en direct avant de se jeter dans une course désespérée pour échapper à l'explosion ; le niveau des serveurs où il avait stoppé le virus et déclenché malgré lui l'autodestruction des robots. Et ensuite, en dessous, se trouvait encore un autre niveau.

Caleb ouvrit de grands yeux.

– Aiden Lennox nous avait pourtant dit que les serveurs se trouvaient au dernier niveau inférieur, non ?

– En effet, Caleb, confirma Sam. Il semble qu'il nous ait une fois de plus trompés.

Caleb synchronisa le Flex avec le téléphone de Mitch, passant en plein écran pour mieux observer les images. Au milieu des décombres et de l'acier en partie fondu, il distinguait à peine les enveloppes métalliques carbonisées d'énormes groupes électrogènes et les restes de ce qui ressemblait à un système de refroidissement industriel et une vitrine de verre pulvérisée.

– Sam… est-ce que j'ai des visions, ou bien ? On dirait… les restes d'un ordinateur quantique, non ?

– Il semblerait bien que ce soit le cas, Caleb. C'est la seule explication qui...

– Attends un peu... intervint Mitch. C'est... la même chose que l'engin sur Spøkelsøy, non ? Le système conçu par Xavier Torrent ?

Caleb acquiesça.

– C'est le futur de l'informatique. D'une puissance phénoménale. La technique est phénoménale. Mais la technologie est encore expérimentale, incroyablement chère et surtout très difficile à produire.

– Les ordinateurs quantiques sont extrêmement régulés au Royaume-Uni, ajouta Sam. Tous les développeurs doivent enregistrer leur travail auprès du gouvernement. La SolTec ne semble pas l'avoir fait.

Mitch fronça les sourcils.

– Je parie qu'ils l'ont assemblé pour pousser les programmes de leurs robots de combat. Vous pensez que les Encloueurs connaissaient son existence ?

Caleb fit les cent pas sur le parking, en pressant ses doigts contre ses tempes, tâchant de trouver un sens à ces révélations.

– La mission des Encloueurs était d'infecter le réseau de la SolTec avec un virus, reprit-il. Une fois installé, il aurait envoyé ses robots meurtriers dans les rues de Cambridge. Ç'aurait été un véritable carnage : des dizaines de morts et de blessés. Les services d'urgences auraient très vite été dépassés. L'armée aurait été réquisitionnée. Il aurait fallu évacuer en masse les quartiers de la ville, dont la SolTec.

Il pointa l'image sur l'écran du Flex.

– L'ordinateur quantique aurait été laissé sans surveillance, car absolument tout le monde aurait été occupé ailleurs.

– Alors, d'après toi, quelqu'un essayait de le voler en se servant des robots comme diversion, et cette tentative a échoué uniquement parce que l'usine a brûlé ?

Mitch réfléchit quelques instants.

– Mais si cet ordinateur était dissimulé dans un niveau gardé secret, comment les voleurs auraient-ils pu savoir qu'il se trouvait là ?

Caleb secouait la tête.

– J'ai un très mauvais pressentiment, Mitch, dit-il en regardant l'O2 Arena. Il y a tout un pan occulte à cette affaire. Tout le reste, y compris les Encloueurs, n'est qu'un vaste…

Quelque chose lui chatouilla alors la nuque. Il étouffa un cri et machinalement, porta ses mains à son cou, mais comprit aussitôt qu'il s'agissait de Coccipuce. Le robot venait de décoller dans le soleil du matin. Ses ailes vibraient rapidement et il rétracta ses antennes dans sa petite tête en cuivre. Les diodes avaient viré au rouge : il avait donc reçu une instruction de Zen. Une fois bien haut dans le ciel, il vira brusquement en plongeant et en prenant de la vitesse, avant de disparaître sous le chapiteau blanc de l'Arena.

CODE NOIR

La chute de Zen fut stoppée par un filet de cordes et de câbles et elle roula maladroitement sur une étroite plateforme métallique. Elle avait atterri sur une baie de spots suspendue à la structure du plafond. Céleste l'avait clairement fait exprès : elle n'avait pas voulu que Zen risque de donner l'alerte en tombant au beau milieu du salon et savait que les bombes à sous-munitions des fossoyeurs l'auraient de toute façon pulvérisée.

Il n'y avait qu'une explication plausible à la disparition de Locke sur les poutres, au-dessus. Les mystérieux soutiens des Encloueurs l'avaient très certainement équipé avec un dispositif de masque. Zen ne l'avait vu qu'une seule fois à l'œuvre : au tout début de sa première mission pour Möbius, lorsqu'elle avait aperçu un drone détecteur invisible dans une chapelle souterraine sous le British Museum. Et cette étrange rencontre l'avait conduite, avec Caleb dans des lieux particulièrement sombres…

La frustration était sans doute l'émotion qui dominait chez elle. Elle devait absolument faire quelque chose. Rejoindre le niveau principal de la salle et arrêter Locke. Elle lutta de toutes ses forces pour séparer ses gants collés, mais en vain.

– Génial, souffla-t-elle, épuisée. Vraiment, génial.

Au même instant, elle perçut un léger bourdonnement, suivi par quelques tintements qui ressemblaient à celui d'un piétinement métallique sur un spot. Coccipuce avait trouvé le moyen d'entrer dans la salle.

Zen ne put réprimer un sourire.

– Salut, ma puce ! lui lança-t-elle.

Au prix d'un énorme effort, elle réussit à s'accroupir et siffla quelques notes courtes. Coccipuce déploya aussitôt les minuscules scies que Zen avait installées juste sous sa tête, telles deux mandibules à pointe de diamant. Elle tenta de se déplacer de côté, esquissant une grimace en effleurant un spot brûlant. Elle s'approcha des petites scies et avec beaucoup de prudence, elle parvint à découper les lanières qui sanglaient le gant à son poignet droit pour libérer sa main.

– Bon, dit-elle en libérant la gauche. Maintenant, trouvons l'homme invisible.

Coccipuce rétracta ses miniscies et sauta sur l'épaule de Zen. La jeune fille se leva et saisit une corde pour regagner le niveau des poutres métalliques. Il n'y avait plus une trace de Céleste ni de Locke. Elle bondit vers l'endroit où le jeune homme s'était volatilisé et promena son regard aux alentours. Elle repéra plusieurs manières de descendre jusqu'au niveau principal de l'exposition en utilisant les échelles de service, les luminaires et quelques éléments de scénographie en contrebas. Mais il avait déjà une bonne minute d'avance sur elle. Elle devait gagner du temps si elle voulait avoir une chance de le rattraper.

Une longue bannière violette était suspendue non loin de là, à l'angle du pavillon de Hardcastle, décorée de leur logo en forme de bastion. Zen n'avait plus le temps de réfléchir : elle bondit et la saisit au vol, agrippant une poignée de tissu satiné, fermement cramponnée tout en se balançant d'avant en arrière et en descendant peu à peu vers le niveau zéro de la salle. Elle atterrit lourdement et se réceptionna, genoux fléchis. Quelques visiteurs à proximité laissèrent échapper un cri de surprise et reculèrent, effrayés.

– Stop ! hurla quelqu'un. Ne bougez plus !

Les cris causèrent un mouvement de panique. Tandis que les gens se précipitaient en courant vers les différentes sorties, Zen jeta un regard au pavillon : elle discernait les fossoyeurs entre les sections du stand et les écrans, mais Locke était introuvable. Avant qu'elle ait eu le temps de décider quoi faire, un policier armé surgit et s'approcha en braquant son arme sur elle.

– Les mains bien en vue ! Une intruse dans le secteur C. Code noir ! Code noir !

Elle leva les mains et ôta ses lunettes de ski au passage. Quatre autres policiers arrivèrent en renfort, l'arme à l'épaule et visant sa tête en hurlant les mêmes ordres.

– À terre ! Écarte les bras ! Doucement ! Doucement !

Zen s'exécuta. L'un des policiers passa son arme sur son épaule et tira une paire de menottes de sa ceinture avant de s'approcher d'elle.

– Arrêtez ! cria alors une voix familière. Laissez-la.

La professeure Clay se tenait à quelques mètres de la scène, vêtue de son trench en cuir brun et appuyée sur sa canne. Mitch la suivait de près, aux aguets. Des policiers surgissaient dans la salle de tous les côtés. L'atmosphère se remplit de cris, d'ordres et du crépitement de talkies-walkies.

Le policier armé hésita. Clay s'approcha et dit quelque chose que Zen ne comprit pas. Aussitôt, l'homme rangea ses menottes et l'aida à se redresser.

Dès qu'elle fut debout, elle aperçut Caleb qui se précipitait vers elle. Il la serra fort contre lui.

– Tu n'as rien, dit-il. Je croyais qu'ils… j'ai eu tellement peur que tu…

– Tout va bien, lui dit-elle lorsqu'il la lâcha enfin. Qu'est-ce qui se passe ? Ils ont arrêté quelqu'un ?

– Tout un groupe d'Encloueurs. Ils les ont pris par surprise, apparemment, ils étaient en sous-nombre. Mais je crois qu'un ou deux ont réussi à s'échapper.

Zen secouait la tête.

– Ça n'est pas fini, Caleb. Leur opération est toujours en cours. Ils ont prévu d'activer les robots-crabes de Hardcastle et de faire exploser leurs bombes. De détruire complètement cet endroit.

Caleb la dévisagea.

– Quoi ?

– Ils utilisent une technologie d'invisibilité – notre saboteur, il est ici, maintenant.

– Une technologie d'invisibilité ? Tu es sérieuse ? Comment ont-ils eu accès à ça ?

– Je n'ai pas le temps de t'expliquer, répondit Zen. Mais nous devons trouver le moyen de le rendre visible.

Elle venait d'avoir une idée.

– Est-ce que Sam et toi avez la possibilité de pirater le système de l'Arena ? Genre, tout de suite ?

– Cela devrait être possible, Zen, intervint Sam. Les grands lieux publics prennent rarement des précautions de cybersécurité suffisantes. Si Caleb me donne l'autorisation nécessaire pour...

– Fais-le, Sam, dit Caleb en étirant l'écran du Flex. Fais-moi entrer dans leur système.

– Ouvre les réglages administrateurs, lui dit-elle. Puis trouve l'accès aux sous-répertoires des dispositifs anti-incendie.

Caleb comprit où elle voulait en venir.

– Tu penses aux gicleurs ? Donne-moi juste une seconde, s'esclaffa-t-il en pianotant sur son écran.

Tilda Clay, qui s'entretenait jusque-là avec les forces de l'ordre, se dirigeait à présent vers eux en faisant claquer sa canne sur le sol.

– Bon sang, Caleb, s'exclama-t-elle avec un agacement non dénué d'une certaine admiration. Combien de fois vais-je devoir te le répéter ? Je n'ai autorisé ta présence qu'en qualité d'observateur. Retourne immédiatement près de la camionnette et laisse-moi parler avec Zen.

– Tout ce que vous vous voudrez, professeure. Laissez-moi juste... terminer... une... chose.

Il tapota une dernière fois l'écran du Flex et une eau glacée surgit du plafond, s'écoulant d'un nombre incalculable de gicleurs qui couvraient la surface de l'Arena. Tout le salon de la CoDeS et toutes les personnes encore présentes furent rapidement trempés. Une exclamation horrifiée monta presque aussitôt couverte par le bruit de l'eau. Clay lâcha un juron, s'écarta et s'abrita sous le col de son manteau, tandis que Mitch et Caleb se réfugiaient sous un lance-missile sol-air.

Zen, en revanche, n'avait pas bougé. Coccipuce se glissa dans la poche de sa veste, et ses mèches d'un bleu glacé se plaquèrent sur son visage. Elle scrutait le pavillon de Hardcastle, guettant le moindre signe de la présence de Locke. Le pavillon semblait se gorger d'eau et devenir une véritable piscine. Les torrents des gicleurs ruisselaient le long des écrans.

Soudain, elle répéra un mouvement : la courbe d'une épaule, trahie seulement par la lumière qui se reflétait dans les trombes d'eau. Elle se mit à courir, franchissant les mares qui se formaient peu à peu, et accéléra en rassemblant ses dernières forces.

Lorsqu'ils se percutèrent, une exclamation douloureuse monta dans l'air. Zen fut saisie par deux bras invisibles et plaquée brutalement au sol. Elle réussit à se relever et l'espace d'un instant, elle le discerna clairement : il se faufilait dans le pavillon comme un hologramme aux contours argentés, scintillants.

– Dima Kahf, ironisa-t-il, d'une voix qui semblait flotter dans l'air. Qui vient au secours de Hardcastle.

– Les morts seraient inutiles, Locke. Il y a des policiers partout. Rends-toi, c'est ce que tu as de mieux à faire.

– Je savais que quelque chose clochait chez toi. Dès le début.

– Ne le fais pas, implora Zen. Je t'en supplie.

Mais elle parlait en vain. Locke se dirigeait droit vers les fossoyeurs. Zen se mit à courir. Locke atteignit l'estrade où étaient exposés les robots et s'accroupit, prêt à y placer le dispositif donné par Céleste. Elle se jeta sur lui et entendit que sa tête heurtait la carapace du robot. Il tituba et elle le perdit quelques instants de vue. Un violent coup de pied percuta son épaule. Vu la direction, elle devina qu'il s'était hissé au sommet du robot peint d'un motif treillis arctique. Si son adversaire prenait de la hauteur, elle n'avait pas une chance. Elle grimpa sur l'engin adjacent, avec un autre treillis jaune et vert, et leva les poings.

La silhouette fantomatique de Locke se déroba. Le pavillon de Hardcastle était plongé dans l'ombre, car les écrans s'étaient éteints automatiquement avec l'activation des gicleurs. Il était à peine visible.

Un léger flou humide bougea sur sa gauche. Un coup de poing percuta sa joue et la projeta sur le côté. Instinctivement, elle leva le bras pour bloquer le coup suivant, mais pas le coup de pied qui vint ensuite frapper son genou et la fit basculer. Zen expira, cherchant à retrouver sa concentration, mais elle ne semblait pas y arriver. Comment combattre ce qu'elle ne pouvait pas voir ?

– Hé, Faucon, lança une voix. Par ici !

Caleb, trempé jusqu'aux os, se tenait à l'entrée du pavillon, le Flex dans sa paume. Il fit glisser deux doigts sur l'appareil et l'immense écran derrière Zen se ralluma. Il diffusait la scène d'introduction du film de promotion pour le fossoyeur, dans le désert étincelant de lumière. Toutes les gouttelettes d'eau autour d'eux se mirent à scintiller comme des gemmes. La silhouette de Locke se révéla aussitôt, tandis qu'il levait la main pour protéger ses yeux. La jeune fille serra les dents et bondit pour lui assener un crochet. Elle le percuta en plein milieu de la poitrine. Ses baskets glissèrent sur le revêtement du fossoyeur trempé et Locke bascula en arrière avant de chuter lourdement sur le sol.

Zen se jeta aussitôt sur lui. Elle attrapa le disque d'invisibilité à sa ceinture et l'arracha d'un coup sec. Locke redevint visible : il se tordait de douleur. Elle lui ôta ses lunettes de ski. Son œil droit gonflait déjà et il arborait une expression étrange : un sourire groggy, maladroit. Il semblait presque soulagé d'avoir été stoppé.

– Tu ne comprends pas ce qui est en jeu, susurra-t-il. Tu n'en as... pas la moindre idée.

Elle brandit le disque.

– D'où vient ce truc. Qui l'a donné à Céleste ?

Locke secouait la tête, s'esclaffant d'une voix éraillée.

– Un conseil, Dima Kahf : surveille tes arrières.

L'eau cessa de couler aussi brutalement qu'elle avait surgi. Des policiers en armes arrivèrent en nombre : ils firent basculer Locke sur le ventre et lui passèrent les menottes. Les nombreuses égratignures et ecchymoses de Zen commençaient à la faire souffrir. Elle regarda Caleb et lui adressa un signe de tête reconnaissant, qu'il lui rendit, avant de désigner le sol d'un geste. Le tube métallique que Céleste avait remis à Locke – la mystérieuse arme qu'ils comptaient utiliser pour activer et prendre le contrôle des fossoyeurs se trouvait à moins d'un mètre d'elle. Elle le ramassa et se dirigea vers lui.

De nouveau, la police semblait partout à la fois et allait et venait dans tout l'espace d'exposition. En voyant l'une d'entre eux, Zen se figea. Une femme de petite taille, fine, avec un gilet pare-balles trop grand pour elle se dirigeait d'un pas résolu, tête baissée, vers la sortie la plus proche. Quelques mèches de cheveux blond platine dépassaient de son casque.

Zen se mit à courir en laissant Caleb derrière elle et remonta le grand hall.

– Mariella ! cria-t-elle. Mariella Bachmann !

En entendant son ancien pseudonyme du temps d'Argo, Céleste se retourna machinalement. La cheffe des Encloueurs se rendit aussitôt compte de ce que Zen venait de faire. Rouge de colère, elle tenta de s'enfuir, la main sur le pistolet à sa ceinture. Zen essaya de la poursuivre mais comprit rapidement qu'elle n'avait aucune chance. Céleste avait trop d'avance : elle allait réussir à s'échapper.

La professeure Clay apparut alors sur le côté d'un véhicule de transport de troupes tout-terrain et se plaça directement sur la trajectoire de Céleste. La jeune femme s'apprêtait à sortir son arme, mais avant qu'elle ait pu la tirer du holster, Clay lui décocha un violent coup de canne. Le pommeau argenté percuta la tête de Céleste avec un sinistre craquement, qui la projeta au sol, sans connaissance.

– C'est elle, n'est-ce pas ? demanda la directrice lorsque Zen et Caleb la rejoignirent au pas de course. Dites-moi que je ne viens pas d'assommer un officier d'élite de la police.

Zen ne put s'empêcher de sourire.

– Non, c'est bien elle.

– Parfait. Et cela représente tout un tas de paperasse dont je n'ai vraiment pas besoin. Monsieur Mitchell, si cela ne vous ennuie pas...

Mitch s'avança vers elle en déboutonnant son col avec un large sourire. Il se pencha, pris l'une des mains de Céleste, et lui passa une menotte avant d'attacher l'autre à une barre sur le véhicule de transport de la police.

– Vous avez réussi, les enfants ! s'exclama-t-il. Vous avez arrêté les Encloueurs !

Avec une moue dubitative, Clay regardait Locke qu'un policier armé conduisait vers la sortie.

– Il semblerait que ta dernière désobéissance en date ait été justifiée, Caleb, dit-elle. Nous passerons là-dessus pour cette fois.

– Merci, professeure, répondit Caleb, mais nous n'avons pas terminé. Sam et moi devons…

– Hé ! Hé, vous là-bas !

Jim Jones se dirigeait d'un pas rageur vers l'équipe Möbius, le visage écarlate comme un steak saignant. Cinq ou six assistants marchaient dans son sillage, dont l'un d'eux tentait de maintenir un parapluie au-dessus de la tête de son chef pour l'abriter des dernières gouttes qui tombaient çà et là des gicleurs.

– Oui, vous, là, avec le manteau en cuir ! C'est vous qui êtes responsable de… de ce cirque ?

Zen comprit qu'il s'adressait à Clay. La directrice, appuyée sur sa canne, redressait un revers de son col et lui adressa un sourire glacial et pincé.

– Je crains de ne pouvoir confirmer ni infirmer mon rôle en lien avec les opérations de sécurité de l'O2 Arena. Je ne peux pas non plus…

Jones leva les yeux au ciel.

– C'est bon, c'est bon, l'interrompit-il. Bon sang, vous autres les espions, vous êtes tous les mêmes.

Il tendit quelque chose qu'il tenait entre le pouce et l'index.

– Expliquez-moi ça. Immédiatement.

C'était Skit. Zen avait complètement oublié son micro-robot de surveillance au milieu du chaos. Il était resté dans le pavillon de Hardcastle et avait à l'évidence été repéré par les agents de sécurité de l'entreprise.

Clay posa un seul instant les yeux sur Skit.

– Je peux vous assurer, monsieur Jones, que jamais je n'ai vu cet appareil auparavant. Il ne fait partie d'aucune agence de renseignement du pays. Si vous vouliez bien m'expliquer où et quand vous l'avez trouvé, je pourrais peut-être...

Le visage de Jones virait au rouge dangereusement cramoisi.

– Ne me faites pas le coup du déni plausible, brailla-t-il. Ce truc est un mouchard. Mes équipes viennent de le retrouver dans notre pavillon – que votre gouvernement nous avait garanti 100 % confidentiel. Une négociation de la plus haute importance y a eu lieu ce matin. Si ce rendez-vous a été enregistré – si des détails fuitent de quelque manière que ce soit – j'aurai la tête de tous les flics et espions de ce misérable pays.

– Faucon, Salangane, murmura Clay. Attendez-moi à l'extérieur. Je vous rejoins dans une minute.

Elle s'éclaircit la gorge.

– Vous vous rendez tout de même compte de ce qui vient de se produire ici, monsieur Jones ? Nous avons déjoué de peu une attaque terroriste. Votre vie et celle de votre équipe viennent d'être sauvées par les gens que vous voudriez... décapiter.

Jones lâcha Skit et l'écrasa d'un mouvement rageur.

– Je veux cet enregistrement. Chaque seconde. Et si vous ne me le remettez pas, j'en référerai à vos supérieurs. J'irai jusqu'au Premier ministre s'il le faut. Quand j'en aurai fini avec vous, vous pourrez vous estimer heureuse si on vous affecte à l'analyse de données des réseaux sociaux chinois !

Zen et Caleb s'éloignèrent en direction de la sortie. La jeune fille sortit le téléphone que Céleste lui avait donné de sa poche – celui connecté au même réseau que Skit. La vidéo de la discussion entre Jim Jones et le ministre de la Défense du Dotar apparaissait sur l'écran. Elle n'avait pas encore été partagée. Redoutant sans doute un piège, Céleste n'avait pas accédé au cloud lié au serveur de Skit. Zen ouvrit la page du site DedVane et prépara le fichier. Elle attendit quelques instants, tandis que Jones continuait de pester, accumulait les menaces et les revendications face à une professeure Clay superbement imperturbable.

Puis, elle pressa le bouton d'envoi.

LE POINT DE BASCULE

Caleb et Zen sortirent sur le parking. Dans leurs vêtements détrempés, ils laissaient des traces dans leur sillage. Plusieurs hélicoptères survolaient les lieux, avec divers drones-caméras des chaînes de télévision en continu. Des sirènes hurlaient tout autour du quartier : un convoi de véhicules de police et de pompiers fonçait sur la route menant à l'entrée de l'Arena.

– Laisse-moi voir ce truc, dit Caleb en désignant le tube de métal.

Zen le lui tendit avec un frisson.

– Ils comptaient s'en servir pour détourner les robots-crabes et activer leurs explosifs. Céleste prétendait que le dispositif les réinitialiserait de l'intérieur.

Elle fronça les sourcils.

– Je… je crois que c'est de la nanotechnologie.

Caleb examina l'objet avant de le scanner avec le Flex.

– Oui, on dirait bien. Qu'est-ce que tu en penses, Sam ?

– Vous avez raison tous les deux. Le tube contient approximativement deux cent cinquante mille nanorobots. Une fois activés, ils auraient noyé les GD6507-R et les auraient tous contaminés, tel un virus infectieux. Ils auraient eu la possibilité d'effectuer de sérieuses modifications matérielles, en altérant les composantes et les mécanismes de sécurité, voire de les remplacer entièrement.

Zen s'était immobilisée.

– Ce n'est pas l'œuvre d'un concurrent de Hardcastle, dit-elle. Ni même d'une agence étrangère. Caleb… c'est Razor.

Caleb acquiesça d'un air sombre.

– Les nanorobots, l'invisibilité… Ça ne peut être qu'eux.

– Ils ont fait sauter ma couverture, poursuivit la jeune fille. Et ils ont fourni aux Encloueurs toutes les informations dont ils avaient besoin, sans parler de leur équipement ahurissant. Mais… hésita-t-elle, l'air perdu. Pourquoi ? Qu'est-ce que Razor aurait à gagner à venir en aide aux Encloueurs ? Ils ne me paraissaient pas avoir un problème particulier avec l'industrie de l'armement. Ce serait même le contraire, d'ailleurs.

– Razor se moque pas mal de la cause pacifiste, Zen, répondit Caleb. Et même d'attaquer Hardcastle pour toutes les raisons que nous avions pu imaginer. Quelque chose nous échappe. Depuis le début.

Il lui montra la vidéo de la SolTec, qui révéla le niveau souterrain secret et détruit par l'incendie, avec l'ordinateur quantique qu'il cachait.

Zen devint soudain très pâle.

– Alors, l'attaque de la SolTec n'était qu'une diversion, conclut-elle. Les Encloueurs n'étaient que des pions, comme je l'imaginais. Razor voulait simplement évacuer l'usine. Faire en sorte d'occuper tout le monde avec les robots de combat pour pouvoir pénétrer dans le bâtiment et voler cet ordinateur.

Ils échangèrent un regard.

– Sam, reprit aussitôt le jeune garçon, combien d'ordinateurs quantiques sont actuellement opérationnels au Royaume-Uni ?

– Il y en a deux, Caleb. L'un se trouve dans une installation côtière dans le Dorset. Cependant, les derniers rapports techniques indiquent qu'il présente de sérieux problèmes de stabilité technique. L'autre se trouve à la Banque d'Angleterre.

Caleb ouvrit grand la bouche.

– La Banque d'Angleterre ? Tu veux dire... de l'autre côté du fleuve, là ?

Les sirènes redoublaient d'intensité tandis que les voitures de police pilaient devant l'entrée de l'Arena. Caleb distinguait même des véhicules blindés de l'armée, manifestement avec des équipes de déminage. Sur la Tamise, une vedette bleue longeait la rive en ordonnant à tous les bateaux civils dans les environs de quitter les lieux avec son haut-parleur.

– Le but, c'était de faire exploser la salle, raisonna Caleb. La quasi-totalité des forces de police, des urgences et des pompiers de Londres aurait été occupée ici. On ne peut pas rêver d'une meilleure diversion.

– Nous devrions avertir Clay, répondit Zen. Nous devons avertir tout le monde.

– Appelle-la, Sam, demanda Caleb. Et Mitch.

L'IA composa immédiatement les numéros, l'un après l'autre, mais tous deux tombèrent directement sur messagerie.

– Il pourrait y avoir un *black-out* sur la communication. Pour sécuriser le lieu du crime.

Caleb se tourna vers l'Arena, où les forces de l'ordre bloquaient toutes les issues.

– Je doute qu'on nous laisse franchir le cordon de sécurité pour rentrer, dit-il. Nous perdons du temps. Nous devons nous rendre à la Banque d'Angleterre. Tout de suite.

– Nous avons déjà stoppé Razor une fois, acquiesça Zen. Il doit bien y avoir quelque chose à faire.

Les deux adolescents jetèrent un regard autour du parking. Il était rempli de cars et de grosses voitures. Près de l'Arena, plusieurs motos de police étaient parquées en ligne, un casque sur chaque guidon.

– Qu'est-ce que tu en dis ? demanda Zen.

– C'est un peu notre seule solution, déclara Caleb avec un soupir. Démarre le moteur de celle à l'extrémité, Sam.

Quelques dizaines de secondes plus tard, ils quittaient le parking avec le gyrophare et la sirène allumés. Caleb conduisait, avec Zen derrière lui, exactement comme il l'avait fait l'été précédent, dans les tunnels du métro de Londres. Ils avaient tous les deux passé les casques des policiers et les gilets jaunes dénichés dans le coffre de l'engin. On aurait presque pu les confondre avec de véritables policiers. Sam avait désactivé la radio dans leurs casques afin qu'ils puissent discuter.

Caleb avait passé le Flex autour de son poignet. Sam lui donna les indications pour rejoindre la route qui bordait l'Arena. Ils dépassèrent une longue procession de véhicules d'urgence stationnés au bord de la chaussée en direction de la A102, vers le nord. Sam leur rappela que l'IARC se trouvait à dix kilomètres de là.

Caleb avait une certaine expérience avec les motos, mais celle-ci était très puissante – beaucoup plus que celles qu'il avait pu conduire auparavant. Il poussa les gaz autant qu'il l'osa.

– Envoie un message à quelqu'un de l'IARC, dit-il. À quelqu'un de Möbius : Art ou Astrid. Ils ont une bonne vue depuis la tour de l'institut sur le bâtiment de la Banque d'Angleterre. Demande-leur s'ils aperçoivent quelque chose.

– C'est fait, Caleb. Je dois t'annoncer une nouvelle qui vient de tomber : une erreur critique dans le système vient d'être signalée dans les bureaux principaux de la banque. Le personnel est en train d'être évacué.

– Bon, intervint Zen. Pas moyen que ce soit une coïncidence !

Ils s'engagèrent sur l'autoroute. Il était encore tôt, neuf heures quinze environ, et les trois voies menant au tunnel étaient encombrées, avec des ralentissements. Caleb changea plusieurs fois de voie, zigzaguant entre les voitures. Les prenant pour des policiers, des conducteurs faisaient leur possible pour les laisser passer.

– Il y a encore une chose, Caleb, ajouta Sam. Cela concerne *Terrorform*.

Caleb négocia un virage serré en accélérant.

– Vraiment, Sam ? Ça ne peut pas attendre ?

– Je crains que non, Caleb. L'invasion des Anonymes devient de plus en plus critique. Ils affectent peu à peu les macro-systèmes du jeu. Je dois réitérer la proposition de désactiver mes protocoles de volonté. Si je suis libre d'exécuter une série de décisions indépendantes au niveau administrateur, je serai en mesure de restructurer le code source et de purger les Anonymes. Mais le temps est compté.

– Je te l'ai dit : c'est un trop gros risque. Il y a forcément un autre moyen. Est-ce que... est-ce qu'on ne peut pas rassembler une autre armée ? Coder... je ne sais pas, moi, toute une flotte de croiseurs ? Ou une meute de Crocodémons ?

– Une telle approche ne serait plus efficace, Caleb. La situation à l'intérieur du jeu a atteint un point de bascule. J'ai calculé que *Terrorform* sera entièrement envahi d'ici les trois heures à venir. Le programme deviendra injouable et le code sera irrémédiablement corrompu. Notre jeu sera perdu.

Ces conclusions horrifièrent Caleb. Tout ce qu'ils avaient construit, toutes ces planètes, ces véhicules, perdus à jamais. C'était impossible à imaginer. Il serra plus fort le guidon, tâchant de rassembler ses idées. La situation était certes désespérée, mais désactiver les protocoles de volonté de Sam constituait une décision particulièrement dangereuse. Sans eux, l'IA redeviendrait complètement autonome, comme elle l'avait été sur l'île de Spøkelsøy. C'est là qu'elle avait pris une décision qui avait bien failli leur coûter la vie à tous.

– Si... si je désactive ces protocoles, dit-il, tu vas devoir me promettre de te concentrer uniquement sur *Terrorform*. Je ne veux pas que tu exécutes la moindre action, pas une seule, en dehors des répertoires du jeu. C'est bien compris, Sam ?

– Bien sûr, Caleb. Je te promets de me limiter à cette seule tâche. Elle est extrêmement prenante et elle implique un lourd travail de recodage et de transfert de données. J'estime qu'elle prendra la totalité de mon processeur pendant onze minutes et cinquante-trois secondes.

Ils approchaient à présent du tunnel. Les trois voies n'en formaient plus que deux. Un panneau au-dessus d'eux annonçait : « tunnel de Blackwall, long. 800 m ».

– Qu'est-ce que je dois faire ? demanda-t-il à Zen. Tu crois qu'on peut se passer de lui aussi longtemps ?

– C'est à toi de décider, Caleb, répondit la jeune fille. Sam est ton IA. Mais j'ai l'impression que c'est ça ou la fin de *Terrorform*.

Caleb poussa un long soupir, puis il acquiesça.

– Bon, dit-il. Tout ça est déjà allé… beaucoup trop loin. Désactive tous les protocoles de volonté. Autorisation générale accordée. Vas-y, Sam. Sauve notre jeu.

– Très bien, Caleb. Je commence.

Le tunnel se rapprochait, à l'extrémité d'une longue paroi de béton. Tandis qu'ils fonçaient vers l'entrée, le Flex se mit à vibrer. C'était un appel d'Art. Caleb répondit en activant la connexion de leur casque.

– Salangane ! cria aussitôt Art. Salangane, je viens de voir ton message. Je suis sur le toit de l'institut avec Pie. Nous regardons du côté de la Banque d'Angleterre, comme tu le voulais.

Il hésita. Sa voix fut couverte par des exclamations d'Astrid.

– Nous avons… reprit-il, nous avons remarqué quelque chose de très étrange.

LA MOTO-PIEUVRE

Une fois sorti du tunnel, Caleb prit la première grande sortie à gauche et poussa les gaz au maximum. Ils filèrent à travers les quartiers de Limehouse et de Whitechapel, à une telle vitesse que lorsqu'ils atteignirent le centre de Londres, leurs vêtements étaient presque secs.

Il n'y avait plus de doute : la Banque d'Angleterre était attaquée. Caleb et Zen avaient décidé d'un rapide plan, avec Art et Astrid. Ils devaient tous se retrouver sur le toit-terrasse de l'IARC, puis se servir de l'une des machines volantes d'Astrid pour s'y rendre et tenter une défense. Le seul problème, cependant, était que le vol de la moto de police avait été finalement remarqué. Trois voitures de police les talonnaient, avec gyrophares et sirènes, intimant à Caleb avec un mégaphone l'ordre de s'arrêter sur le bas-côté.

La tour de l'institut se dressait devant eux. Caleb traversa la petite cour pavée au pied du bâtiment et fit un dérapage avant de s'immobiliser devant les portes. Les deux adolescents sautèrent au bas de la moto, laissèrent tomber les casques et se ruèrent à l'intérieur du hall. Rufus n'eut même pas le temps d'ouvrir la bouche qu'ils avaient déjà filé. Le gardien ouvrit de grands yeux en apercevant les quatre policiers qui traversaient la place en courant.

Heureusement, un ascenseur se trouvait déjà au rez-de-chaussée. Caleb pressa le bouton du trente-cinquième étage et les portes se refermèrent à l'instant où les forces de l'ordre pénétraient dans la tour.

Art et Astrid les attendaient non loin des laboratoires spécifiques aux projets individuels et fixaient le nord.

– Très bien, s'écria Astrid tandis que Caleb et Zen s'approchaient d'eux. Répétez-moi tout ça. Qu'est-ce qui se passe exactement, ici ?

– Un cambriolage, répondit Caleb. C'est ce que je vous expliquais au téléphone. Razor tente de s'emparer de l'ordinateur quantique de la Banque d'Angleterre. Nous devons l'arrêter.

– Ça n'a pas l'air d'être un cambriolage, fit observer Art. Ça ressemble plutôt à... à un bug dans le monde réel.

Caleb rejoignit Art à l'extrémité de la terrasse. La Banque d'Angleterre, un édifice vieux d'un siècle, semblait écrasée par les gratte-ciel qui l'entouraient. Elle occupait tout un pâté de maisons et prenait des allures de château fort avec son vaste mur d'enceinte qui protégeait une sorte de donjon, dont les créneaux et les mâchicoulis auraient été remplacés par des colonnes, des frontons et des balustrades. Tout autour, les rues étaient pleines de monde : sans doute le personnel évacué peu avant. Deux camions de pompiers se trouvaient juste devant. Personne ne semblait savoir ce qu'il se passait exactement.

Art désigna la partie rectangulaire du toit coiffant le donjon. Caleb vit qu'il apparaissait déformé, comme s'il le regardait à travers un morceau de verre bombé. Les pentes couvertes de tuiles semblaient aussi trembloter, comme si elles perdaient en résolution et devenaient pixélisées. C'était une vision extrêmement perturbante.

Caleb jeta un regard au Flex, pour demander une analyse à Sam, mais le visage argenté de l'IA avait disparu de l'écran. À peine dix minutes s'étaient écoulées depuis qu'il avait désactivé ses protocoles. Sam devait encore travailler sur *Terrorform*.

– Il doit s'agir d'un écran qui réfracte la lumière, suggéra Zen. Pour permettre à Razor de masquer ce qu'ils fabriquent. Leur technologie d'invisibilité est l'une des technologies ahurissantes qu'ils ont réussi à développer. Ils ont fourni des appareils semblables aux Encloueurs : ils s'en sont servis tout à l'heure, à l'Arena.

– L'Arena, hein ? dit Astrid en sortant son téléphone où elle fit défiler quelques pages du bout du doigt. Ça vient de toi, ça ?

Une vidéo se lança. Elle montrait le patron de Hardcastle au beau milieu d'une discussion amicale avec son client au salon de la CoDeS.

Caleb lui jeta un regard en coin.

– Alors... tu l'as transférée quand même ? demanda-t-il.

– Pas le choix, répondit Zen.

Astrid pinça les lèvres, à l'évidence convaincue.

– Tu as bien fait ! La vidéo devient déjà virale. Plus de trois millions de vues en vingt minutes.

– Ça alors ! s'exclama Art. Regardez ça ! Vite !

Le rectangle déformé avait disparu, révélant un trou imposant et extrêmement précis dans le toit du bâtiment. Il semblait avoir été percé avec un genre de laser industriel. Un bloc de métal scintillant, parfaitement lisse et d'où rien ne dépassait s'élevait lentement vers l'extérieur, comme si l'objet flottait dans le ciel matinal.

– C'est l'ordinateur quantique, s'exclama Caleb. En tout cas, sa partie la plus importante. Si Razor parvient à le démarrer et à développer un système d'exploitation, ils seront en mesure de…

L'espace d'un instant, l'air sous l'ordinateur sembla onduler. Il semblait qu'un essaim de petites figures, presque imperceptibles, s'envolait du trou. Elles se glissèrent le long du bloc métallique, semblant se diriger vers un point juste au-dessus, puis elles disparurent d'un seul coup.

– Un aéronef invisible de Razor se trouve au-dessus de la banque, conclut Zen. C'est cela qui hisse l'ordinateur.

– Nous devons y aller, dit Caleb. Est-ce que tout est prêt ?

Astrid hocha la tête et se précipita vers la porte du laboratoire numéro trois. Avec l'aide d'Art, elle sortit deux motos-jets et le lanceur dorsal que Zen et elles avaient utilisé pour l'opération Supergéante. Elle avait réussi à en retirer les flèches de colle intelligente. La première moto arborant le dessin d'une pie était celle dont Astrid et Art s'étaient servis pour installer leur émulseur anti-incendie aérien la semaine précédente. La seconde était une version plus trapue, moins aérodynamique : il s'agissait à l'évidence d'un prototype, avec le dessin très détaillé d'une pieuvre qui s'étendait sur tout le cadre de l'engin. Un canon à substance gluante avait été fixé juste dessous – sans doute pendant que Zen et Caleb revenaient de l'Arena vers l'IARC.

Astrid leur remit leur équipement : casques, lunettes de protection et des combinaisons de vol d'un gris métallique qui intégraient des gilets de protection gonflables et des radios de communication. Elle avait aussi récupéré quelques affaires pour Zen : son pointeur laser pour Coccipuce, son arc télescopique et une poignée de flèches à glue.

– Nous devons vraiment enfiler ça ? demanda Caleb en dépliant sa combinaison.

– Eh bien, à toi de voir, répondit Astrid. Mais avec ce vent, il y a de grandes chances pour que tu te retrouves les fesses à l'air.

Caleb se représenta un instant la scène, avant de se débarrasser à la hâte de son gilet jaune et d'enfiler la combinaison par-dessus ses vêtements.

– J'ai amélioré la formule de la mousse, leur annonça Art, en utilisant ton scan de la glue intelligente, Zen. Cela devrait permettre d'éviter les... incidents qu'Astrid et moi avions eus jusque-là. Elle adhérera à absolument tout et se développera à environ 300 % de sa masse originelle. Cela devrait convenir parfaitement à vos besoins.

– La moto à la pie est la mienne, évidemment, annonça Astrid en déballant un chewing-gum qu'elle fourra dans sa bouche. Je me suis dit que vous pourriez tous les deux utiliser l'autre.

– Je prends le lanceur dorsal, dit Zen en se dirigeant vers l'engin. Je sais le manier. Les motos, c'est plutôt le truc de Caleb.

– Tu ne viens pas avec nous, Art ? demanda Caleb en mettant son casque. Tu peux monter à l'arrière de la mienne, si tu veux.

– Euh... non. Non merci, Caleb. J'ai appris à mes dépens et à celui de mon estomac que les machines d'Astrid ne me conviennent pas vraiment. Je vais rester ici pour tenir le fort.

– Bon. En revanche, la police va débarquer d'une minute à l'autre. Il est possible que nous ayons volé deux de leurs bécanes à l'Arena sans permission.

Art déglutit péniblement.

– Je dirai que je ne sais rien. Muet comme une tombe. Vous pouvez compter sur moi.

Caleb enfourcha la moto décorée de la pieuvre et testa le guidon. Il sourit.

– Cette journée, murmura-t-il, commence à être idéale pour les balades à moto.

– Tiens-toi bien droit, expliqua Astrid. Elle restera suspendue en l'air si tu fais ça. Ensuite tu pourras avancer. C'est comme le surf : d'abord l'équilibre, ensuite la direction.

– Pas de problème, répondit Caleb en pressant le bouton de démarrage.

Les soufflantes se mirent en marche. Une légère vibration se propagea jusqu'à ses mains et ses bras.

Il jeta un regard à l'autre bout de l'héliport. Rufus sortait de l'ascenseur avec des policiers. Ils n'avaient plus une minute à perdre.

Ils s'élancèrent tous les trois dans un grondement assourdissant et s'élevèrent comme des fusées dans le ciel, sous les cris de Caleb. Londres devenait de plus en plus petite, ne semblant qu'un jouet jusqu'à ce que le toit de l'IARC ne soit plus qu'un pixel gris dans l'immense grille des rues de la ville. Le vent leur soufflait aux oreilles et les faisait violemment tanguer d'un côté puis de l'autre. Caleb luttait pour garder l'équilibre, jurant dans sa barbe. Cet engin tenait plus de l'animal sauvage que d'une moto. Dès qu'il eut réussi à se rétablir, il chercha les autres du regard.

– Alors, dit-il dans la radio intégrée du casque. Voilà ce que nous allons faire. Trouver ce qui se cache à la banque en le recouvrant de mousse expansive puis le faire redescendre.

– C'est tout ? demanda Astrid. Le faire redescendre au sol ?

– La technologie de Razor que nous avons vue l'été dernier était vraiment terrifiante, intervint Zen, mais pas vraiment endurante. La plupart de leurs drones avaient plusieurs points faibles.

– Des « points faibles », commenta Astrid. C'est précis, ça, dis donc.

Caleb s'habituait rapidement à sa moto-pieuvre. Elle permettait de laisser le vent la porter et de se diriger en maniant finement le guidon selon les courants. Il la fit basculer vers l'avant et lâcha la manette des gaz. La moto se mit à plonger, de plus en plus vite comme sur des montagnes russes.

– C'est fantastique ! hurla-t-il. C'est vraiment, complètement…

– Concentre-toi, le reprit Astrid. Nous n'avons pas le temps pour des cabrioles.

Astrid filait déjà en direction de la banque en projetant la substance visqueuse de la mousse – à présent d'un orange acide – juste au-dessus du bloc métallique suspendu dans les airs. En quelques secondes, elle avait touché une cible. L'un des projectiles orange s'écrasa sur une surface lisse et courbe.

– Voilà, je l'ai marqué, dit-elle en virant de bord. À toi de jouer !

Caleb se rapprochait et prenait de la vitesse. Son cœur battait à tout rompre. Il visa juste à gauche du coup porté par Astrid et tira sans discontinuer. Le canon sous la moto vibra et l'entraîna légèrement de côté. Caleb rétablit la trajectoire, tâchant de ne pas se laisser déconcentrer, et piqua vers le sol, jusqu'à se retrouver à quelques mètres seulement de la tache orangée, avant de tirer sur le guidon pour remonter d'un seul coup. Il jeta un regard en arrière : une large bande orange dessinait le contour d'un énorme drone discoïde, d'une bonne dizaine de mètres de diamètre.

– Le voilà ! cria-t-il d'un ton triomphant dans le micro. Faucon, tu es là ? Tu le vois ?

– Oui, répondit Zen. Je suis juste à côté, sur le toit du Royal Exchange.

Elle marqua un silence et sembla jurer dans sa barbe.

– C'est bel et bien Razor...

DEUX BREFS, UN LONG

Caleb prit de la hauteur jusqu'à ce que le vent glacial lui gifle les joues, avant de repartir pour un nouveau passage. Au même moment, Zen bondit par-dessus la place devant la banque et atterrit sur le drone, près de l'extrémité.

– Hé ! cria-t-il. Qu'est-ce que tu fabriques ?

– Il faut réussir à l'endommager, dit-elle. Trouver le point névralgique pour l'empêcher de...

Le drone se mit à bouger – d'abord très lentement jusqu'à ce que l'ordinateur quantique se soit éloigné de la banque – avant d'accélérer. Il monta dans les airs en suivant une diagonale, s'élevant au-dessus des tours en direction de l'est. Zen bascula en avant, se rattrapant juste à temps pour ne pas glisser. Caleb et Astrid se lancèrent à la poursuite de l'engin en évitant les édifices les plus hauts et en poussant leurs motos au maximum de leur vitesse. Ils avaient du mal à le suivre.

– Euh, Pie ? appela Caleb par la radio. Quelle distance elles peuvent couvrir, ces motos ?

– La batterie devrait nous laisser quatre-vingts kilomètres... à peu près.

– OK, dit Caleb. On ferait mieux de se dépêcher alors.

– Continuez à tirer. Essayez de... boucher les circuits du disque ou quelque chose comme ça, dit Zen avant d'hésiter. Mais, euh, essayez de ne pas m'engluer avec.

Ils avaient déjà laissé le centre de Londres derrière eux. Ils filaient le long de terrasses d'immeubles résidentiels et approchaient du complexe sportif du parc olympique de Stratford. La sensation de la vitesse était incroyable. C'était comme une bouffée d'adrénaline qui remplissait Caleb d'un sentiment d'énergie et de concentration. Astrid avait raison : ils menaient une mission très sérieuse aux enjeux extrêmement graves, qui exigeait toute son attention. Cependant, il ne put s'empêcher de pousser un cri de joie.

Zen avait planté une flèche à glue sur le disque pour pouvoir se raccrocher à quelque chose. Caleb se remémora l'opération Supergéante : le lanceur dorsal ne pouvait pas la maintenir en l'air plus de quelques secondes. Elle allait donc devoir l'utiliser avec prudence.

Une prairie bordée d'arbres s'étendait en dessous d'eux. La route qui suivait son tracé était encombrée par le trafic. Caleb orienta sa moto vers le disque et se remit à tirer. Viser une cible mouvante se révélait extrêmement compliqué et un seul projectile atteignit le drone. Astrid s'en sortait mieux : l'un de ses tirs toucha le centre, manquant de peu Zen.

– Pie, attention ! cria la jeune fille en roulant de côté pour éviter la mousse expansive.

– Désolée, Faucon, mais tu es plantée au milieu, là.

Les deux motos-jets virèrent de bord pour décrire une boucle et revenir à la charge. Caleb glissa son doigt sur la gâchette, visant l'extrémité opposée du coup d'Astrid, loin de Zen. Mais avant qu'il ait pu tirer, le dispositif d'invisibilité fut désactivé.

Horrifié, Caleb reconnut alors la machine. Le disque était entièrement noir avec une surface lisse et miroitante. Il ressemblait à une version encore plus large du méga-drone de Razor que Zen et lui avaient dû affronter dans la caldeira de Spøkelsøy. Or, ce monstre technologique leur avait réservé de très mauvaises surprises.

– Zen ! cria-t-il dans la radio, en oubliant leurs noms de code Möbius. Tu dois quitter ce truc immédiatement ! Je vais me rapprocher et tu vas sauter sur ma moto !

– Ça risque d'être compliqué, intervint Astrid. Les vents vont t'entraîner dans toutes les directions.

Zen ne répondit pas. Elle fixait le drone, terrifiée. Caleb savait qu'elle continuait de chercher les jointures dans sa coque métallique, craignant qu'elle s'ouvre et libère les affreuses armes qu'il contenait sûrement. De nouveau, il cria son nom. Elle leva les yeux vers lui et hocha la tête.

Caleb orienta le guidon vers l'engin et s'aperçut que l'ordinateur quantique s'apprêtait à être hissé à l'intérieur de sa coque. Comme si la chose se préparait à prendre de la vitesse – une allure qu'ils n'arriveraient sûrement plus à suivre.

– Sam, lança-t-il. Qu'est-ce que tu perçois comme signal de ce truc ? Est-ce qu'il y a quelque chose qu'on puisse utiliser – n'importe quoi ?

Mais il n'obtint aucune réponse. Caleb fronça les sourcils. La suppression des Anonymes aurait dû être maintenant terminée. L'opération se révélait manifestement plus compliquée que Sam l'avait prévu.

Astrid avait gagné du terrain et se trouvait à la hauteur du disque, tout en gardant ses distances.

– Il y a un point à viser en particulier ? demanda-t-elle. Ils sont où, ces points vulnérables ?

– Donne-moi juste une seconde, répondit le garçon.

Il se rapprocha et arriva à environ sept ou huit mètres de l'engin. Il voyait son reflet sur sa surface, avec son casque, ses lunettes et sa combinaison et l'infini du ciel derrière lui. À quatre pattes sur le drone, cramponnée à sa flèche, Zen était ballottée par les rafales.

– Vas-y, cria-t-il. Ce n'est pas si loin, tu peux y arriver !

Quelque chose percuta sa moto, écrasant l'une des soufflantes et manquant de la renverser. La moto perdit de la vitesse avec une rapidité qui lui retourna l'estomac. Ils se trouvaient à présent au-dessus de la banlieue de Londres, avec ses grands lotissements délimités par de larges routes et parsemés de parcs et de sous-bois. Tandis qu'il luttait pour retrouver l'équilibre, il entendit Astrid jurer de plus belle dans la radio.

Après une lutte de quelques instants, il parvint à se rétablir et effectua un demi-tour vers le disque pour récupérer Zen. En apercevant l'engin de Razor, il ouvrit de grands yeux terrifiés. Des panneaux s'extrayaient de la partie inférieure du drone et se déployaient pour libérer deux objets noirs, en forme de scies circulaires, qui fendaient l'air de part et d'autre. C'était l'un de ces objets qui l'avait percuté, tandis que l'autre avait manqué Zen de justesse, en la projetant contre la flèche et en arrachant un morceau substantiel du lanceur dorsal. Plusieurs autres lames pointaient en direction d'Astrid. Elle vira de côté, avant de faire une tête-à-queue pour décharger un jet de mousse orange. Il toucha de plein fouet la lame de plomb qui se bloqua aussitôt et dégringola comme une pierre dans un réservoir.

Caleb poussa les gaz de la moto, songeant comment se rapprocher de Zen et la sauver du disque le plus vite possible. Il comprit alors qu'il devrait s'approcher le plus près possible : assez près pour que Zen puisse bondir sans l'aide du lanceur dorsal endommagé.

Deux des drones-scies se dirigeaient droit sur lui. Il vira d'un côté pour éviter le premier, mais le second vint percuter le flanc de sa moto, un centimètre à peine à côté de sa cheville. Il jeta un regard à l'objet. Le drone était composé de triangles aux arêtes lisses, sans moyen apparent de propulsion ou toute autre mécanique. La chose semblait... presque extraterrestre.

Un craquement sinistre retentit : la lame noire tentait de percer le cadre de la moto et de la découper en deux. Caleb se redressa, agrippa fermement le guidon et fit basculer la moto en avant dans un plongeon abrupt pour la faire tourner à trois cent soixante degrés. Le mouvement acheva de désincarcérer le drone et de le catapulter vers une colline boisée où il s'écrasa après quelques loopings.

– Ces machins sont vraiment casse-pieds, lâcha Astrid dans la radio. Impossible de les garder dans le viseur.

– Tiens bon, j'arrive, lança Caleb.

Il agrippa les poignées du guidon et fit remonter la moto dans le ciel. L'engin semblait encore fonctionner à peu près normalement, en dépit de l'énorme trou dans son flanc.

Astrid tentait d'éviter les drones-scies, mais ils imitaient chacun de ses mouvements et essayaient à tout instant de frapper sa moto.

Du coin de l'œil, Caleb sentit une ombre passer : le second drone-scie revenait vers lui. La chose entreprit une charge frontale, visant directement la poitrine de Caleb. Il tenta d'envoyer une salve de mousse, mais le drone était trop fin, trop furtif et trop rapide.

Alors que l'appareil s'apprêtait à frapper, quelque chose l'embrocha et l'envoya s'écraser dans les champs. Caleb leva les yeux. Zen avait ôté le lanceur dorsal en morceaux et sorti son arc télescopique, avec lequel elle venait de décocher une flèche depuis le rebord du disque.

– Merci, bredouilla-t-il. C'était moins une…

– Tu ferais mieux de t'approcher, dit-elle. Le drone prend de la vitesse.

Caleb se dirigea vers elle.

– C'est sans issue. Nous… nous n'arriverons jamais à venir à bout de ce truc à temps.

– Ah bon, marmonna Astrid, tu crois ?

– Alors qu'est-ce qu'on fait ? demanda Zen. On ne peut quand même pas le laisser s'échapper.

– On pourrait lui implanter un mouchard. J'en ai inclus quelques-uns dans le Flex. On peut les suivre par satellite. Nous pourrons suivre son signal de n'importe quel endroit dans le monde.

– Très bien, dit Zen. Passe-m'en un.

Caleb réussit à rattraper le disque une fois de plus. Zen se cramponnait à la flèche qu'elle avait plantée sur le drone, ses cheveux bleus dépassaient de son casque, secoués par le vent. Les débris du lanceur dorsal gisaient dans une mare de la substance orange. Caleb sortit le Flex de sa combinaison. Sam n'apparaissait toujours pas sur l'écran, mais ce n'était pas le moment d'y songer.

Ses mouchards ressemblaient à des clous argentés, placés en ligne à l'intérieur du dos de l'appareil. Caleb détacha l'un d'entre eux, mais le vent l'emporta aussitôt. Il jura et en prit un deuxième en abritant sa main, cette fois tout en essayant de maintenir le guidon de la moto avec ses genoux.

Une voix retentit alors près de lui avec une netteté froide, saisissante et étrangement imperméable au vent qui soufflait et hurlait à leurs oreilles.

– Pourquoi est-ce si compliqué pour vous de ne pas fourrer votre nez dans nos affaires ?

Le visage de Zen se changea en un masque de terreur. Une forme s'élevait du centre du disque : le buste d'une femme immense, aussi maigre qu'un squelette. Elle portait un manteau blanc serré et avait une étrange marque en croissant de lune sur la joue.

C'était Esperanza, l'une des membres de Razor, qu'ils avaient eu à affronter sur Spøkelsøy. Mais elle n'était pas vraiment là, comprit Caleb. Ses cheveux argentés demeuraient parfaitement raides et ses traits émaciés apparaissaient étrangement lumineux dans l'ombre ambiante. Il s'agissait d'un genre d'hologramme, mais bien plus réel et bien plus présent. Cela lui rappelait d'ailleurs la technologie de lumière tangible développée par Xavier Torrent.

– Je salue votre ténacité, poursuivit Esperanza, avec un léger sifflement dans son inflexion, mais vous avez perdu votre temps. Les Encloueurs étaient dispensables. Leur perte n'est qu'un léger inconvénient. Et à présent, Razor détient sa pièce tant convoitée. Nous avons tout ce qu'il nous fallait. Nous pouvons reprendre notre projet.

Elle jeta un regard en direction de Zen et se mit à sourire.

– Peut-être que ton père, mon cher ami Elias, me rejoindra bientôt dans notre laboratoire.

Zen semblait prête à lui décocher une flèche en plein front.

– Cela ne se reproduira jamais, hurla-t-elle contre le vent. Nous vous arrêterons avant.

Le sourire d'Esperanza disparut.

– Pauvre enfant, dit-elle d'un ton glacial. Je crains que tu ne fasses rien de tel.

Un bruit étrange monta de l'intérieur du disque, de plus en plus fort, comme si quelque chose se chargeait à toute vitesse.

– Saute ! cria Caleb. Maintenant !

Zen bondit. Caleb ralentit en braquant à gauche et la rattrapa à l'avant de la moto. Le choc les fit basculer violemment en direction du sol. Le Flex échappa à Caleb. Il poussa un cri, tendit désespérément la main, mais le vent emporta l'objet. Il venait de perdre son seul moyen de communiquer avec Sam et l'une de ses plus précieuses inventions. Le système d'exploitation du Flex et le programme de l'IA étaient bien sûr sauvegardés sur les serveurs du *Queen Jane*, mais il en avait besoin maintenant.

Une seconde plus tard, un terrible éclair électrique traversa le disque derrière eux, qui le débarrassa de la mousse expansible et fit exploser les restes du lanceur dorsal en milliers de morceaux. Si Zen était restée sur le drone, elle n'aurait pas survécu à l'électrocution.

– Attention ! avertit Astrid par la radio. Ils vous poursuivent !

Les drones-scies leur sifflèrent aux oreilles et tentèrent de faire basculer Zen dans le vide. Caleb essaya de leur échapper en décrivant une longue courbe. Mais l'un des engins réussit à les toucher. Zen fut éjectée et Caleb se pencha juste à temps pour la rattraper par la main. Elle se retrouva suspendue dans le vide sous la moto, ballottée par le vent. Ils survolaient à présent de grandes étendues d'eau : ils avaient atteint l'estuaire de la Tamise, où le fleuve rejoignait la mer du Nord.

– J'arrive ! cria Astrid. D'ici dix secondes.

Caleb entendit la détonation du canon à mousse et vit un drone-scie plonger vers les flots gris-bleu. Il sentait la main de Zen commencer à glisser dans la sienne. Il baissa les yeux vers elle et remarqua quelque chose sur le dos de sa main : le mouchard était épinglé à sa peau, un peu en dessous des pointures.

– Passe-moi Coccipuce, cria-t-il. Je... je peux encore poser le traqueur.

Zen hocha la tête et émit un son qu'il ne put entendre dans le hurlement du vent. Coccipuce sortit de l'intérieur de la combinaison de Zen et grimpa le long du bras de Caleb. Ils arrivaient à peine à rester accrocher l'un à l'autre. Caleb serrait sa main aussi fort qu'il le pouvait, mais en vain. Les doigts de Zen glissèrent entre les siens et elle disparut, chutant vers les flots...

Mais Astrid surgit alors, manœuvrant habilement sa moto pour la rattraper au vol. Celle de Caleb, soudain bien plus légère, remonta aussitôt dans les airs. Il s'aperçut alors qu'il tenait quelque chose dans sa main : le pointeur laser de Coccipuce. Zen l'avait glissé dans sa paume juste avant de tomber. Il l'alluma aussitôt.

– Je suis touchée, annonça Astrid. La batterie va bientôt lâcher. Nous allons devoir atterrir.

– Est-ce que ça va ? demanda Caleb.

– Oui, on va s'en sortir. Mais à partir de maintenant, tu es seul.

– Caleb ! intervint Zen. Deux brefs et un long. Compris ? Deux brefs, un…

La radio se désactiva. Caleb regarda vers le bas. Il vit la moto avec le dessin de pie descendre lentement vers un champ de maïs au bord de l'estuaire. Il restait encore deux drones-scies. Ils avaient rejoint le grand disque noir et semblaient l'escorter. La moto-jet de Caleb n'avait aucune jauge de batterie, donc aucun moyen de savoir combien de temps il lui restait. Mais il devait tout de même tenter le coup. Tout reposait sur ses épaules.

Caleb accéléra au maximum : les soufflantes s'emballaient sous le cadre jusqu'à se rapprocher tout près du grand disque. Les drones-scies détectèrent sa présence, délaissant leur position de sentinelle pour tenter de l'intercepter.

La voix d'Esperanza retentit de nouveau.

– Tu crois pouvoir te dresser contre nous, Caleb Quinn ? demanda-t-elle. Pourtant, tout ce que tu entreprends ne fait que rendre notre victoire plus certaine.

Caleb tâcha de l'ignorer. Il se pencha en avant derrière le guidon pour masquer son mouvement et s'abriter du vent. Coccipuce s'était dissimulée dans la poche intérieure de sa combinaison. Il l'en sortit et fixa le mouchard sur l'une de ses pattes avant.

– Bon, murmura-t-il. Et maintenant.

Puis il se rappela les dernières paroles de Zen. Il dirigea le pointeur laser en direction de la face inférieure du grand disque et siffla aussi fort qu'il le put : deux sifflements brefs, puis un long.

Une partie de lui doutait que cela fonctionne. Coccipuce appartenait à Zen. Quelles étaient les chances pour qu'elle lui obéisse, pour qu'elle reconnaisse ses sifflements ? Pourtant, presque aussitôt, le minirobot déploya ses ailes et s'envola, happé par le vent. Caleb se retourna, cherchant à l'apercevoir, mais il ne distingua rien.

Caleb laissa le disque dépasser la moto, feignant d'abandonner la poursuite. Il avait perdu les drones-scies des yeux. L'hologramme – ou autre dispositif de lumière – d'Esperanza se tenait là comme une statue au milieu d'un cimetière et le toisait avec un profond mépris.

– Razor l'emportera quoi qu'il arrive, annonça-t-elle. C'est inévitable.

– Je n'y compterais pas trop, cria Caleb en pressant la gâchette du canon à mousse.

Un jet de substance visqueuse et orange vola au-dessus du disque, malheureusement dispersé par le vent. Mais contre toute attente, alors que l'appareil s'éloignait de sa portée, l'un des derniers tirs de Caleb s'écrasa sur le bas du manteau d'Esperanza. L'hologramme vacilla et la moitié disparut. L'expression placide, dédaigneuse de la membre de Razor laissa place à une grimace agacée. Une seconde plus tard, la projection disparut.

– Sam ! s'exclama Caleb avec un grand sourire. Tu as vu ça ? Je l'ai eue !

Il réalisa, avec un terrible pincement au cœur, ce qui s'était produit. Le Flex avait disparu et Sam ne lui répondait de toute façon plus. Il devait rentrer chez lui le plus vite possible. Il jeta un dernier regard au grand drone de Razor, qui s'élevait de plus en plus haut en direction des nuages. Virant sur la droite, Caleb se dirigea vers la côte tout en se demandant combien d'énergie il lui restait.

Les deux lames des petits drones le frappèrent simultanément, en surgissant de deux directions opposées, en arrachant l'arrière de sa moto avec un terrible grincement. Caleb se cramponna au guidon tandis que ce qu'il restait de la moto partait en vrille. Il poussa un cri d'horreur, mais il s'obligea aussitôt à penser froidement. Heureusement, Astrid avait conçu sa moto avec deux batteries distinctes, si bien que les soufflantes avant fonctionnaient encore. La moto dégringolait à très grande vitesse, mais s'il parvenait à faire en sorte de se dresser sur la roue arrière, il réussirait à suffisamment ralentir sa chute pour qu'elle ne soit pas fatale…

Les flots de l'estuaire se rapprochaient à toute allure, lui paraissant plus dangereux et plus terribles que jamais. Caleb s'arc-bouta sur le guidon pour le tirer en arrière, espérant que les soufflantes lui donneraient un maximum de puissance. La chute se trouva considérablement ralentie, jusqu'à ce que la moto semble presque rester en suspens dans les airs. À quelques mètres de la surface, cependant, la batterie lâcha. Tout s'arrêta d'un seul coup et il tomba comme une pierre dans les eaux noires et glacées.

Caleb fut projeté dans les profondeurs et se mit à agiter les bras et les jambes, mais ce fut le gilet de sauvetage de sa combinaison, gonflé automatiquement, qui le ramena à la surface. Il cracha de l'eau, toussa et avala une grande goulée d'air. Il vit s'affaisser ce qu'il restait de la moto-pieuvre dans le lit du fleuve, à une distance qui lui parut terrifiante. Elle avait déjà presque touché le fond.

– Génial, je me retrouve au beau milieu de la mer. C'est vraiment, totalement GÉ-NIAL.

Il agita les jambes et sentit l'une de ses baskets glisser de son pied et disparaître dans les flots. Il prit soudain conscience de son absolue solitude. La haute mer l'avait toujours effrayé plus que n'importe quoi. Par-dessus tout, il aurait voulu sentir la présence de Sam, qui lui aurait listé les statistiques de survie en pleine mer, les délais d'arrivée des secours et qui aurait pu passer un appel aux garde-côtes les plus proches. Une curieuse chaleur se répandait dans tout son corps. Il comprit que la combinaison de vol devait comprendre un dispositif de chauffage réactif dans la doublure. Au moins, il ne mourrait pas d'hypothermie.

Il ôta son casque et ses lunettes de protection et les laissa couler à leur tour avant de fixer le ciel en plissant les yeux. Il pensait qu'en se concentrant sur les nuages, sur ce qui se trouvait au-dessus de lui plutôt qu'aux noires profondeurs sous ses pieds, il pourrait conserver son calme jusqu'à l'arrivée des secours. Il n'apercevait plus aucun signe du disque de Razor ou de ses drones-scies, mais au milieu des mouettes qui tournoyaient au-dessus des vagues, il aperçut une minuscule silhouette familière avec ses ailes de chauve-souris. Sa mission accomplie, Coccipuce fondit sur lui et se posa sur le sommet de sa tête.

LE CLOCHER

Mitch traversa le parking de l'aire d'autoroute en direction du minivan cabossé bleu. Un sac en papier frappé du logo d'une célèbre chaîne de fast-food à la main, il lisait un SMS sur son téléphone.

– Vos familles viennent d'atterrir à l'aéroport de Gatewick, dit-il en élevant la voix pour couvrir le ronronnement du trafic routier. Elles devraient arriver à Nine Elms environ une heure après nous.

Caleb était installé dans le minivan, contre la portière coulissante, qu'ils avaient ouverte pour prendre un peu l'air. Il était encore enveloppé dans la couverture de survie que lui avait donnée l'équipe des secours. Il était resté avec Coccipuce dans l'eau pendant près d'une heure avant qu'un hélicoptère ne vienne finalement le repêcher et le ramène à terre, où Mitch avait réussi à les retrouver peu après. Caleb était si épuisé qu'il arrivait à peine à bouger.

Zen était installée près de lui. Mitch l'avait récupérée avec Astrid non loin d'une ville nommée Basildon au retour de l'estuaire. Ils avaient décidé de faire un arrêt après environ trente minutes de trajet. Les cheveux bleus de Zen étaient attachés en une courte queue-de-cheval, son visage maculé de graisse et de boue. L'idée de revoir sa mère et sa petite sœur lui arrachait un sourire, mais elle avait toujours bien conscience de la gravité de la situation.

– Il faut tout leur dire, dit-elle, lorsque Mitch approcha de la portière ouverte. Du début jusqu'à la fin, et tant pis si elles sont furieuses. Razor vient de mettre la main sur un autre ordinateur quantique. Ils vont essayer de redémarrer leur projet de nanotechnologie, comme l'a dit Esperanza. Caleb, reprit-elle d'une voix plus angoissée, mon père est en grand danger. Ils pourraient tenter de réactiver les nanorobots présents dans son système sanguin.

Caleb acquiesça.

– Ma mère doit être mise au courant tout de suite.

Un lourd silence retomba.

– Monsieur Mitchell ? Pour la nourriture, c'est quand vous voulez, dit Astrid, étendue sur la banquette arrière avec ses écouteurs dans les oreilles.

Mitch grommela et ouvrit le sac en papier. Il distribua les cartons contenant frites et burgers, avec des sodas format extralarge.

– Voilà, dit-il, le burger végé pour Zen, le mégaviande pour moi. Ça, c'est quoi ? Le poisson, c'est pour toi, Astrid ? Et le cheeseburger au bacon pour Caleb, avec supplément d'oignons, comme d'habitude.

– Ah bon ? Pas d'ananas ? s'étonna Zen en arquant un sourcil. Le monde doit attendre avec impatience les burgers à l'ananas, non ?

Caleb esquissa un sourire épuisé.

– C'est ce que je répète depuis des années, Zen. Mais visiblement, personne n'est prêt à l'entendre.

– Tu es trop en avance sur ton temps, Caleb Quinn, répliqua-t-elle. Dans tous les domaines.

Astrid se pencha par-dessus leur siège pour attraper son burger, qu'elle déballa aussitôt, laissant échapper une forte odeur de graisse et de mayonnaise qui emplit tout le véhicule.

– Génial, dit-elle d'un ton morose en soulevant le pain du sandwich et en regardant son contenu avec répugnance. On perd un lanceur dorsal et une moto-jet, mais tout va mieux avec un mauvais burger sur le bord de l'autoroute…

– Allez, l'encouragea Mitch en mordant généreusement dans son « mégaviande ». Il te reste la plus belle moto.

Il tapota l'engin constellé de boue sanglé sur le toit du van.

– Elle ne m'a pas l'air si abîmée, reprit-il. Je suis sûre que tu vas nous réparer ça en un rien de temps.

Astrid leva les yeux au ciel.

– C'est ça, dit-elle en attrapant un cornet de frites avant de se renfoncer sur son siège. Si vous le dites…

Le téléphone de Mitch émit une sonnerie. Il s'éloigna en mastiquant et en passant son index sur l'écran.

Caleb prit quelques gorgées de limonade, puis s'employa à déballer son burger, légèrement écrasé dans son emballage. Pourtant, il n'avait aucun appétit. Il ne cessait de penser à Sam et à tout ce qu'il avait pu se passer dans *Terrorform*. Sans son Flex, il n'avait plus aucun accès à ces informations ni au moyen de contacter son IA, ce qui le frustrait au plus haut point. Il avait bien tenté d'utiliser l'application mobile du jeu sur le téléphone d'Astrid, mais le raccourci en forme de « T » chromé n'avait pas répondu à sa bonne dizaine de tentatives. Il était complètement dans le noir.

– Tu n'as pas faim ? demanda Zen. Tu as trop bu la tasse ?

– Peut-être.

Zen jeta un regard à Coccipuce, perchée sur son épaule, sa queue recourbée contre sa clavicule.

– Vous êtes restés combien de temps, dans l'eau exactement ?

– Trop longtemps, répondit Caleb en reposant son burger dans son emballage. Ça n'a pas vraiment arrangé ma phobie de la mer.

Zen l'observait d'un air inquiet.

– Caleb, écoute-moi. Tu as réussi. Tu as implanté le mouchard. Nous allons pouvoir découvrir où se trouve ce drone et où Razor a emmené l'ordinateur quantique.

Caleb baissa la tête.

– Je n'ai pas vraiment vu s'il était posé sur le disque. Ces fichues scies ont détruit la moto au moment où j'ai envoyé Coccipuce.

– Aucune importance. Elle ne serait pas revenue vers toi si elle n'avait pas accompli sa mission. Son programme ne le lui aurait pas permis.

Zen s'essuya les doigts sur une serviette en papier.

– Nous allons pouvoir retrouver le signal. Dès que tu auras accès à l'OS du Flex.

– Oui, oui, quand je serai sur le *Queen Jane*, répondit-il. Tout est sauvegardé là-bas.

– Bon, reprit Zen. Cela pourrait nous mener directement à la base de Razor. Cela pourrait tout changer : toutes ces mésaventures auront valu le coup.

Caleb s'esclaffa.

– Zen, on a pu arrêter les Encloueurs. Tu as personnellement sauvé des centaines de vies. Je considère que ça valait déjà le coup, pas toi ?

Zen lui servit son habituel sourire timide mais ne répondit rien. Caleb reprit une gorgée de limonade. Ils regardèrent tous deux par la vitre du véhicule les voitures qui filaient sur l'autoroute, avec le léger écho des écouteurs d'Astrid qui montait du siège arrière.

– Il y a une chose que je n'arrive pas encore à comprendre, dit Caleb. Comment Razor a pu faire le rapprochement entre Dima Kahf et toi ? Nous nous sommes montrés tellement prudents. Cette identité était absolument secrète. C'était la couverture parfaite. D'après toi, quand est-ce qu'ils ont réussi à être au courant ?

– Impossible de le savoir, soupira Zen. Mais ils semblent avoir soigneusement choisi leur moment pour avertir les Encloueurs. Si Céleste avait réussi à me tuer, là, dans l'Arena, les conséquences pour la professeure Clay et le programme Möbius auraient été… catastrophiques.

– Oh que oui, renchérit Caleb. Si un agent Möbius mourait en mission, ça ferait des dégâts. Je ne pense pas que des élèves aient déjà été blessés, en dehors de quelques bleus ou égratignures. Tout se terminerait immédiatement et Clay serait sanctionnée pour de bon. Une belle revanche, après ce que nous avons fait à Spøkelsøy.

Zen regarda son burger végétarien à moitié terminé.

– Razor avait un dossier sur moi, Caleb. Une sorte de profilage d'agence de renseignement. J'ai vu une photo et il semblait y avoir beaucoup d'informations.

Ils échangèrent un regard… Tous deux pensaient la même chose et en étaient soudain effrayés.

– Razor nous surveille, dit Caleb. Depuis la caldeira, je parie qu'ils surveillent tous les membres du programme Möbius.

Soudain, la portière s'ouvrit côté conducteur et l'imposante silhouette de Mitch se glissa derrière le volant. Il avait déjà terminé son énorme burger. Il boucla sa ceinture, saisit un cornet de frites et en enfourna la moitié dans sa bouche.

– Bon, dit-il en démarrant le moteur. Fermez-moi cette porte, les enfants. Prochain arrêt : Londres.

Caleb sauta du minivan dès qu'ils arrivèrent à Nine Elms. L'après-midi touchait à sa fin et le jour commençait à décliner. La maison était toujours fermée : sa mère n'était pas encore arrivée. Sans lâcher sa couverture de survie et chaussé d'une seule basket, il contourna le jardin le long du chemin de la Tamise pour rejoindre le *Queen Jane*. Zen le suivait de près.

La péniche, verrouillée de l'intérieur, était plongée dans l'obscurité. Caleb devait entrer un code sur un pavé numérique – la date à laquelle il avait découvert l'existence de Sam – puis tout démarrer manuellement… ce qu'il n'avait plus fait depuis très longtemps. *Terrorform* se lança et le menu du jeu apparut sur les écrans de la péniche. Le visage argenté qui signalait la présence de Sam ne figurait nulle part. Caleb se répéta de ne pas paniquer ou de ne pas tirer de conclusion dramatique, puis il afficha la carte interactive du système Cardano.

– Oh mon Dieu… murmura Zen.

C'était le chaos. Des tempêtes solaires faisaient rage, envoyant des éclairs d'énergie à travers l'espace. Les lunes erraient hors de leur orbite. Des astéroïdes se percutaient et explosaient. Leurs débris retombaient en pluie sombre sur les planètes. L'image se figeait et tressautait, comme si le code du jeu commençait à dépérir. Les statistiques des joueurs dans le coin inférieur de l'écran affichaient les chiffres les plus bas de toute l'histoire de *Terrorform* : à peine plus de mille joueurs, sur une communauté mondiale.

Caleb enfila son casque de réalité virtuelle, sélectionna un avatar d'Oracle et se matérialisa au point d'entrée de Kolto, près de l'endroit où le Crocodémon avait disparu. Quelques heures plus tôt, l'endroit était l'un des bastions des Anonymes, mais il était à présent désert : il ne restait qu'une lande désolée de rochers déchiquetés et de glace bleutée. Il n'y avait plus un seul personnage à l'armure rouge.

L'Éclaireur solaire de Zen apparut à ses côtés.

– Qu'est-ce qui s'est passé, ici ?

Caleb pressa l'un des boutons spéciaux de sa manette de réalité virtuelle pour dérouler un menu réservé au développeur. Le rectangle noir apparut devant son avatar. Il fit défiler les répertoires de *Terrorform* et s'aperçut très vite qu'il en manquait une énorme part. Les mains tremblantes, il vérifia le reste du système pour s'assurer qu'il ne se trompait pas, mais il n'y avait plus aucun doute. Plusieurs milliers de téraoctets de données s'étaient entièrement volatilisés des serveurs du *Queen Jane*.

– C'est... c'est Sam, répondit Caleb. Il a disparu.

– Comment ça, « disparu » ?

– Il a fait disparaître les Anonymes, mais… lui non plus n'est plus là. Tous ses fichiers. La totalité de son programme.

Le choc était presque trop lourd à porter pour Caleb. Sam était le plus beau cadeau que lui ait laissé son père, une chose précieuse, infiniment complexe qu'il commençait tout juste à comprendre. Et puis, il y avait ces enregistrements, les conversations entre son père et Sam, celles qu'il n'avait pas eu le courage d'écouter et n'en aurait peut-être plus jamais l'opportunité. Sans compter que l'IA était son ami. Au cours des deux derniers mois, un niveau de confiance jamais atteint auparavant était né entre eux. Il avait vraiment l'impression que Sam devenait une personne. Quelqu'un à qui il aurait pu tout confier. À présent, il avait disparu. Il avait peut-être été supprimé, son existence effacée. Les épaules de Caleb s'affaissèrent et il laissa retomber ses bras le long de son corps.

L'Éclaireur de Zen se plaça devant lui. Ses ailes irisées réfractaient la faible lumière.

– Hé… dit-elle tout à coup. Qu'est-ce que c'est que ce bruit ?

– Sans doute un autre défaut du programme, marmonna Caleb. Sans Sam, le jeu tout entier va commencer à s'effondrer.

– Non, écoute, Caleb. Ça vient de là.

Le garçon redressa la tête. Il entendait à présent : un tintement sourd, régulier. C'était une cloche qui sonnait. *Terrorform* contenait des milliers d'effets sonores, mais aucune cloche ne se trouvait dans ses répertoires. Il chercha des yeux l'origine du bruit. Au loin, sur le bord d'un lac gelé, se dressait une tour de pierres grises à l'extrémité d'un cap.

– Zen, dit-il, sidéré. Est-ce que... est-ce que c'est ce que je crois ?

– C'est le clocher, répondit la jeune fille. Celui où nous avons campé à Spøkelsøy. C'est une copie parfaite.

Les deux adolescents scrutèrent l'édifice. La cloche tintait toujours et son écho résonnait entre les rochers aux alentours. Le son commençait peu à peu à ressembler à celui d'une alerte.

Soudain, Caleb comprit ce qu'il se passait.

– C'est Sam qui l'a créé, dit-il. Il l'a laissé ici pour nous. Il n'a pas été effacé, Zen. Il a été kidnappé.

Caleb se redressa.

– Tu te rappelles ce qu'il s'est passé dans cette tour ?

– Je ne risque pas de l'oublier. Sam est devenu complètement fou. Cette projection... les drones et ses yeux qui brillaient... C'était un véritable cauchemar devenu réalité.

– C'est là que nous avons commencé à comprendre ce qu'il se passait, poursuivit Caleb. Avec Razor et le reste. C'est là que nous avons entendu le nom d'Apex pour la première fois.

Il marqua un silence.

– Sam a dû ajouter ce clocher au jeu dans la seconde où ils l'ont enlevé. Il essaie de nous dire qui est responsable.

– L'IA Apex.

– C'est forcément ça. Apex contrôlait les Anonymes, Zen. Tous les avatars – et simultanément. Voilà pourquoi leur armure n'était pas customisée. Apex est une IA incroyablement sophistiquée, mais elle n'a aucune imagination créative. Elle ne pouvait pas voir l'avantage de donner à ses avatars un nom de clan, un insigne ou une quelconque personnalisation. Seulement de faire évoluer les avatars.

L'Éclaireur de Zen se détourna du clocher.

– Je croyais que le signal de l'Apex était extrêmement faible. Je pensais que sans Xavier Torrent il n'était plus... qu'un vague écho du programme que nous avions combattu l'été dernier.

– Moi aussi. Sam et moi avions justement écarté l'Apex pour cette raison. Nous avions pensé qu'il ne pouvait pas être derrière une manipulation aussi complexe que l'invasion des Anonymes. C'était sans doute ce que Razor cherchait à nous faire croire. Ils ont trouvé le moyen de cacher la puissance qu'il gardait. C'était un leurre. Tout ça n'était qu'un... un gigantesque piège.

Caleb se remémora les paroles d'Esperanza tandis que le drone s'éloignait : « Nous avons tout ce qu'il nous faut. »

– Razor poursuit le projet qu'ils développaient sur Spøkelsøy. Ils reconstruisent le système que Torrent avait commencé pour eux. Ils avaient besoin d'un nouvel ordinateur quantique, mais ils avaient aussi besoin de Sam. L'algorithme Talos est la seule chose qui peut compléter l'Apex, qui peut lui apporter une imagination. C'est ce que m'avait dit Torrent.

– Alors, Razor nous manipule depuis le début, lâcha Zen, qui s'emportait. Ils se sont servis des Encloueurs pour faire diversion pendant le vol de l'ordinateur quantique, puis ils se sont servi du vol pour nous occuper pendant qu'ils prenaient Sam.

Elle hésita.

– Qu'est-ce qu'ils ont fait, exactement ?

Caleb réfléchissait.

– Apex cherchait à pousser *Terrorform* jusqu'à ses limites. Pour en arriver à un point où je n'aurais plus d'autre choix que de désactiver les protocoles et laisser Sam ouvrir le code source. Et lorsqu'il l'a fait, l'Apex l'attendait. Les protocoles de volonté devaient agir comme une sorte de bouclier et lorsque je les ai levés, Sam s'est retrouvé vulnérable. Toute sa puissance de processeur était occupée à faire disparaître les Anonymes. Apex a dû le surprendre d'une manière ou d'une autre, peut-être envahir directement le code du jeu, cette fois.

Il inspira profondément, comme s'il avait du mal à croire à ses propres paroles.

– Il a sorti Sam du jeu.

– Alors, Razor s'est servi de l'Apex pour le prendre ? Est-ce que c'est vraiment possible ?

La cloche continuait de sonner à l'autre bout du lac et ce son devenait insupportable.

– Ils ont réussi, Zen.

Caleb ôta son casque de VR et le laissa tomber sur le sol.

– Ils ont pris Sam

Zen retira son casque à son tour. Elle posa un bref instant la main sur son épaule. Puis elle saisit le clavier, ferma le programme de *Terrorform* avant d'ouvrir les répertoires du serveur. En quelques secondes, elle avait trouvé les fichiers du système d'exploitation du Flex et chargeait l'application de suivi des mouchards. Une carte du monde s'ouvrit sur le plus grand des écrans. Les contours des différents pays apparaissaient en rouge sur un fond quadrillé bleu. Il n'y avait qu'un seul signal actif : un point doré qui avait traversé environ les deux tiers de l'océan Atlantique. Une ligne en pointillés blanche retraçait le chemin effectué, depuis la Manche jusqu'à l'estuaire de la Tamise.

– Le traqueur fonctionne à merveille, dit Zen qui se remit à sourire. Je t'avais dit que Coccipuce nous sauverait.

Caleb remua et sentit sa tristesse s'atténuer.

– Esperanza est en route pour les États-Unis, murmura-t-il, manifestement le nord de la côte est.

– Nous allons la suivre, Caleb, assura Zen, déterminée. Nous allons arrêter Razor, et protéger mon père et tous les autres. Nous allons partir le plus vite possible.

Elle lui tendit la main. Caleb la saisit et elle l'aida à se redresser.

– Nous allons récupérer Sam.

TABLE DES MATIÈRES